華の蔦重《つたじゅう》

吉川永青
Yoshikawa Nagaharu

集英社

華の蔦重

目次

華の蔦《つた》重《じゅう》

序　章　吉原、燃える

半鐘がカンカンけたたましく響く。ごうごうと唸《うな》る炎の音が大きくなってきた。

「いけねえや。もたもたしてらんねえ」

畳と床板を外した下で、重三郎《じゅうざぶろう》は汗を拭った。目の前には穴がひとつ。風呂敷包みを二つ取り、並べてそこに入れようとする。

「あ、あれ？　どうなってんだ？」

径《さしわたし》一尺半余り（一尺は約三十・三センチメートル）の穴なのだ。このくらいは入るはずなのに、どうした訳か巧《うま》く収まってくれない。包みの向きを変えても同じである。

「おいおい、勘弁してくれよ」

また汗を拭う。袖が濡れて腕に貼り付き、焦りを助長した。

「ああ、もう！　しょうがねえ」

二つ同時に入らないなら、ひとつずつだ。風呂敷包みは十幾つもあるが、火が回る前に入るだけ入れて逃げるしかない。そう割り切ると、不思議なことに捗《はかど》り始める。穴の深さは三尺以上、やがて全ての包みがその中に収まった。

「おお……。急がば回れ、てえのは本当だな」

おかしな具合に感心しながら、穴に土を被せて床下から這い出す。手も足も、つるりとした瓜実顔《うりざねがお》も泥だらけ。細い目の周りも額も、鼻の下まで汗みどろであった。

「あとは、こいつを」

這い出した脇には、井戸の水をたっぷり含ませた布団があった。これを持ち上げ、床下に押し込んで何度か踏み付ける。その間にも火は回り、三、四軒向こうの見世《みせ》からだろうか、柱が焼けて爆《は》ぜる音がばりばりと渡ってきた。

「やばい、やばいやばい」

部屋を出れば、外から入り込んだ煙が廊下に回り始めている。一難去ってまた一難、噎《む》せて咳き込み、咳き込み、次第に息が苦しくなってきた。

「じょ、冗談じゃねえ。死んじまうのか？」

煙はさらに濃く濛々《もうもう》と立ち込めている。目の前にちらつく死に怯《おび》えつつ、負けるものかと足を進めた。勝手を知った自分の家、はっきり見えずとも廊下が右に折れていることは分かる。

「あにさん」

角を曲がると、廊下の向こうから切羽詰まった声が近寄って来た。弟の——とは言え養子に入った先の義弟だが――次郎兵衛《じろべえ》である。八つ年下、十五歳を数えた面長が半ば泣きそうに歪《ゆが》んでいた。

「遅いよ！　何やってんです」

「すまねえ……って、おい！　何で来るんだよ」

家の跡取りが危ないことを、と怒鳴る。しかし。

「心配だからに決まってんでしょう。ほら、行きますよ！」

怒鳴り返され、右の手首を摑《つか》まれて引っ張られた。それに任せ、鼻と口元を覆いながら進んで行けば、見世の表口まではそう離れていなかった。

ようやく外に出ると、既に左側――南の二軒隣まで火に包まれている。この家が営む妓楼《ぎろう》・尾張屋《おわりや》の看板にも、ちらほら火の粉が降り掛かっていた。

「重三郎！　この馬鹿！」

目ぼしい家財を乗せた大八車の上から、養父・利兵衛《りへえ》が叱り付けてくる。だが顔は安堵《あんど》に彩られていた。

「ともあれ、これで全員だ。さあ逃げるよ」

利兵衛の大声に見世の若い男たちが「へい」と応じる。二人が車を引き、三人が後ろから押し、それに続いて女郎たちが小走りに進んだ。

明和《めいわ》九年（一七七二）二月二十九日、幕府公認の遊里・吉原《よしわら》が火事に見舞われた。火元は遠く南の目黒だが、それが春の強い風に乗り、ここまで燃え広がったものであった。

皆と共に逃げながら、重三郎は汚れた手で額を拭った。

遊里と外を繋《つな》ぐ吉原大門《おおもん》は北の端、南からの火がそこに回るには、まだ少しだけ間がある。とは言え逃げる人の数は桁違いに多い。辺りは悲鳴と怒鳴り声に包まれ、半鐘の音も先ほどより大きくなっていた。

「でも逃げ道は断たれちゃいねえんだ。不幸中の幸いだよ。なあ次郎」

あまりの騒ぎの中ゆえ、並んで走る義弟に話しかけるのも怒鳴り声である。

「だからって、遅くなった言い訳にゃなんないよ。死んだらどうすんです」

やはり怒鳴って返されるも、眼差《まなざ》しは心底悲しげであった。慕われているのだな、と身に沁《し》みて分かる。利兵衛にも次郎兵衛にも本当に申し訳ない。その思いに目頭が熱くなり、顔が歪んだ。

と、次郎兵衛の面持ちから、たった今の悲しげなものが消える。続く大声は明らかな怒気に彩られていた。

「で？　皆を心配させて、いつまでも何やってたんです」

「だから悪かったたって。本、埋めてたんだよ。床下に」

ばつの悪い思いで怒鳴り返す。弟は「は？」と声を裏返らせた。

「本って、貸本の？」

「そうだよ。数が多いから、こんな時にゃ持ち出せねえ。床下に埋めて、その上に水布団だ」

こうすれば、きっと燃えない。そうと聞いた次郎兵衛が、この上ない呆《あき》れ顔を見せた。

「いくら商売道具だからって。燃えたら燃えたで買い直しゃ済む――」

苦言はそこで切れ、続いて「うわ」と慌て声が上がった。前を行く大八車が急に遅くなり、ぶつかりそうになったせいである。重三郎も驚いて足を止めた。

「おいおい。どうしたんだ、こりゃ」

向こうを見れば、二十間（一間は約一・八メートル）ばかり先、大門のところで人の流れが滞っている。次郎兵衛が「参ったな」と焦りを湛《たた》えた。

「数が多すぎるんだ」

吉原に暮らす者は多く、女郎だけでも二千人を数える。妓楼の主《あるじ》とその家族、見世の男衆、芸者や料理屋、などなどを加えれば六千人を超えるだろう。さらには遊びに来た客もあり、それが大門に殺到して詰まっている。

「おい早く行けよ。頼むよ」

「もたもたしてっと火が回って来ちまうぞ！」

ずっと後ろから狼狽《うろた》えた声が渡って来る。ちらと目を遣《や》れば、何人かの男が女郎の群れを掻《か》き分けて前に出ようともがいていた。

そうかと思えば――。

「やかましいんだよ！　ほら、あんた。私《わ》っちの足場になりな」

尻を捲《まく》って人の肩に登り、立ち上がる女がある。そのまま男たちの頭や肩を踏み付け、踏み越え、逃げようとしていた。

「な、何しやがんでぇ」

「おお、お、女の尻見ても、これじゃ嬉しくねえ」

頭を足場にされた男たちの声が情けない。遠目に見える有様に、次郎兵衛が眉をひそめた。

「誰かと思やあ、三文字屋《さんもんじや》の浮雲姐《うきぐもねえ》さんだ」

重三郎にとっては貸本の上客である。その浮雲も、大門のところで足止めを食っていた。逃げようとする皆の気持ち、焦りが、怒号となって飛び交った。

「おい、どけ！　俺が逃げんだよ」

「うるせえ馬鹿、俺が先だ」

「やめなよ、押すんじゃないよ。痛い痛い痛い！」

「おい、もう大門なんぞ壊しちまえ」

それが混乱をさらに煽《あお》る。皆が慌てふためいて門に詰め掛け、人の流れは完全に止まった。尾張屋の面々も門まで十二、三間の辺りで立ち往生、周囲では押し合いへし合いが高じて殴り合いに変わっている。

「十人だ！　十人ずつだって言ってんだろうが！」

乱れきった喧騒《けんそう》の中、門では面番所《めんばんしよ》の若い衆が声を嗄《か》らしていた。いつもは女郎が逃げないように見張っているのに、今宵《こよい》ばかりは役目も逆しまである。

「十人ずつだよ。割り込むな！」

大門の広さを考えれば、十人くらいは楽に通れるはずだ。しかし誰もその指図に従おうとしない。二十人、三十人と一気に押し寄せて動けなくなっている。皆が身勝手な振る舞いに走り、これを目にした者もそれに流されてしまったのだ。

人でごった返し、てんやわんやの中、重三郎は強く奥歯を噛《か》んだ。

「何てこった」

愚かに過ぎる。これが人の群れというものなのか。

思った刹那、胸がどくりと脈を打った。

「え？」

もしやこれは、逆に使えるのではあるまいか。人の群れ、流されやすい者たち。その癖を逆に使うには、どうしたら良いだろう。

必死で頭を働かせるも、こんな中では考えもまとまらない。他の皆と同じで気ばかり急いてしまう。焦るな。焦らずに考えねば――。

「あ……そうか。焦るから、いけねえんだ」

今は皆が焦っている。自分が本の包みを埋めた時と同じなのだ。ならば、と重三郎は養父の乗る大八車に向き、大声を上げた。

「お父っつぁん。ちょいと失敬しますよ」

言うが早いか車に飛び移り、見世から運び出した簞笥《たんす》に登る。人々を見下ろす格好になると、大きく息を吸い込み、声を限りに大喝した。

「馬鹿野郎共、しゃんとしろい！」

頭の上から降らされた大声に驚き、重三郎の姿を見上げた者がある。皆が心を乱した中とあって、目を向けたのは二、三十人に二人ばかり。その多くは女郎たちである。

だが、これで十分だ。伸《の》るか反るかの話ではあるが、巧くいくかも知れないやり方がある。

「後ろを見やがれ。火はまだ何軒も向こうだ。大門が燃えるにゃ、ちょっとだけ間があらあ。ごちゃごちゃやってやがると、逃げる暇もなくなっちまうぞ」

そして見上げていたひとり、面番所の顔見知りに声を向けた。

「半助《はんすけ》さん。十人じゃねえ、五人だ。五人ずつ通してやんな」

「え？　何言ってんだ、おめえ」

「いいから頼むよ」

重三郎はそう返して混乱の渦中に目を向け直し、再びの大声を降らせた。

「おめえら、ちったあ考えろ。溝《ドブ》と一緒だ。狭えとこに山ほど流そうとしたら詰まっちまうだろうが。流れるだけ、少しずつ流す方が早く済むんだよ。分かったら番所の衆に従って五人ずつ通りやがれ！」

と、先ほどの半助が「五人だ」と叫んだ。分かってくれたらしい。半助に続き、番所の皆が「五人だぞ」と繰り返してゆく。初めのうちは、従う者は多くなかった。しかし。

「五人ずつ！　五人ずつにしてくださいな」

「ねえ、貸本屋さんの言うとおりでござんしょ？」

重三郎が本を貸す客――女郎衆が、次第にその声を上げるようになった。

「五人ずつでござんすよ」

「皆さん、落ち着いてくださいな」

女郎の声、声、声。それに押された男たちが、少しずつ、少しずつ正気を取り戻してゆく。

無論、全てがそうではない。五人だと言っても十二、三人が押し通ろうとする。だが先ほどまでに比べれば、人の流れは遥かに良くなっていた。

重三郎は「やれやれ」と息をついて、箪笥の上から下りる。養父・利兵衛が「ほう」と感心した目を向けてきた。げっそり、という顔で会釈して、車からも下りる。次郎兵衛がこちらを見て目を輝かせた。

「すごいね、あにさん。鶴のひと声ってやつだ」

「そんな大袈裟《おおげさ》なもんじゃねえさ」

周囲の身勝手な姿を目の当たりにして、皆が引き摺《ず》られてしまった。それが人というものなら、逆に、落ち着いて自らを保とうとする者の姿を見せ付ければ良い。きっと皆、それに流されてくれるだろう。

「――って思っただけさ。江戸っ子てえのは、粋な振る舞いに拘《こだわ》るもんだからな」

などと言葉を交わす間にも、また少し、人の流れが良くなっていた。尾張屋の面々もじわじわと前に進み、ようやく大門に至る。

もっとも重三郎は、皆と共に門を抜けようとはしなかった。

「お父っつぁん、次郎もお先にどうぞ。あたしゃ、ここで番所の衆を手伝いますよ。偉そうに皆を叱り付けた奴《やつ》が、さっさと逃げる訳にもいきませんからね」

次郎兵衛は「よしてくださいよ」と大いに慌てたが、利兵衛は違った。

「……そうか。けど死ぬんじゃないよ。危なくなる前に逃げるようにな」

門を抜けた先の五十間道《ごじっけんみち》、突き当たりの日本堤《にほんづつみ》で待つ。利兵衛はそう言って皆を率いて行った。

番所の衆を手伝って、逃げる人々に声を飛ばしてゆく。概《おおむ》ね四半時（一時は約二時間）も過ぎた頃には、先までの混乱が嘘の如《ごと》く、誰もが番所の指図に従って逃げるようになっていた。

と、番所の半助が疲れた顔で大声を寄越した。

「よう蔦重《つたじゅう》。おめえも、もう逃げな。あとは俺たちだけで大丈夫だ」

「そう？　じゃ、お言葉に甘えるか。あんたも死ぬんじゃないよ」

半助の「当たり前だ」に笑みを返し、重三郎は皆の待つ日本堤へと急いだ。

川縁の堤に辿《たど》り着くと、次郎兵衛が小走りに「あにさん」と寄って来る。その肩を軽く叩《たた》き、並んで皆の許《もと》へ進んだ。

この辺りまで来れば燃える建物もない。ようやく人心地が付いたのだろう、女郎にあれこれを仕込む年増《としま》女――遣手《やりて》たちが一同の顔を確かめていた。

「よし。誰も欠けちゃいないね」

幸いにして、尾張屋は死人を出さずに済んだ。皆が安堵の息をつき、心と体の疲れに任せてうな垂れている。

そうした中、重三郎はひとり南方を眺めた。お歯黒と呼ばれるほど真っ黒な堀、そして高い塀に隔てられた吉原の空が、漆黒の中に橙《だいだいいろ》色を煙《けぶ》らせていた。

「なあ次郎。逃げてる時に言ってたな。本は燃えたら燃えたで買い直しゃ済むって」

「え？　ああ、はい」

ひとつ「うん」と頷《うなず》き、赤黒い空を眺めたまま続けた。

「ところが、そう簡単でもねえ。今夜の火は南から来た。吉原の南は浅草で、その向こうは日本橋だ」

日本橋界隈《かいわい》には大手の版元が多く集まっている。そこが焼けてしまえば、本を買い揃《そろ》えることもできない。

「火が回って来た中で、それ考えたの？　だから本を埋めようって？」

皆が慌てふためくだけだったのに、と次郎兵衛が驚いている。小さく笑みを返して「違うよ」と首を横に振った。

「江戸にゃ火事が多い。吉原だってご多分に漏れずさ。こういう時のために、ずっと前から自分の部屋の床下を掘っといたんだ」

「そうか。あにさんは頭が回るね……って言いたいとこだけど、火事の後なんかで商売になるんですか？　誰も彼も悄気《しよげ》返っちまうに決まってんのに」

「商売になるさ。きっとね」

重三郎は頷いた。火事の後だからこそだ、と。

「皆、何かと大変な暮らしになるけどよ。大変なだけじゃ息が詰まって、気が滅入っちまうもんだ。そんな時だからこそ、一時《いつとき》でも辛《つら》いのを忘れたくなるんじゃねえか？」

誰かの書いた物語、誰かが仕立てた本を貸し歩いて金を得る。貸本屋はそういう稼業で、自らが何かを生む訳ではない。それでも災難に見舞われた暗い心を照らすことはできる。そう思って本を守ったのだ。

しかし今、それとは別の気持ちが湧き出していた。火事場の騒動の中、人が如何《いか》に流されやすいかを知った。この先、それこそ自らの土台になりそうな気がしてならない。

考えながら炎を眺めていると、次郎兵衛が怪訝《けげん》な声を寄越した。

「あにさん、どうしたんです。黙りこくって」

「ああ、いや。何てえのかな。この先……何かでっかいこと、できそうな気がしてな」

「貸本なんかで？」

重三郎は「いや」と苦笑した。

「今は自分でも考えがまとまらねえ。これから、じっくり考えなきゃ」

「そう。あにさんは頭が切れるからね。何やんのか楽しみにしてるよ」

「ありがとうよ。それより見ろ、里が焼け落ちてくぞ」

三味線の音曲、賑々《にぎにぎ》しい宴《うたげ》の笑い声、見世の軒先の誰也行燈《たそやあんどん》、絶えることのない提灯《ちようちん》の赤い光。そうした煌《きら》びやかなものに照らされて、いつもの吉原は人のあれこれが見えにくい。

今宵は違った。常ならぬ明るさが、人の愚かさをはっきり映し出していた。そんな不夜の里、生まれ育った町が、清浄に焼き尽くされてゆく。

次郎兵衛もそれを眺め、どこか感慨深げであった。

「元に戻るのに、ずいぶんかかるのかな」

「なあに。あっという間だよ。人が生きてんだから」

生きている以上、きっと皆は再び求め始める。火事で失ったあれこれを。憂き世を渡って行くための、一時だけの快楽を。

「そうだね。きっと」

弟が小さく笑う。兄弟はしばし、あまりにも明るすぎる夜に見入っていた。

第一章　ここから、始める

一　鱗形屋

あの火事から実に八ヵ月、十月も末を迎えている。重三郎《じゅうざぶろう》は背負子《しょいこ》に本の風呂敷包みを運び、本所《ほんじょ》の堀沿いに歩を進めていた。

幾つかの商家が軒を連ねる中、一軒だけ竹を割って格子に組んだ窓がある。ここが妓楼《ぎろう》だと示すための、間に合わせの籬《まがき》であった。掛けられた看板には、縦書きに「新吉原京町《しんよしわらきょうまち》　三文《さんもん》字屋七兵衛《じゃしちべえ》　仮宅《かりたく》」の文字が躍っている。

「どうも、こんちは。貸本の蔦屋《つたや》でございます」

玄関で声をかけると、見世《みせ》の若い者が「こんちは」と挨拶を返した。

会釈して中に入り、土間に背負子を置いて上がり框《かまち》に腰を下ろす。風呂敷包みを解《ほど》いて本を出しているうちに、奥からひとりの女郎がのそのそと顔を出した。歳《とし》の頃二十過ぎの細面、火事の晩に男たちの頭を踏んで逃げていた浮雲《うきぐも》である。

「こんちは重《じゅう》さん。朝っぱらからご苦労なこったね」

あの晩の振る舞いよろしく、他の女郎と違って座敷以外では体裁を繕わない。今も寝起きかと思うほどに気怠《けだる》そうな声である。

「ご苦労でも何でも、あたしゃこれが商売ですから」

重三郎は「はは」と軽やかに笑った。浮雲はつまらなそうに、くす、と鼻息を抜いて腰を下ろした。

「お互い商売は大変だね。私《わ》っちらも忙しくてさ。せっかく里の外に出られても、こんなに客が多いんじゃ堪《たま》んないよ。昼見世はそうでもないけどさ、夜見世は次から次だからね」

火事があった後、妓楼は他の地で町家や商家などを借り上げ、商売を続けることが認められている。これを仮宅といい、重三郎の養父・蔦屋利兵衛《りへえ》の尾張屋《おわりや》も深川《ふかがわ》の富岡八幡宮《とみおかはちまんぐう》前で商売を続けていた。

「昨夜《ゆうべ》なんか、ひと晩で六人も相手したんだから」

ぼやき続ける浮雲に、重三郎は「そりゃ大変だ」と相槌《あいづち》を打った。

「とは言っても里を離れちまって、お客を十分にもてなせないからね。どこの見世も女郎さんの揚げ代を値引いて商売してるし、客足も増えるってもんですよ」

「もてなしだ何だは建前だろ。実のとこは見世を建て直すお足を掻《か》き集めるためじゃないか」

養子ではあれ、妓楼の息子なら分かっているだろうに。そういう目を向けられて苦笑を返し、重三郎は十冊余りの本を並べた。

「ま、そんな時こそ息抜きでしょ。こんなとこ、如何《いかが》です」

あれこれ取り交ぜた本の中から、浮雲はすぐに二冊を突き返してきた。

「蒟蒻本《こんにゃくぼん》はいらないよ」

掌《てのひら》に乗るくらいの「洒落本《しゃれぼん》」である。吉原や岡場所での艶話に材を取った読みものだが、半紙四半分、蒟蒻の大きさに近い判ゆえに「蒟蒻本」とも呼ばれていた。

「こんなの読んでたら、息抜きの時まで商売してる気になっちまう」

重三郎は「違えねえや」と笑った。

「じゃ、こっちのはどうです。正月歌舞伎で演《や》った話を本にしたやつですよ」

すると、浮雲の眠そうな目がぱっちり開いた。

「流行ってんの？」

「そりゃ、本になるくらいですから」

「いいね。じゃ、借りるよ」

流行りものは世の動きそのもの、やはり食い付きが良い。思いつつ本を手渡し、貸し賃を受け取った。

やり取りをしていると、三人四人と他の女郎も顔を出して来る。皆が嬉しそうに本を選ぶ傍らで、浮雲が「ねえ重さん」と声を寄越した。

「里の普請、だいぶ進んでんだって？」

「ん？　ああ、はい。あと半月くらいってとこかな」

火が収まって本を掘り出しに行った頃には酷《ひど》い有様で、どこも彼処《かしこ》も瓦礫《がれき》の山だった。それが今や九分目まで元に戻っている。

「もう、そこら中が真新しい木の香りでね。胸がすくようなってのは、ああいうのだろうね」

「いいねえ。早く帰りたいよ」

「あたしも、それは同じでさあ。里の方が貸し歩きも楽ですから」

すると浮雲は「そう言えば」と話の向きを変えた。

「あんたんとこの若旦那、里に戻ったら引手《ひきて》の見世を出すらしいじゃない」

「あ、それですか。親父がそう決めたんですよ」

引手とは、客と妓楼の間を取り持つ「引手茶屋」である。妓楼で遊ぶ刻限まで客が休む場所であり、また、客が妓楼で遊ぶ金をいったん立て替えておき、後でまとめて払いを受ける役回りもあった。その手間賃として妓楼から受け取るものが稼ぎとなる。

「次郎も来年は十六ですからね。尾張屋の跡取りなんだから、そろそろ里での商売を学んどけって訳です。あっちこっちの見世に顔を売るにも、ちょうどいいでしょ」

「でさ。重さんもそこを手伝うって聞いたよ」

「こりゃ地獄耳だ」

利兵衛がここの見世の主《あるじ》とそんな話をしていて、小耳に挟んだといったところか。などと想像していると、浮雲は「でもさあ」と細面に眉を寄せた。

「あんた貸本屋じゃない。手伝ってる暇なんてあんの？」

「まあ、しょうがないでしょ。十六だ、もう大人だって言ったたって、まだまだ次郎は若いんだから。少しばかり助けてやんないとね。それに」

あの火事の晩には、利兵衛にも次郎兵衛《じろへえ》にもずいぶん心配をかけた。それを以《もっ》て弟から「あにさんには貸しがある」と言われ、断る訳にいかなかったという事情もある。

浮雲は「あっはは」と笑った。

「仲いいんだね、あんたんとこ」

「まあね。それに引手の手伝いって、結構な旨《うま》みがあると思うんですよ。でっかいこと、できるかも知れねえな……って」

「へえ。どんな話さ」

重三郎は「んん」と軽く唸《うな》り、何とも言えぬ笑みを返した。

「今は言えません。多分、誰に話したって笑われるだけですから。でも引手を手伝ってりゃ、足掛かりだけは作れるはずなんですよ」

などと話しつつ他の女郎にも本を貸し、重三郎は三文字屋の仮宅を後にした。

*

明和《めいわ》九年は十一月十六日を以て安永《あんえい》元年に改元された。

この頃になって吉原の再建もようやく終わり、それぞれの見世に続々と人が戻って来ている。

重三郎も尾張屋の皆と共に遊里へ帰って来た。

日本堤《にほんづつみ》から五十間道《ごじっけんみち》を進んで大門《おおもん》へ。道の左側、門外に最も近いひと棟の屋根に「引手茶屋　蔦屋」の看板が横向きに掲げられていた。

「普請の途中にも見てたけど、やっぱりいい見世だ。ねえ、お父っつぁん」

養父・利兵衛に声を向ける。得意げな顔で「そりゃあな」と返された。

「あれこれ細かく注文つけて普請したんだ。おまえが手伝うことになったから、部屋もひとつ増やして、金も余計にかかったんだぞ」

重三郎は肩をすくめて「へへ」と笑った。

「ありがたく思ってますよ。でも手伝うのだって、半分は恩返しのつもりだし」

「半分かい。もう半分は？」

「あ、そりゃこっちの話」

利兵衛は「ふふ」と笑い、それ以上は聞かなかった。

「ともあれ、おまえと次郎はこっちの見世を視《み》ときな。うちの方の荷物が片付いたら、若い者を三人寄越すから」

その三人はこの先、引手茶屋を手伝うことになる。それまでにできるだけ支度を進めておかねば。重三郎と次郎兵衛は「それじゃ」と皆に挨拶して、見世の戸をごそごそと開けた。

「お。お客用の腰掛けに縁台、座敷に座布団。必要なものも大体揃《そろ》ってんだな」

中を見回して「うん、うん」と頷《うなず》いていると、見世の表口に向かって右端の辺りから、次郎兵衛が「あにさん」と呼ばわった。

「こっち。端っこの三畳間ね。あにさんの部屋ですから」

「おう。だけど、ここだけ……がらんとしてんなあ。何も置かれてねえ」

「どうせ、また床下を掘るんでしょ？　やりやすいじゃない」

重三郎は「だな」と笑った。

以後は五と十の付く日、いわゆる五十日《ごとおび》に妓楼を巡って本を貸し歩き、他の日は引手茶屋を手伝うと決めた。

この手伝いには旨みがある。浮雲に言った「でっかいこと」の、足掛かりを作れるはずだ。

その狙いとは――。

「こんちは」

引手茶屋・蔦屋が商いを始める前日、重三郎が見世の奥で朝餉《あさげ》を取っていると、見知った顔が訪ねて来た。骨ばった面長に二重瞼、内が細く外に行くほど太い眉。尾張屋に馴染《なじ》みの女郎がある上客、浮世絵師の北尾重政《きたおしげまさ》である。

「よう次郎。おめえさんが引手をやるって聞いて、祝儀に酒持って来たぜ」

次いで、表に「頼まあ」と声をかける。応じて荷運びが酒の一斗樽《いっとだる》を担いで来た。

「北尾先生。ようこそ、いらっしゃいました」

次郎兵衛はぎこちなく挨拶して、その後に続く言葉を探している。北尾は尾張屋の上客というだけでなく、絵師としては美人画の第一人者である。如何《いか》に顔見知りでも、これほどの人を見世の主として迎えるとなると、若い次郎兵衛には慣れが要るらしい。助けてやらなければ。

「どうも、北尾先生」

呼ばわりながら、重三郎は見世先に顔を出した。北尾は次郎兵衛と話していた時に比べ、多分に茶目っ気のある眼差《まなざ》しになった。

「よう三の字。久しいな」

「本当にお久しぶりで。仮宅ん時にゃ、滅多に顔見せてくださらなかったんだもの」

「仮宅じゃあ落ち着いて遊べねえからな。行く気も失《う》せらあ」

北尾はそう言って、からからと笑った。

「それよりだ。おめえさん、ここ手伝うんだってな。そろそろ貸本から足洗って、こっちの商売に鞍替《くらが》えする気かい？」

重三郎は「違いますよ」とにこやかに頭《かぶり》を振った。

「火事の晩からずっと考えてたんですけどね。本の商売で、もっとでっかいことしたくて」

「ん？　何だそりゃ。引手の手伝いと関係あんのか？」

「ありますって。まさに、先生が来てくれんのを待ってたんです」

北尾は「はて」と首を傾《かし》げた。

「だったら、あっちの見世にいたって構わなかったんじゃねえのか？　俺ぁ尾張屋で遊ぶことも多いんだし。どうして、こっちなんだよ」

話す傍ら、若い者が椅子を持って来て勧めた。重三郎の正面に北尾、少し離れた左脇に次郎兵衛が座るのを待って、切り出す。

「だって先生、尾張屋にいらっしゃる時ゃ、すぐお座敷に上がっちまうでしょ？　絵のお仲間や、物書きの先生とご一緒の時もそうでした」

浮世絵や戯作《げさく》、俳諧などに携わる面々は、吉原で宴《うたげ》を張ることが多い。大店《おおだな》の商人や幕府の要人と同じで、女郎遊びのみならず、仲間たちとの交わりを通して多くの者と顔を繋《つな》ぐためである。北尾も絵師仲間の他に、自らが挿絵を入れた本の戯作者を連れて来ることがあった。

「でも引手なら、お座敷の支度を待つ間、腰を落ち着けていらっしゃる。その時に先生のお仲間さんたちをご紹介いただけりゃ、あれこれ話して仲良くなれるかも知れない」

北尾は「うは」と珍妙な笑みを見せた。戸惑いと興味が入り交じっている。

「面白えこと言うねえ。貸本屋が絵描きや物書きと仲良くなって、どうしようってんだ」

重三郎は、にこりと笑って返した。

「版元になって、自分で本を売り出したいんですよ」

「おいおいおい……。火事で頭でも焼かれて、おかしくなっちまったか？」

北尾が目を丸くする。重三郎は「まあ聞いてください」と続けた。人は実に流されやすい。それは人というものの弱みだが、考えようによっては、そういう流れこそが世の中を作っているとも言える。まさに火事があったから気付いたことなのだ、と。

「でね。いい本、いい絵を流行らせりゃ、人は楽しい方に流されるでしょ？　そしたら世の中、楽しくなるじゃないですか。そういうね、世の中を動かすような大仕事をしたいんですよ」

北尾が呆気《あっけ》に取られている。重三郎はそこに笑みを向け、大いに胸を張った。

「夢はでっかく、江戸一番の本屋です。西村屋《にしむらや》も鱗形屋《うろこがたや》も超えてみせらあ、ってね」

しばし、北尾は言葉を失っていた。

が、少しすると「こりゃあいい」と手を叩《たた》いて、大いに笑った。

「金も力もねえ若造が、でけえ口叩きやがる。だが三の字、そういう勝負に出るってのは、てめえの生涯を形《かた》にした大博奕《おおばくち》だぜ」

「大博奕、上等ですよ。男に生まれた身ですからね。一度っきりの人生、勝負に出なきゃ楽しくないってもんでさあ」

「言うねえ。嫌いじゃねえよ、そういうの」

重三郎は「お」と目を見開いて、身を乗り出した。

「じゃあこの若造に、何か足掛かりになるものをくださいよ。お仲間との繋がりでも何でもいいですから」

「いいだろう。面白そうだから、ちょいとからかってやる」

北尾はそう言って居住まいを正し、軽く目元を引き締めた。

「おめえが『超えてやる』って言った鱗形屋な。実は今、だいぶ困ってんだよ」

「あの大版元が？　何をそんなに困ってんです」

思いも寄らぬ話に目を見開く。北尾は「おう」と頷いて腕を組んだ。

「次の細見《さいけん》の話さ」

鱗形屋は毎年の一月と七月に「吉原細見」と呼ばれる冊子を売り出していた。妓楼や女郎を紹介するためのものである。

「今は十一月の末で、次ってえと、あと一ヵ月と少ししかありませんね」

「そうだ。もう版を起こさにゃならん頃だが、二月の火事で里が目茶苦茶になったからな」

あの火事では、少しなりとて焼け死んだ女郎がいる。

仮宅の商売になった折には、女郎への見張りが行き届かなくなり、逃げ出した女もあった。妓楼の主にしても、見世を造り直す金を工面できずに商売を諦めた者がいる。

そうした楼主から、他の見世に身柄を売られた女郎がいる。

「そこら辺を、鱗形屋は細かく調べられてねえ。そりゃそうだよな。里の建て直しだって、やっと終わったばかりなんだから。これじゃ細見は作れねえし、作ったところでスカスカの本になっちまう」

鱗形屋の本に挿絵を入れているから知り得た話だ。北尾はそう言って、にやりと笑った。

「さて。この話、おめえの足掛かりになるかい？」

重三郎は腕を組み、軽く唸りながら考えた。そのまま考え、考え——。

少しすると、満面に笑みを湛《たた》えて力強く頷いた。

＊

四日後、重三郎は北尾重政に連れられて鱗形屋を訪ねた。

十畳敷きの応接間に通され、この版元の主・孫兵衛《まごべえ》を待っている。

やがて障子の外の廊下に円《まろ》やかな声が聞こえた。何やら指図しているらしい。それが消えると障子がすっと開き、五十絡みの丸顔がにこやかに入って来た。これが鱗形屋孫兵衛か。

「どうも北尾さん。お待たせしてすまないね」

「いえ。こっちこそ急にすみません」

二人が挨拶を交わす中で、丸顔と目が合った。重三郎が静かに会釈すると、向こうは少し怪《け》訝《げん》な顔で北尾に問う。

「こちらは？　あんたのお弟子さんかい」

「いえ、そうじゃなくてね」

北尾は軽く笑って互いを紹介した。まず重三郎に鱗形屋孫兵衛が紹介され、そして。

「で、これは貸本屋の蔦屋重三郎って野郎です」

鱗形屋は少し驚いたようであった。

「ほう。あんたが、あの貸本蔦重《つたじゅう》ですか」

「手前をご存じで？」

意外、であった。まさか大版元の主が貸本屋の名前などを知っていたとは。

「吉原界隈《かいわい》じゃ、ちっとは知られた名だよ。うちの手代に細見の下調べをさせる時なんかも、楼主さんや女郎さんが口にするそうだ」

鱗形屋は言う。貸本には戯作や絵を世に知らしめる力があり、ある意味で散らしを撒《ま》くようなものだ。しかし貸本屋があまり派手に商売をすれば、それは版元や絵師、戯作者の儲《もう》けを横取りしているに等しいのだと。

「痛し痒《かゆ》しって訳さ。あんまり幅を利かせるようなら、どうにかしなきゃいけないからね」

冗談めかして笑う。だが刺すような眼差しは、決して軽口を叩く時のそれではない。おっかない人だな、と背筋に心地好い痺《しび》れが走った。

気配を察したか、北尾が口を挟んで空気を掻き回した。

「ところが旦那。この蔦重が、鱗形屋を助けてくれるって言うんでさあ」

「へえ。それは？」

鱗形屋が「おや」という顔を見せる。北尾が目を流してきた。

眼差しが語っている。おまえの番だ。俺は口を出さないから、思うようにやってみろ――。

重三郎は居住まいを正して前を向き、小さくひとつ頷いた。

「こちらさんが次の吉原細見を作るのにお困りだと、北尾先生から聞きまして」

今の吉原で妓楼や女郎がどうなっているのか、鱗形屋は摑《つか》みにくい。しかし自分は吉原に生まれ育ち、今も吉原に暮らしている。火事の後も貸本のために仮宅を歩き回り、どの女郎がいなくなったかを知っている。皆が遊里に戻ってからの諸々《もろもろ》も正しく摑んでいる。

「それを全てお教えしましょう。如何です」

「ほう。そりゃ願ってもない話だ。で……見返りに何を?」

重三郎は笑みを浮かべ、真っすぐに鱗形屋を見た。

「次から、手前にも細見を売らせてもらえませんか。それと、手前がお話ししたことが細見に間違いなく書かれているか、改め役もさせて欲しいと思いまして」

書物が売り出される前には必ず改め、つまり検閲を入れるべしと法度《はっと》に定められている。版元から落とされる某《なにがし》かの金が、改所《あらためどころ》の稼ぎであった。

その辺りを誰よりも知るがゆえか、鱗形屋の目に「つまらん」という影が差した。

「なるほど。うちの下請けになりたいって訳かい。まあ吉原を知り抜いてる人なら、細見の改めくらいはできるだろうけど」

小さな望みを持つだけの者、鱗形屋の看板に群がる有象無象。少しは名の売れた男がこの程度の器なら、良いように使わせてもらうまで。眼差しの語る思いが総身に突き刺さる。

だが、それこそが良い。鱗形屋孫兵衛がどれほど真剣に商売をしているかの証《あかし》だ。この話を持ち掛けた甲斐があったと言えよう。

ならば、ここからが本番である。

「仰《おつしや》るとおり下請けです。ですが、手前は改所の端金《はしたがね》が欲しい訳じゃありません。もっと大きいものが手に入るじゃないですか」

「へえ？　そりゃ何だね」

作られた深い笑みの中、鱗形屋の目がぎらりと光る。しかも、穏やかな眼差しのまま。ともすれば呑《の》まれそうになる気持ちを支え、重三郎は自らを奮い立たせた。仕掛けろ、と。

「改所になりゃあ、版の彫り方さんや刷り方さんと繫がりができます。それがなけりゃ版元にはなれません。でしょう？」

「こりゃ驚いた。あんた版元になる気かい」

「ええ。その上で」

ぐいと胸を張る。そして鱗形屋を真っすぐに見て、言い放った。

「この蔦屋が江戸一番になるつもりです。こちらさんも、西村屋さんも超えて」

びし、と空気が張り詰める。向けられた、鱗形屋の目——穏やかながら鋭く光る両の眼《まなこ》に、さらなる凄《すご》みが加わった。

「うちを超えるって、どうやるんだね」

「やり様はいくらでもあるでしょう。だけど大事なのはそこじゃない」

鱗形屋は何も言わず、軽く顎をしゃくって寄越した。聞かせてみろと示されている。

「何より大事なのは、手前が人を動かす側の人間だってことです」

然《しか》り。動かす側だ。

「二月の火事ん時の話です」

あの晩の人々を見て分かった。目立って見えるもの、嫌でも耳に入って来るものがあれば、人は総じて「右へ倣《なら》え」となってしまう。しかし別のものを強く見せてやれば、或《ある》いは何かを繰り返し唱えてやれば、流れは変えられるのだ。

「手前が出しゃばって、狼狽《うろた》えた人らを叱り付けたんですよ。そしたら女郎さんが『そうだぞうだ』って言ってくれましてね」

粋な振る舞いを尊ぶ江戸っ子の心に、女郎たちの声は覿面《てきめん》に刺さった。それによって皆が、少しずつ自らの心を落ち着けていった。

「そいつは火事があったからでしょうか。違いますよ。一事が万事です」

世の中に飛び抜けた者、優れた者は少ない。人とは平凡の群れで、いつも「誰かがそう言っている」で自身の心を決める。何があろうと自分を保っていられる者など、中々いるものではない。

「でも手前は、それでいいんだと思います。他の誰も関係ない、俺は俺だ！　って言い張れる人ばっかりなら、世の中とっくに壊れちまってますよ。でしょ？　それぞれが、てんで違う方を向いてるってことになるんだから」

鱗形屋の顔つきが少し変わった。鋭かった眼光の中に、今までとは違うものが滲《にじ》み出ている。おまえを見極めてやる——漂い始めたその気配に、重三郎は「いける」と心を強くした。

「たとえば、どこの家でも夫婦が全く同じ方を向いてるなんてこたあない。ちょっとずつ考えが違って、それでもお互いを思いやって自分が折れようとする。でしょう？」

「……だろうね。夫婦円満が一番だって、少しずつ自分を曲げるもんだ」

それで手に入るのは、大過ない暮らしである。そして。

世の中とは、斯様《かよう》な営みを大きくしただけのものではないのか。良くも悪くも凡庸な群れだからこそ、人の世は成り立ち得る。

「人ってのは、できる限り互いの間を壊したくない。ですよね？　だから皆、同じ方を向きたがるんだ。そういうのが、世の中に流れってやつを作る」

書画や本、芝居。着物の柄や食の好みも然り。流行りとは、そうやって生まれる。

この絵は逸品だ。この物語は胸に沁《し》みる。何て粋な着物だろう。それが人々の心に植え付けられて、皆が同じ方を向いた結果が流行りということなのだ。

「流行りってのは化け物です。まず、山ほどの金が動きますよね。そいつは、誰も彼も楽しい思いをしたいからなんだ。手前が欲しいのは、それなんです。とんでもない大金と、楽しい世の中なんですよ」

できないこと、ではないはずだ。人が流されやすいのなら、流されるように仕向けてやればいい。世の中は仕向けられたことに気が付かないか、よしんば気付いたとて流されてくれる。

「そうでしょう？　だって、人は他人と同じ方を向きたがる生きものなんだから」

重三郎の言葉に、鱗形屋は静かに頷いた。

「あんたの言うとおり、流行りってのは誰かが作るものさ。ひとりでに、そんなふうにはなりゃしない。なるほど……火事の騒動で、人の弱みを知ったたって訳か」

重三郎は「いえ」と首を横に振った。

「火事の話は、手前に気付かせただけです。本当はもっと前から知ってたはずなんだ」

「ほう？」

「吉原ってとこは、人が馬鹿になって、欲を吐き出して騒ぐ場所でしょ。手前はそんな里に生まれ育った身です。人がどういうもんか、どう流されるのか、ずっと見てきましたから」

だからこそ流れを作れる。この蔦重は人を動かす側だと言えまいか——言葉尻に含ませた意味を察したか、鱗形屋は二度三度と頷いて、小刻みに肩を揺らし始める。揺れは次第に大きくなり、そして。

「あは、あっはははははは！　いや、こりゃ参った。うちを超えるってのも、馬鹿にできない話じゃないか」

「恐れ入ります」

「それに、あんたは喧嘩《けんか》が巧《うま》い」

細見を売り出す側としては、重三郎の知るところは喉から手が出るほど欲しい。ならば鱗形屋は、この話を断れるはずがない。そうと踏んで、勝てる勝負を仕掛けてきたのだろう。そこがまた愉快だと、鱗形屋は手を叩きながら大笑した。

「分かった。細見の改めと吉原での小売、あんたに任せようじゃないか」

ずっと黙っていた北尾が「ふう」と大きく息を抜いた。

「ねえ旦那。この野郎を連れて来た俺が言うのも何ですがね」

「うん？」

「旦那ご自身が、馬鹿にできねえ話だって仰るんだ。今日の恩を仇《あだ》で返されるかも知れねえんですよ。なのに、手助けしてやっていいんですか」

鱗形屋は「ふふ」と嫌味っぽく笑った。重三郎の肚《はら》を知った上で連れて来たくせに、何を言うのか――そんな顔であった。

「蔦重さんがうちを抜いて江戸一番になったら、それはそれで構わないんだよ。あたしだって、負けたまま黙ってやしないんだから」

その時には、どうしたら重三郎に勝てるかと懸命に智慧《ちえ》を絞り、きっと抜き返してみせる。鱗形屋は自信に満ちた声でそう続け、満足そうに息をついた。

「ひとり勝ちなんてのは、面白くないからね。競い合う相手がいて、こっちも『もっといいのを世に出してやる』『鼻を明かしてやる』って思える方が楽しいじゃないか」

重三郎がそういう相手になるか否か、今は分からない。だが自分の先行きを懸けて食らい付いてきた男だ。見どころがあると、鱗形屋は言う。

「だから、あたしも蔦重さんに賭けてみるんだよ」

鱗形屋は北尾との話を「さて」と切り上げ、重三郎に厳しい目を向けた。

「そうと決まりゃあ、早速だけど色々教えてもらおうか。何としても次の細見に間に合わせるからね」

すくと立ち、障子を開けて廊下に出る。

「てな訳で三の字、付いて行け」

北尾に促され、大きく頷いて立ち上がる。と、鱗形屋が戻って来て眉を寄せた。

「あんたもだよ、北尾さん。細見の挿絵、頼もうと思ってたんだからさ」


明けて安永二年（一七七三）正月七日、重三郎は鱗形屋の改所・小売として吉原細見を売り出した。これに際し、次郎兵衛の引手茶屋にある部屋をそのまま使って間借りの見世とする。見世の名は、蔦屋耕書堂《こうしょどう》であった。

細見は世の流れを作るような本ではない。しかし、江戸名所のひとつに数えられる吉原の土産として常に引き合いがある。また妓楼の主が挨拶回りの手土産に使うだけに、常に決まった数が捌《さば》ける優れた品であった。

改所として受け取った金、細見の売上を合わせた儲けは、貸本屋の十倍にも及んだ。

二　北尾と喜三二

吉原には大小合わせて二百ほどの妓楼がある。重三郎が本を貸す客は、そこに暮らす女郎や若い男衆であった。全てが遊里の中にいるため貸し歩きはしやすいが、その分だけ一日で回る見世も多くなりがちである。

「やれやれ。つい遅くなっちまった」

安永二年正月十五日、まだまだ日は短い。各々の妓楼からは既に明かりが漏れ、見世先の行燈《あんどん》にも火が入り始めている。少し南から浅草寺《せんそうじ》の鐘が渡り、暮れ六つの正刻（午後六時頃）を報《しら》せた。

「いけね、急がねえと」

今宵《こよい》は浮世絵師・北尾重政が尾張屋で宴を張る。年始の宴ゆえ戯作者や絵師仲間も一緒で、大座敷の兼約——予約が入っていると聞いた。

そんな日であれ、北尾が直接妓楼に向かうことはない。宴席の支度が整うまでは次郎兵衛の引手茶屋・蔦屋で待つのが常である。何とか、北尾が茶屋にいる間に帰らないと。

「急げ急げ」

茶屋には、北尾と共に戯作者や絵師がいるはずだ。是非とも紹介してもらわなくてはと、駆け足を速めて大門の外へ向かう。

「お。いたいた」

次郎兵衛の見世に至れば、北尾は中央の縁台に腰を下ろし、ひとりの男と談笑していた。重三郎はそれを見て顔を綻ばせる。

「先生、どうも。こんばんは」

「おお三の字、遅いお帰りじゃねえか」

いつもどおりの挨拶を交わす。と、北尾の連れが「ほう」という目を見せた。

「お主が貸本蔦重かね」

歳の頃は北尾と同じくらい、或いは少し上だろうか。羽織袴の姿で身なりが良く、波打つような目に人柄の穏やかさが表れている。

「このところ、北尾さんが盛んにお主のことを話すものでな。どんな男かと思っておった」

「こりゃどうも。このとおりの、つるんとした面《つら》の野郎でございますよ」

朗らかな会釈で応じると、楽しそうに「ははは」と笑い声が上がる。重三郎は「ところで」と北尾に目を向けた。

「こちら、どちら様で？」

にやり、と勝ち誇った笑みが返された。

「聞いて驚け。朋誠堂《ほうせいどう》喜三二《きさんじ》さんだ」

「ええ？　あの喜三二先生ですか」

様々な草双紙の筆を執る、当代きっての人気戯作者であった。誰か紹介してもらいたいと思ってはいたが、まさか初っ端《しょぱな》からこれほどの大物に引き合わせてもらえるとは。驚きと緊張で、心の臓が早鐘を打つ。

「これはまた失礼いたしました。改めまして、手前が蔦屋重三郎でございます」

畏《かしこ》まって腰を落とし、目の高さを喜三二よりも低くして頭を下げる。苦笑交じりの声で「よしてくれ」と返ってきた。

「堅苦しいのは好かん。お主の、いつもどおりで構わんよ」

「とは申しましてもですね。喜三二先生、秋田藩のお侍様でございましょう？」

然り、ただの戯作者ではない。朋誠堂喜三二は実の名を平沢常富《ひらさわつねまさ》といい、秋田藩・佐竹《さたけ》家に仕える武士である。しかも江戸屋敷の刀番として、藩主の世話役を担う要職にあった。

それを口にすると、喜三二は軽く背を丸めて重三郎と目の高さを合わせた。

「今は喜三二だ。戯作を世に出すのは、時に自分の役目を忘れたくなるからでな」

職務の重責に息が詰まった時、江戸の町衆が持つ熱や勢いが心地好い。そこに飛び込むと、気持ちに良い張りを取り戻せるのだという。

「だから、物書きの立場でいる時は喜三二として接して欲しい」

北尾が「ははは」と軽やかに笑った。

「だとよ、三の字」

「へい。それじゃあ喜三二先生、改めてお見知り置きを」

などと話していると、茶屋の若い者が重三郎に椅子を持って来る。それに腰掛け、改めて会釈すると、喜三二が興味深そうな眼差しを向けてきた。

「面白い男だと、北尾さんから聞いているぞ。何でも、あの鱗形屋孫兵衛に見込まれたそうじゃないか」

「こりゃまた、北尾先生はお喋《しゃべ》りだな」

「あそこの旦那はかなりの凄腕《すごうで》だからな。そんな御仁に一発で認められたのを傍《そば》で見ていたんだ。北尾さんでなくとも語りたくなるというものさ」

人はできる限り互いの間を壊したがらず、他人と同じ方を向きたがる。流行りとは、そうやって人の群れが押し流された結果だ——鱗形屋孫兵衛との問答を持ち出して、喜三二は感心したように続けた。

「お主の考えを聞かされて驚いたよ。もっとも、そういうところが分かっておるからと言って、鱗形屋ほどの大物に挑めるものではない。何よりその度胸にこそ感心した」

北尾も「お、それそれ」と大きく頷いた。

「今の三の字にとっちゃあ、十分に大勝負だったはずなんだがな。俺の目にゃあ『この野郎楽しんでやがる』って見えたくれえだ」

そう言われて、面持ちに苦いものが滲む。

「いやあ……。そんなに肝が太い訳じゃありませんけどね。でも、不思議なことに『ここぞ!』で妙に落ち着くんですよ。餓鬼の頃に色々あったせいでしょうね。忘れもしねえ、あれは七つの時でした」

そこへ喜三二が、心配げに口を挟んだ。

「話して良いことなのか? 少し深刻そうな顔だが」

「あ、いえ。構いませんよ。手前をもっと知ってもらいたいですから。その上で、いつか手前が版元になれたら何か書いてくださいな。ね?」

小さく笑みを作って応じ、重三郎は昔日を語り始めた。

*

暗い寝屋、右手の襖《ふすま》から隣の明るさが漏れ入る。行燈のぼんやりした明かりが、部屋の隅に積み上がった本を薄《う》っすらと照らしていた。

そして。その明かりと共に届くのは、父と母のいがみ合う声であった。

「しつこいがや。わしゃ、たいこもちになる気はにゃあでよ」

「あんた今の稼ぎで満足なの？　荻江流《おぎえりゅう》の師匠が、是非にって誘ってくださってんのに」

またこの話だ。もう寝なさいと言われて身を横たえ、寝床の中で同じ喧嘩を幾度聞かされてきただろう。

「満足とか何とか、そういう話じゃにゃあんだわ。わしゃ乞胸《ごうみね》が好きで、楽しゅうて続けとんじゃから」

実の父は名を丸山重助《まるやまじゅうすけ》といった。尾張から流れて来た乞胸――大道芸人で、今も吉原の辻々で芸を見せて日銭を稼いでいる。

母は名を津与《つよ》といった。妓楼・尾張屋の娘に生まれ、他に縁談があったにも拘《かかわ》らず、敢《あ》えてしがない乞胸の重助に嫁いだ。そのために父の怒りを買い、勘当を言い渡されたらしい。

「たいこもち、男芸者じゃないか。やることたあ乞胸と変わんないだろ」

「違う違う違う！　丸っきり、違う！」

乞胸は芸を見せるのみ。自らの芸で人々が笑ってくれる、驚いてくれる。だからこそ楽しいのだ。たいこもちも確かに芸は見せるが、それ以上に、客に媚《こ》びて機嫌を取ることで祝儀をもらう方が勝つ。

「そんな稼業の何が楽しいもんかや」

「どっちも相手をいい顔にさせるんだ。同じじゃない。あんたは話も巧いし機転も利くし、三味線の腕も立つ。乞胸の技も座敷芸に使えるって、師匠が太鼓判押してくれてんのに」

たいこもちになれば、ひとつの座敷で金一分（一分は一両の四分の一）が手に入る。芸や話を気に入られたら、別途の祝儀も渡される。乞胸の稼ぐ日銭とは比べものにならない。

母の涙声に、父の突《つ》っ慳貪《けんどん》な声が返った。

「結局、金の話かや」

「暮らし向きのこと、少しは真面目に考えてよ。子供だっているんだから」

とうとう母は泣きだした。これも、いつものことだ。

父はしばらく黙り、やがて大きく溜息《ためいき》をついた。

「……商売ちゅうんは、楽しゅうなけりゃ続けられせん。わしゃもう三十三じゃ。短い一生、いつまで先があるか分からん。楽しゅうない、辛《つら》いって思いながら歳を取りとうにゃあ」

「楽しく生きられたら十分だってえの？」

「そうは言わんがや。じゃけど――」

「楽しいだけなんて、ある訳ないんだよ！」

血を吐く如《ごと》き勢いで、母が嚙《か》み付いた。才覚を見込まれて誘われたのに、どうして勝負に出ようとしないのか。怖《お》じ気《け》付いているだけだろう、と。

「大事なとこで尻込みするような人が楽しい人生なんて、そんなの無理なんだよ」

母は、また泣いた。

聞くほどに辛くなる。寝返りを打ち、父と母のいる隣の間に背を向けた。

そして思うことも、いつもと同じ。

自分がいるから、なのだろうか。二人の足枷《あしかせ》になっているのではないか。

ああ。本が読みたい。そうすれば楽しい気持ちになれる。父と母の喧嘩、味わっているこの思いさえ、全てを受け止められるのに。

思ううちに目が闇に慣れ、障子の白さが浮かぶようになった。

「……もういい。分かった」

母の静かな声、衣擦《きぬず》れの音に続いて襖が開けられた。背後から、さっと明かりが差し込む。

「柯理《からまる》、起きて」

名を呼ばれて、ぴくりと身が強張《こわば》った。足音が板間の中を近付く。ぽんぽんと肩を叩かれ、ようやく動けるようになった。

「おっ母」

ぽつりと発する。柔らかな、慈しむ眼差しが返された。

「行くよ」

当然のように、それだけしか言われなかった。ひとりでに体が起き、手を取られて隣の間へ。目を合わせようとしない父の脇を通って、外に連れ出された。

裏長屋の暗さが次第に払われてゆく。吉原の華やかな表通りは、夜でも眩《まばゆ》いほどに明るい。妓楼の籬《まがき》から三味線の清掻《すががき》が賑々《にぎにぎ》しく渡ってくる。

手を引かれ、その中の一軒に導かれた。母が大きく息をつき、寂しそうに口を開いた。

「あにさん。お久しぶり」

母の兄、柯理にとって伯父に当たる利兵衛が驚いた顔を見せた。

「お津与。おまえ」

津与は重助と縁を切って尾張屋を頼った。

もっとも勘当された身、存命だった先代には許してもらえず、柯理を預けて立ち去るしかなかった。

見世の名は尾張屋、屋号は蔦屋、本来の苗字は喜多川《きたがわ》を名乗る家。柯理は伯父・利兵衛の養子に迎えられ、喜多川柯理となった。

そして、それとは別に蔦屋重三郎の名を与えられた。商人としての名であった。

*

「――てなことがありまして」

「驚いたたな。そんな話、俺ぁ初耳だぜ」

北尾の困惑顔に、重三郎は苦笑を向けた。

「そりゃまあ、人に言うのは初めてなんで。でも胸ん中で引っ掛かってる訳じゃないですよ。何たって、あたしは今の家族が好きですからね」

次郎兵衛は自分を慕ってくれる。利兵衛も、きちんと父として接してくれた。幼い頃から小遣いも十分にもらえたし、それを使って好きな本や絵を買うこともできた。

「そこら辺を元手に貸本を始めたんだ。おまけに次郎が尾張屋を継いでくれるから、あたしは自分のやりたいことができる。ありがたい話ですよ」

喜三二がしみじみと頷いた。

「いじけた考え方をせんのは、お主の良いところなのだろうな。ところでその後、実の父君と母君はどうしているのだね」

　重三郎は「うわは」と身を震わせた。

「父君、母君なんて大層なもんじゃないですよ。ええ、どっちもまだ生きてます。二人別々の長屋で、それぞれひとり住まいでね」

　尾張屋の先代は既に彼岸に渡っている。津与を許すべからずと遺言した上でのことだった。そのため母は実家に戻れていない。

「もっとも利兵衛の親父にしてみりゃ、それでもかわいい妹です。食うに困らんようには計らってくれてますよ。手前も貸し歩きの息抜き代わりに、月に一度くらい顔を見せてます」

　今度は北尾が「なるほどね」と腕を組んだ。

「親父さんは、短い一生なら楽しんで生きたいって言った。お袋さんは、勝負どころで思い切れねえようじゃ駄目だって言った。鱗形屋ん時の前に『勝負に出なきゃ楽しくねえ』って言ってたが……二人の考え方を合わせた格好だな」

　重三郎は「そうですね」と笑った。

　実の両親が夜な夜な、いがみ合っていた。その末に尾張屋に預けられ、以来、幼い頭で考え続けた。どうしてこうなったのだろう、と。

「結局、どっちも自分の考えに凝り固まってたんですよ。で、どうしてもお互いの考えを合わせらんなくて、夫婦の仲までぶっ壊しちまった。そんな締まらねえ話です。だけど」

　実の父・重助の言い分、稼ぎが増えても楽しくなければ続かないというのには、頷けるところがあった。やりたくもない仕事に本気で取り組める人など、果たしているのだろうか。

「嫌なのに『やらなきゃ』で動くより、心から『やりたい』で動く方が、いい仕事ができるに決まってまさあね。そこんとこは、おっ母が間違ってたんですよ」

幼き日の重三郎は、やがて、ひとつの考え方に行き着いた。ならば、勝負どころで思い切るのと、楽しむのが一緒なら良いのではないか——。

「本当にやりたいこと、それで躓《つまず》いても悔いはないってことなら、やってやろう！　って気になるでしょ？　頑張るのが楽しいって思えるじゃないですか」

そう考え続けていたから、いつしか「ここぞ」で度胸が据わるようになったのではないだろうか。重三郎の話に、北尾が「ふむ」と唸る。喜三二も「なるほど」と頷いていた。

と、外から軽い駆け足の音が近付く。それは見世の前で止まり、今度は努めて足音を忍ばせながら入って来た。尾張屋から寄越された若い者であった。

「どうも。北尾先生のお座敷、支度が整いました」

北尾は「お」と縁台から腰を上げ、重三郎に目を向ける。

「刻限にゃ少し早いが、動くとすらあ。他に呼んだ奴《やつ》がこっち来たら、真っすぐ尾張屋に行くように言ってやってくれ」

「ええ、次郎にも話しときます。ごゆっくりお楽しみを」

そして北尾は、喜三二を促した。

「そんな訳で、俺たちだけで先に呑んでましょう」

「ああ。その前に」

喜三二は静かに立ち、重三郎に目を向けた。

「蔦重殿と呼び続けるのも何だし、これからは『重さん』で構わんか？」

「そりゃもう」

「じゃあ重さん。お主は実に気持ちのいい男だな。さっきの話どおり、お主が版元になったら何か書かせてもらうよ」

重三郎は「お」と目を見開き、さっと立ち上がって頭を下げた。

「ありがとうございます。是非とも」

「だが、まずは版元になることだ。そこが難しい」

「ええ。地本問屋《じほんといや》の株でしょう？」

江戸では誰もが好きに商売をできる訳ではない。ひとつの商売に人が集中すれば、他の商売が疎《おろそ》かになって諸々の品薄が起きてしまう。それを防ぐため、多くの商売には株仲間があり、新規の者を閉め出す形になっている。

「差し当たって、株を売ってくれそうな人を探さないといけませんね」

喜三二は「ああ」と頷いた。

「わしの知る限りでは、通油町《とおりあぶらちょう》の丸屋《まるや》なら売ってくれるかも知れんぞ。旦那はそろそろ隠居という歳で、後継ぎもおらん。最近では商売も巧くいっていないそうだ」

「そりゃ耳寄りな話だ。ありがとうございます」

「丸屋に重さんを信用してもらうだけなら、わしと北尾さんが口を利けば何とかなる。その次が大変だ。株を買い取る金を支度せねばならん。五百両くらいは見ておいた方がいい」

「五百も？」

紛《まご》うかたなき大金である。細見売りと改めの儲けを何年積み上げれば、それだけ貯《た》められるのだろう。そう思うと眉が寄る。

そこへ、北尾が強く肩を叩いてきた。

「辛気臭え面すんな。本当にやりてえこと、なんだろ？　だったら、できるかどうかじゃねえ。やるんだよ」

「……違えねえや。ええ、やってみせます。きっと」

重三郎のつるりとした顔が引き締まる。北尾は「よし」と満足げに頷いた。

「その意気だ。これからも時々、絵描きやら物書きやらに引き合わせてやる。銭が貯まって株買ったら、すぐ商売ができるようにな」

北尾と喜三二は愉快そうな面持ちで、尾張屋の若い者に案内されて行った。重三郎は軽く頭を下げて二人を見送り、滾《たぎ》る思いに胸を熱くした。

三　初めての本

「ごめんよ。お父っつぁんに呼ばれて来たんだが」

重三郎は尾張屋の玄関で声を上げた。すぐに見世の若い者が出て来る。

「こりゃ重三郎さん。旦那、もう部屋でお待ちですよ」

「そうかい。ああ、案内はいらないよ」

大門の外、次郎兵衛の茶屋で寝起きしているが、ここは勝手を知った実家である。玄関から上がってすぐの帳場を抜け、八間（一間は約一・八メートル）ほどの廊下を進めば、養父・利兵衛の使う一室であった。

「お父っつぁん。重三郎です」

「おお、入んな」

声に従って中に入れば、父は火鉢に手をかざしながら吉原細見に目を落としていた。

「おまえが細見の改めをするのも、これで三度目だな。どうだい、儲かってるか」

「まあ貸本に比べりゃあね。でも、まだ足りない」

早いもので安永三年（一七七四）の一月半ばである。朋誠堂喜三二と知り合った頃から既に一年が経ち、その間には北尾重政に何人かの戯作者や絵師を紹介してもらった。そうした縁は広がってきたものの、地本問屋株の代金となると容易《たやす》く貯まるものではない。

「今のままなら十年もかかりそうですよ」

軽く溜息をつくと、利兵衛はこともなげに「はは」と笑った。

「そこで助け船を出してやろうと思ってな。おまえ、本を作らないか。ああ、草双紙の類《たぐい》じゃないよ。株がなくても出せるのをね」

聞けば、吉原の宣伝になる本を何か作って欲しいのだという。なるほど、本そのものを商う草双紙と違って、その手のものなら株仲間に名を連ねずとも売り出せる。

「天下の鶴鱗堂《かくりんどう》、あの鱗形屋孫兵衛と商売してんだ。彫り方や刷り方とも、もう懇《ねんご》ろだろう？」

「懇ろってほどじゃないですけどね。あっちこっちに顔見知りはいます」

「そうか。だがまあ十分だな。どうだい、パッと刷ってパッと売りゃあ大儲けだ」

言われて、口がへの字になった。利兵衛は本を作って売る苦労を知らない。ちょいちょいと何か書けばすぐ本になり、本になれば必ず儲かると思っている。

「あのねえ、お父っつぁん。そんな簡単じゃないんですよ。どんな本にするか考えて、売れるように書いてもらって、いい挿絵をもらって、彫ってもらって刷ってもらって、本の形に綴《と》じてもらってさ。それで、ようやく売り出せるんです」

「何だい。もらってばっかりだな」

「そうですよ。あっちこっちに動いてもらわないといけない。だから本を一冊出すにゃあ金もかかるし、時もかかるんだ。短くて三、四ヵ月、長けりゃ一年以上って時もある」

利兵衛は「む」と唸って腕を組む。が、すぐに気楽そうな顔になった。

「けど本になりゃあ、おまえ、儲かるだろう」

「売れりゃあね。宣伝に使うのなんて広く売れやしないでしょ」

「そこを売れるように立ち回るのが版元じゃないか」

「簡単に言わんでくださいよ」

本を一冊貸すだけでも相応に骨は折れるのだ。まして売るなら苦労は何倍、何十倍である。世の人は戯作者や絵師、版元などが楽な商売に見えているのだろうか。いささか気分が悪い。

「まあ宣伝は大事ですけどね。そもそも、そういう本まで作んなきゃいけないんですか？ こんとこ儲かってないって、聞いてはいたけど」

問うと、利兵衛は「そうだよ」と深く溜息をついた。

「半年ばかり、さっぱりだ」

火事の後、仮宅の時には女郎の揚げ代を値引いて多くの客を引き込んだ。遊里と自らの見世を再建するため、とにかく金を掻き集める必要があったからだ。その目的は確かに達したが――。

「仮宅を引き払った辺りに、安く遊べる岡場所があるだろ？　客がそっちに流れちまってんだよ。町人の客は仕方ないとしても、最近じゃあお侍様まで……って訳さ」

「引き戻すだけなら、女郎さんの揚げ代を値引けば済む。そうすりゃ町人のお客は押し寄せるだろうけど……でもねえ」

重三郎の面持ちは渋い。利兵衛も同じであった。

「ああ。それじゃあ仮宅ん時と同じさ。落ち着いて遊べないって、お侍様や大店の旦那衆は足が遠退《とおの》いちまう。里が元に戻ったのに、見世の側から格を下げる訳にゃあいかない」

吉原は幕府公認の遊里である。その格式ゆえ、諸藩の重職が幕閣をもてなす席、大店の店主が商売の話をする席が多く設けられる。吉原通が「粋な人」と目されるのも、そういう場所だからこそだ。

「話は分かりました。要するにお侍様のお客をどうにかしたいんでしょ？　でも今のお客に『もっと何遍も来て』ってのは難しいと思うよ」

「まあ、一度の席でも高い払いになるからな」

「つまり、お侍様のご新規さんを呼び込まないといけない」

利兵衛は「そうだね」と頷いた。

「そこんとこ、どうにかならんか。鱗形屋で『あたしは人を動かす側だ』って大見得切ったんだろう？　それができる奴だって見込んで頼んでんだよ」

「何だい、倅《せがれ》を持ち上げて気色の悪い」

「いやいや、あの火事の晩のことさ。おまえ、取り乱した人らを叱り付けたじゃないか。あれが取っ掛かりになって皆が落ち着いた。だから楽に逃げられたし、人死にもそう多くなかったんだ。まさに人を動かす側、こりゃ大したもんだって思った訳だよ」

　重三郎の胸がむずむずと騒いだ。こう言われて引き下がって良いものか。

「それに本を刷って巧く売れって話は、おまえの鍛錬にもなるはずだ」

　利兵衛は本の何たるかを知らないが、この言葉には確かに一理あった。とは言いつつ。

「いや、でも……。お侍様を引き付ける本なんて、相当に難しい話ですよ」

「気が乗らんか？」

「草双紙で当たりを取るのとは、丸っきり訳が違うもの」

「そうか」

　がっかりした顔を向けられて、後ろめたい気持ちを持て余す。ところが利兵衛は、それを見越したように次の言葉を継いできた。

「分かった。おまえはその程度の男だったか。何とまあ情けない奴だねえ」

「ちょ、ちょっと待ってよ。何です、それ」

「だって何も思い付かないんだろうよ。それじゃあ人を動かすったって、身の回りが精々だ。広く世の中を相手に、なんてのはなあ？」

こちらの自負するところをチクリとした上で、これである。ついつい「何を」の負けん気が顔を出してしまった。

「いくらお父っつぁんでも聞き捨てならないね。分かったよ。やりますよ」

「お。じゃあ頼むよ」

即座に掌を返されて「しまった」と眉が寄った。が、もう遅い。二言を吐けば男を下げる。

「しょうがねえな、まったく」

鱗形屋に「喧嘩が巧い」と言わしめた身が、してやられるとは。長年に亘《わた》って妓楼を仕切ってきた手腕は、伊達《だて》ではないということか。或いはこの家は、そもそもそういう血筋なのかも知れない。

「やれやれ。で、その宣伝本だけどさ。尾張屋だけって話じゃないですよね」

「そりゃそうだ。他の客足も伸びないと吉原そのものが廃れちまう」

「なら大掛かりな本になるよ。でも、あたしが自前で出す訳じゃないんだから、本作りにかかる金は頼んだ側が持たないといけない」

「道理だね。幾らくらいだ」

問われてにじり寄り、ごにょごにょと耳打ちする。利兵衛は軽く仰《の》け反って目を丸くした。

「そんなにか？　ひと月の儲けが吹っ飛んじまう」

「あっちこっちに支払うのと、あたしの骨折り代まで合わせると、そうなるんですよ」

「参ったな。いや……だったら他の見世にも話して、少しずつ出させるか」

重三郎は「それがいいね」と頷いた。他の見世も宣伝する以上、尾張屋だけで金を都合する必要はない。利兵衛から話を持ち掛け、乗ってきた見世の頭数で割れば済む話である。

「ひと月で取りまとめてくださいよ。その間に、どんな本にすりゃいいか考えます」

＊

十日後の晩、重三郎は北尾重政の自宅を訪ねた。今日は北尾に頼んで朋誠堂喜三二を呼んでもらっている。

「こんばんは。お待たせしてすみません」

挨拶して北尾と喜三二の待つ部屋に入ると、二人は軽く呑んでいたようであった。重三郎の膳も支度されていた。

喜三二は「おう」と返し、盃《さかずき》に残った酒を干して居住まいを正した。

「何でも、わしに相談があるそうだが」

「ええ。実は――」

養父・利兵衛の頼みについて話すと、喜三二は「ふむ」と頷いて腕を組んだ。

「武士を吉原に引き付ける本か。わしに何ができるか分からんが、できる限り力になろう」

快諾を得て、重三郎は自らの思うところを話していった。

「お侍様の気持ちを動かそうってんなら、まず、お侍様がどういう人たちかを知らないといけません。先生の周りの人たちって、どんな感じなんでしょうか」

喜三二は「そうだな」と伏し目がちに考え、五つ六つ数えた頃になって軽く目を見開いた。

「……存外、見栄っ張りな奴が多い。特に、わしのような江戸詰めは」

「えええ？　そうなんですか？」

「武士は食わねど高楊枝《たかようじ》、というのがあるだろう。痩せ我慢をしてでも体面を保たねばいかん立場だ。自分を装うのが当たり前になっているんだよ」

重三郎は「へえ」と目を丸くした。

「何だか町人と変わんないですね」

「そりゃあ、わしらも藩屋敷の中だけで生きておる訳ではないからな」

町に出て買いものもすれば、息抜きに芝居や相撲を見物する日もある。市井の諸々と交わる以上、町人の気風に合わせることも多いのだという。

「合わせているうちに、江戸っ子に染まるものさ」

「女遊びなんかも？　考え方は町人と似てくるんですかね」

そこが本題、と少し話の向きを変える。喜三二は「そうだ」と首を突き出した。

「わしも今ではお役目やら、戯作仲間と共に楽しむためやら、そういう席ばかりだけどな。昔は粋な男と思われたくて吉原通いをしておった。若いうちは女慣れしているというだけで、他の者より偉くなった気がするだろう？　これも見栄のひとつさ」

聞いていた北尾が「あっはは」と笑った。

「そう言や、前に三の字から聞いたな。見栄っ張りの話。細見の知ったかぶり野郎さ」

「ああ、あの」

思い起こして苦笑が漏れた。

「へえ？　それは？」

喜三二が興味を持ったらしい。これを話して得るものはないかも知れないが、酒の肴《さかな》には良いだろうか。

「いえね、ずいぶん前のことなんですが」

本を貸し歩いて帰る道中、二人連れと擦れ違った。すると、片方が連れの男にあれこれと講釈を垂れていた。

「吉原ではこう遊べ、とかね。この見世の、この女郎さんがいい、とか。でもそれが全部、細見の受け売り、知ったかぶりなんですよ。こっちは細見の改めをしてる訳ですから、何から何まで分かるじゃないですか。もう、おかしくってね」

喜三二は笑って、口に含みかけた酒を「ぶは」と吐き出した。

「粋な男を気取って、しかし重さんには全てお見通しって訳か」

そんなことでは簡単に化けの皮が剝《は》がれそうだと、三人で笑う。ひと頻《しき》り笑って、重三郎は「でも」と喜三二に向いた。

「さすがに、こういうのは町人だけでしょ？　お侍様は違いますよね？」

「そうだな。知ったかぶりをして、後からそれが明るみに出たら体面が悪い。恥をかくだけなら良いが、信用を損なうかも知れん」

武士は町人の上に立ち、世の政《まつりごと》を担う身分である。ゆえに体面や信用には特に気を遣うらしい。瑣末《さまつ》な話であっても、ことと次第によっては出世に響きかねないのだという。

「立場のある人ほど、同じに考えるのではないかな」

重三郎は「へえ」と目を丸くした。

「やっぱり、そこは町人と逆になるんですね。あれ？　逆……逆。何かこう、使えそうな気がするな」

唸っていると、北尾が「まあまあ」と空気を解《ほぐ》した。

「そっちは後で考えろ。まずはお侍ってのを、もっと良く知った方がいい」

喜三二も「そのとおりだな」と笑った。

「次は、武士の間で流行っていることを教えようか。武士が何に動かされるか、重さんの手掛かりになるかも知れん」

「あ、もっともなお話ですね。たとえば？」

「わしの知る限りだが、最近は活け花に凝る者が多い。活けるのはご内儀やご息女で、男たちは活けられた花を愛《め》でる側だがな。まあ、これは相応の身分に限る」

活け花の大本は茶の湯に由来し、茶の湯は武士の嗜《たしな》みのひとつに数えられる。それゆえの流行りなのだろうと、重三郎は頷いた。

「なるほど。親父の見世でも、お侍様や大店のお大尽が何度か花の宴をやってましたね」

すると、北尾が「花ねえ」と口を挟んできた。

「花って言やあ、人を花に見立てた本があるよな」

重三郎の身が、ぴくりと動いた。

「江戸の人気者を花に見立てた、ああいう本ですか？」

「おう。珍しくもねえ本だ」

役者、茶屋の看板娘、派手な商人や棒手振《ぼてふり》──江戸で名を知られた人を活け花に譬《たと》えた絵双紙は、確かに幾つか売り出されていた。

その「ありふれた本」の話が、重三郎の胸を掴んで激しく揺さぶる。

「あ。あ……あ！」

そして、何かを叩き出した。

「それだ、それですよ！　お侍様が花に凝ってんなら、女郎さんを花に譬えりゃいいんだ！」

閃《ひらめ》いた、と大きく目を見開く。が、北尾の面持ちは渋い。

「珍しくもねえって言ってんだろが」

「本そのものは確かにそうです。でもお侍様と町人じゃ、同じ見栄っ張りでも逆になるとこがあるって話だったでしょ？　なら、花に譬えた本の楽しみ方って言うか……。効き目！　そう、効き目です。そこ、逆になる気がするんですよ」

見れば喜三二も掴みかねているらしい。二人の「はて」という顔に向け、沸き立つ気持ちを吐き出していった。

「今までのは、世に知られた人を花に譬えてましたよね。自分の知ってる人と本を比べて、それで『こいつはまさにこの花だ』って笑ったり感心したりする」

だけど、と続けた。江戸の人気者たちと違って、女郎の顔や姿を知るのは遊び慣れた粋人のみである。ゆえに今までの絵双紙のような、洒落としての楽しみ方はできない。

「そこで、さっきの話です。お侍様は町人の逆で、知ったかぶりはしない。けど見栄は張りたいし、粋な男って思われたい。だったら」

北尾が「あ！」と目を丸くした。

「そうか。女郎さん方が、どうしてその花に譬えられたか。そこを語って、吉原通を気取りてえなら」

重三郎は「そうです」と大きく頷いた。

「見世に来るしかなくなるんですよ。それにね」

「おう。それに？」

「吉原って、男と女がこう……って場所でしょ？　女郎さんを花に譬えたら、そういう想像も膨らんで面白そうじゃないですか」

「どういう想像だよ……って、おい！　まさか、女のあそこか？　そこがどんな花に似てんのかって？」

北尾は腹を抱えて笑った。喜三二も同じである。なるほど、武士も江戸っ子に染まるというのは本当らしい。

「まあでも、お侍様にそんな品のないこと期待しちゃいけませんね」

いささか調子に乗り過ぎたかと、重三郎は肩をすくめる。もっとも喜三二は「構わんよ」と、まだ笑っていた。

「武士だって、ひと皮剝《む》けば同じ男さ。表向き上品に繕っても、頭の中ではそういうことを考えてしまうものだ。男とは、どうしようもない生きものだよな」

「いや全く、仰るとおりで」

「それに、立場のある人ほど蘊蓄《うんちく》を語りたがる。わしの上役もそうだ」

そういった客を相手にするため、吉原の女たちは諸々の教養を仕込まれている。こうした格の高い女を知り、格の高い場所で遊ぶのが吉原通の粋人なのだ。逆に考えれば、粋人と見做《みな》されることは一面で教養の証とも言えよう。だから、と喜三二は続けた。

「その意味でも武士の見栄っ張りを煽《あお》りやすい。色々と面白い本だと思うぞ」

「お！　喜三二先生のお墨付きだ。じゃあ、これで行きます。女郎さんに大事なとこの花も見せてもらって、それで讐えることにしましょうか」

三人で、また腹の底から笑う。和やかな空気の中、笑いの波が引くと、喜三二が「はあ」と愉快そうに息をついた。

「ところで重さん。その本、どうやって武士に買わせるんだ。伝手《つて》はあるのかね？」

「伝手はありませんけど、売れなくても大丈夫なんですよ。どこの見世も、色んな藩のお屋敷にお得意様はいるもんでしょ？　見世の旦那たちが挨拶ついでに持って行きゃあ、そこから勝手に広まってくれますよ。それで宣伝の役目は果たせますし、あたしも手間賃はもらえますから損はしませせん」

「そうか。いや、考えておるなあ」

喜三二の笑みは楽しげで、かつ「感心した」の気持ちを深く映していた。

＊

重三郎と喜三二、北尾の三人は、各々の妓楼を回って女郎たちを花に見立てていった。

武士の心をくすぐるための本ゆえ、見立ては喜三二が行なう。重三郎と北尾は、それが見当外れと思う時にのみ異を唱える。もっとも喜三二は本当の粋人ゆえ、二人の出番はないに等しかった。

喜三二が見立てた各々の花が、北尾の筆で活け花の体裁に描かれてゆく。これを版に彫って刷り上げられる。

そして、五ヵ月ほどが過ぎた。

安永三年七月初旬、蔦屋耕書堂に本の包みが届く。重三郎は居住まいを正して包みを開いた。

「できたんだ。ようやく……」

初めて自ら作った本、題して遊女評判記『一目千本《ひとめせんぼん》』である。判の大きさは草双紙と同じだが、武士の目に触れる前提で作った本ゆえ、仕上がりは豪華であった。

まず、何と言っても表紙が分厚い。色は濃淡の藍を斑《まだら》に配し、その上にちらほらと銀箔《ぎんぱく》をあしらっている。手触りは硬く、しっかりとして心地好い。中身の紙や刷りの墨にも上等なものを使い、それらの香気が胸を洗うかのようだ。

自分の手で、この一冊を作り上げた。その感慨が身を震わせる。重三郎、二十五歳であった。

金を出した見世には、額に応じた数の本を渡した。楼主たちは諸藩の江戸屋敷へ挨拶に赴き、この本を配ってゆく。

重三郎の手許《てもと》にも五十冊ほどが残り、これは耕書堂で売っている。そこへ、義弟の次郎兵衛がやって来て「あにさん」と声をかけた。

「評判記、どうです。売れてます?」

「そんなに売れるもんじゃないよ、こういう本は」

苦笑を返す。養父・利兵衛の言うような大儲けになるとは、端《はな》から思っていなかった。

「でも、もっと大きいものが手に入ったからさ。今はそれで十分だ」

「何です、その大きいものって」

「幾つもあるよ。まず、あたしの仕事が形になった、っていう喜びさ。それからね。自分で本を作ったこと、そのものだ」

一冊の本を世に送り出すのに、何をどうすれば良いかは分かっていた。とは言え「頭で分かっている」と「やったことがある」は似て非なるものだ。経験してみて、初めて本当に「知った」ことになった。それが何よりの利益である。

「人の心を動かすやり方もね。ただ『これだ！』って騒ぐだけじゃ駄目なんだ、てえのに気が付いた」

心のどこを衝《つ》いてやれば押し流せるか、そこを探らねばいけない。その上で、より多くの人を踊らせやすい形を見せれば――。

「流れってのは、そういうとこに生まれるもんだ。最近じゃあ尾張屋も少し儲かってんだろ？」

「ですね。お侍様のご新規さんから、座敷の兼約が三つ四つ入ったって」

それは小さな流れでしかない。しかし、間違いなく重三郎が作り出した流れであった。

次郎兵衛は『一目千本』を一冊手に取り、表紙を捲《めく》って目を落とした。

「北尾先生の絵も、やっぱり綺麗《きれい》だね」

「本当にいいものを出したいって、先生に頼んだんだ。世の中を見りゃあ、馬鹿を騙《だま》す商売ばっかり幅を利かせてやがるけどさ。あたしは、そういう商売はしたくない」

質を伴わないものは、客を侮った、誠のない商売なのだ。重三郎はそう言って目元を引き締める。

「本当の意味で成り上がりたいから、本当にいいものを売り出すんだ」

「そこは心配してないよ。本や絵については、あにさんは目が肥えてるし」

弟の言葉が照れ臭く、重三郎は「そうありたいね」と少し笑った。

その後も『一目千本』が大きく売れることはなかった。が、少し経つと利兵衛が次の本を出してくれと頼んできた。見世の売上が増え始めて気を良くしたらしい。

重三郎はこれを受け、明けて安永四年（一七七五）三月、絵双紙の続刊を売り出した。本の題名は遊女評判記『急戯花之名寄《にわかはなのなよせ》』という。見世の紋が入った提灯《ちょうちん》の絵に女郎の売り口上を入れたもので、吉原細見をより詳しく、豪華にした格好であった。

四　自前の細見

遊女評判記を二冊売り出したものの、大した売上にはならない。耕書堂にとって一番の稼ぎは、やはり吉原細見の改めと小売であった。

一方で日々の貸本も続けている。新刊は概《おおむ》ね一月と七月に売り出されるが、この安永四年には四月に刊行された一冊があり、貸本用に仕入れることになった。

こんな時期に珍しいなと思いつつ、客に勧める時のために目を通してゆく。読み進めるうち、重三郎はぐいぐいと引き込まれていった。

「こいつぁ……すごい」

鱗形屋から売り出されたその本は、従来の草双紙とは違うと示すかのように、表紙が明るい黄色に彩られていた。題名は『金々先生栄花夢《きんきんせんせいえいがのゆめ》』といい、朋誠堂喜三二と並ぶ人気戯作者・恋川春町《こいかわはるまち》の筆である。

「おい次郎、ちょっと来てこれ読んでみろ」

引手茶屋は昼の休みに入っている。しばらく手も空くだろうと弟を呼び、本を押し付けた。

物語は、こうである。

貧乏な若者・金村屋金兵衛が立身を志して江戸に出て来た。そして目黒不動に参拝し、門前の粟餅《あわもち》屋で餅を頼む。だが餅の蒸し上がりを待つ間に眠ってしまい、自分が大店の主になった夢を見た。夢の中の金兵衛は放蕩《ほうとう》の限りを尽くし、身を持ち崩したところで目を覚ます。人の栄華など一時《いっとき》の夢、立身に何ほどの値打ちがあるものか。金兵衛はそう悟って故郷へ帰って行った——。

次郎兵衛は「はは」と笑いながら読み、四半分ほど進んだところで顔を上げた。

「面白いね。ただ、どこかで見たようなお話だな」

「そりゃそうだ。お話の筋は能の『邯鄲《かんたん》』と同じだからな。その『邯鄲』にしても、大昔の唐《から》の国の話だよ。おまけに、百年くらい前の仮名草子にあった『元のもくあみ』って話にも似てる。でも、それだけで終わるような代物じゃない」

この『金々先生』は蒟蒻本――遊里に材を取った「洒落本」の趣向も取り入れ、全編を通して粋人の姿を活き活きと描き出している。今の世に生きる人を楽しませるための、今の世に通じる物語なのだ。

「まさに春町先生の筆の冴え、ってとこさ。けど、あたしが本当に驚いたのはそこじゃない。昔のお話だって、今の世に照らしてやりゃあこんなに面白いんだ。このやり方なら幾らでもお話を作り出せる。つまり、いい物語は何度だって新しく生まれ変われるってことだろ?」

「へえ……。うん。確かに」

「さらに、だ。こういうのを足掛かりにして、誰も見たことがないお話だって作れるかも知れねえ。この、何てえのか……先々に広がりがある」

この本には、これからの版元が進むべき道筋が示されているのではないか。涸《か》れることのない娯楽の湧き水だと、重三郎には思えてならなかった。

それから一ヵ月、果たして『金々先生』は大当たりを取った。

自分の目と勘は正しかった。版元になった暁には、きっと喜三二に頼んで黄表紙の本を書いてもらおう。その思いを胸に、重三郎は日々の商売に精を出す。

ところが――。

「おい三の字。えらいことになっちまったぞ」

五月を迎えたある日、思いがけず北尾が見世を訪ねて来た。しかも泡を食っている。

「どうしたんです。えらいことって?」

「鱗形屋が、やらかしやがった。盗版だ」

盗版。他の版元が出した本の盗用である。

そろそろ次の吉原細見について鱗形屋と話さねばならない、そう思い始めた矢先の、寝耳に水の大事件であった。

＊

重三郎はすぐ大伝馬町《おおでんまちょう》に足を運んだ。到着は日暮れ間近で、辺りにはまだ少し人通りがある。そうした中、鱗形屋は見世を閉めてひっそりとしていた。

「まあ、当然だろうな」

遠巻きに見世を眺めれば、閉め切られた戸板の至るところに「恥知らず」「盗人《ぬすっと》本屋」「悪徳商売」などと貼り紙がされ、家路を急ぐ人々がそれを見てはひそひそ話している。

「悪者は叩け……か。恐いねえ。仕方ないって言やあ、それまでなんだが」

江戸で最大手の版元として幅を利かせてきただけに、人々の目は過ぎるほど厳しい。力を持つ者が失態を犯せば、世の流れは恐ろしい勢いで逆流すると思い知った。

こうなると、鱗形屋に会うにも人目は避けたい。重三郎は落ち着かぬ思いで辺りを歩き、すっかり暮れてから見世を訪ねた。

「もし、鱗形屋さん」

小刻みに戸を叩くと、中に人の気配が近付いた。

「どちら様です？　今日は……」

「蔦屋です。旦那にお取次ぎを」

小声で名乗ると、ほっとした気配と共に少しだけ戸板が開けられる。出迎えた若い男に案内され、店主・鱗形屋孫兵衛の部屋を訪ねた。

「こりゃあ蔦屋さん。良く今日の今日で訪ねて来られたね。表、酷かったろう」

疲れた顔だが、声音を聞く限り心まで萎《しお》れてはいないらしい。そこに少し安堵《あんど》して、差し向かいに座る。

「あれこれ貼り紙がしてありましたね」

「剝がしても剝がしても、次から次だ。昼までにも、これだけ貼られてた」

鱗形屋の右脇には半紙の山があった。溜息交じりの苦笑を受け、ひとつ鼻息を抜いて問う。

「ねえ旦那。盗版って、何がどうなってんです」

「いやあ。一月に出した本なんだがね」

四ヵ月前、安永四年一月に、鱗形屋は『新増節用集《せつようしゅう》』なる本を出した。節用集、すなわち言葉の使い方や、あれこれの言い回しについて解説したものである。

「ああ……。手前も貸本用に二冊仕入れましたけど、かなり売れてた本ですよね。それが盗版なんですか」

「そう。大坂で大当たりした『早引節用集』ってのと、そっくり同じだ。あんまり売れ過ぎたもんで、向こうの版元に知られちまった」

これを以て訴えられ、今朝方、奉行所から役人が寄越されたのだという。

「何だって、そんなことしたんです。今年の一月って言ったら、四月の『金々先生』を仕込んでた頃のはずですよ。売れるって見込んで支度してたんでしょうに」

そして『金々先生』は狙いどおりに大当たりを取った。そう言うと、鱗形屋は苦い面持ちで軽く首を横に振る。

「黄表紙は初めての本だからね。あんたの言うとおり、きっと売れるって信じてはいたけどさ。読む人が付いて来られるかどうかは別の話ってことだよ。世の中にゃ、字を読んで中身を読めない奴が山ほどいるからね」

肝煎りの『金々先生』が売れなかった場合に備え、そこそこ売れる本も先んじて出しておきたかった。何人かの手代に、そういう本を考えて作れと言い付けたのだという。

「で、徳兵衛《とくべえ》って手代が節用集を出そうって言い出した。まず手堅く売れる本だから、あたしも認めたんだ。そうしたら、何と盗版だったたって始末だよ」

自分は何も知らなかった、という口ぶりである。が、この人にそんな脇の甘い話があるだろうか。まさか――。

「手代の徳兵衛さん、どんなお裁きを受けるんでしょうね」

問うと言うより、心中の疑念を向けるような言い方になった。そのせいか、鱗形屋は少し嫌そうな顔をする。

「法度に照らしゃ、まず所払いだろうね。家と家財は闕所《けっしょ》ってことになって、お上に取り上げられる」

「それでこの先、徳兵衛さんは生きていけるんですか？」

「まあ……百両も渡してやるよ。切り詰めりゃ五年は食えるだろ」

やはり、そういうことか。いただけない話だ。偉大な先達、見習うべきところの多い人ではあるが、こんなことをしているようでは先々に危うさを思わざるを得ない。

「ところで蔦屋さん。あんた、あたしを慰めに来た訳じゃないよな？」

「え？　ああ、まあ……。七月の細見、どうすんのかと思いまして」

鱗形屋は軽く頷き、こともなげに言った。

「簡単な話だ。あんたが作ればいい。評判記を二冊も出してんだろ？　あれよりは楽だよ。何しろ、あんたは吉原を知り尽くしてる」

確かにそのとおりではある。しかし。

「いいんですか？　細見はずっと、こちらさんだけの仕事だったのに」

「うちは、これから何人もお白州に出なきゃいけないからね。お裁きまでひと月くらいかかるとして、ごたごたした中じゃ七月には間に合わない」

なるほど無理な相談である。そして。

「それにさ。うちだけでやってきたからこそ、他には作れないんだよ。妓楼や女郎さんについて調べるのだって、一から始めなきゃいけない。そうなると作れるのは蔦屋さんだけだ」

吉原細見は大当たりを取るような冊子ではないが、常に手堅く売れる品である。旨みのある話には違いない。それに鱗形屋の言うとおり、確かに作れるのは自分だけだ。

しかし、と重三郎は懸念を伝えた。

「手前が作るなら、別の改所を通さないといけません。そこはどうしましょう」

「心配しなさんな。本石町《ほんごくちょう》の三丁目に山金堂《さんきんどう》って版元があるだろう。うちの下請けもやってるから、そこの旦那に宛てて一筆書いてあげるよ。訪ねてみるといい」

紹介状を受け取って、重三郎は立ち去った。

外に出れば、もう人通りはなくなっていた。夜でも華やかに明るい吉原と違い、空の月が目に沁みるほど青く映る。

「細見作りか」

呟《つぶや》いて、大きく溜息をついた。

鱗形屋が躓いたことで、幾つかを学んだ。

盗版は、黄表紙の先行きが明らかでないという不安ゆえであったろう。だが、だからと言って道を外れた商売をして良い訳があろうか。これればかりは、決して見習ってはいけない。

加えて――。

「字を読んで、中身を読めない奴……ねえ」

そんな人が山ほどいると、鱗形屋は言っていた。確かにそうかも知れない。そして、これこそ鱗形屋孫兵衛ほどの男を不安に陥れた大本なのだ。

「あたしにとっても大事な話だな」

念願叶《かな》って版元になれた時、そういう人々を動かさねば大当たりは取れない。鱗形屋の轍《てつ》を踏まぬためには、この壁を越える必要がある。

どうしたら良いのか。今は分からない。が、考えるしかないのだ。

重三郎は自らを奮い立たせ、夜空に向けて「うん」と背を伸ばした。

＊

二ヵ月が過ぎ、安永四年七月。耕書堂は鱗形屋に代わって吉原細見を刊行した。

仕上がった細見が手許に届くと、重三郎は一冊を手に取って「よし」と頷いた。

「いい仕上がりだ。何もかも、思ったとおりにできてる」

第一に、今までより格段に見やすくなっていた。

これまでの細見は洒落本と同じ、掌に乗る蒟蒻と同じくらいの判であった。これは持ち運びに向いた大きさだが、その中で多くの妓楼や女郎を紹介するだけに、文字が小さくなりがちである。重三郎は、これを草双紙と同じ判に改めた。

しかし。判を大きくしたのは、そもそも、見やすくするためではなかった。

「あ。おい次郎、ちょっと。こっち来て、これ見てくれよ」

「ああ。できたんだね、あにさんの細見」

ちょうど奥から出て来た弟に、声をかける。次郎兵衛もどこか嬉しそうに歩み寄って来て、手渡された細見に目を落とした。

「へえ！　小見世まで載ってんだ。それに……女郎さんの名前も、やけに多いんですね」

「そりゃそうさ。見世も女郎さんも全部載せてんだから」

「え？　そうなの？」

鱗形屋の細見では、大籬《おおまがき》と半籬――大見世と中見世を紹介するだけで一杯になり、女郎も人気どころが載るのみであった。せっかく吉原の諸々を細かく教えているのに、それが半分くらい捨てられてしまうのでは勿体《もったい》ない。否、有り体に言えば不満であった。ゆえに、全てを載せるために判を大きくしたのである。

「それに、こいつ。この地図だよ。分かりやすいだろ？」

重三郎の細見には、吉原の地図が添えられていた。妓楼と女郎を全て紹介しても、その見世がどこにあるのか分からなくては話にならない。

「あれ？　ねえ、あにさん。地図に付いてるこの印は？」

不思議そうに問われ、重三郎は、したり顔で応じた。

「それかい。揚げ代の目安だよ。女郎さんの」

吉原で遊ぶには、座敷での宴、たいこもちや芸者の代金、あれこれの祝儀など、大金を使うことになる。もっとも、揚げ代は女郎の格ごとに決まっている。地図にはその見世にいる女郎の格を示す印が打たれており、一見して支払いの相場が分かるように工夫してあった。

「すごい。いい細見じゃないですか」

「おまけに、これ幾らだと思う？」

鱗形屋が売っていた細見は、一冊十二文であった。それでも蕎麦《そば》一杯より安い。対して重三郎の細見は、何と六文である。

「六文！　そんなんで儲かるの？」

次郎兵衛が目を丸くする。重三郎は、にやにや笑いながら首を傾げた。

「おい。まだ気が付かねえか？　それ、綴じてねえだろ」

「え？　あ……そう言やあ、折本《おりほん》だ」

長い紙に多くを刷り、蛇腹に折り畳んだだけの本である。綴じを省けば本作りの金は安く済む。さらに当の重三郎が吉原を知り尽くしているのだから、諸々を調べるに際して使う金――鱗形屋の場合は重三郎に支払う金――も要らない。それゆえに成し得た安値であった。

「どうだい。今までのより安くて、たくさんのことが載ってて、しかも見やすい分かりやすい。こりゃ、鱗形屋の細見より売れるんじゃねえか？　いやっはは、ははははっ！」

得意満面、胸を反らせて高笑いである。が、次郎兵衛の顔は青い。

「……あにさん。駄目。駄目だよ」

ちょい、ちょい、と五十間道の方を指差している。何だろうと左を向けば――。

「うちの細見より売れる、か」

見世のすぐ前で、鱗形屋孫兵衛が顔を強張らせていた。

「まあ、きっと……そうなるだろうね。あんたの工夫、山金堂に聞いて驚いたよ」

まずいことを聞かれた。次郎兵衛は額に手を当てて「もう」と渋面である。重三郎の頭からも軽く血の気が引いた。

「……こりゃ旦那。どうしたんです。お座敷ですか？」

愛想笑いで何とか返事をする。鱗形屋は面白くなさそうに「ふん」と鼻で笑った。

「奉行所のお裁きが下ったばかりで、女遊びなんぞできるもんかい。世の中に何言われるか、分かったもんじゃない」

手代の徳兵衛は盗版の咎《とが》で十里四方の江戸所払い、店主・鱗形屋孫兵衛には二十貫文の過料、その裁きが下ってから一ヵ月と経っていない。なるほど世間の目は未だ厳しいままであろう。

「あ。ええ、そうですね。じゃあ、どうしてここに？」

「決まってんだろ。あんたに会いに来たんだよ」

この大版元がわざわざ足を運ぶとは、よほど大事な話に違いない。そう思うと、うろたえた気持ちがさっと消えた。

「次郎。椅子、若い衆に」

持って来るように言ってくれと示す。もっとも鱗形屋は即座に「いらないよ」と断った。

「すぐに済む話だ。うちも次から、蔦屋さんのやり方で細見を作ることにした。それを言いに来たんだよ」

「え？　いやその」

「いいね」

重三郎の目に戸惑いの色が浮かんだ。この人は何を言っているのだろう。それではあまりに強引、身勝手に過ぎる。

「とは仰いましても、これは……」

「あんたの考えで工夫したって言うんだろ？　そんなこたあ分かってる」

吐き捨てるように言って、鱗形屋は軽く溜息をついた。

「世の中は口さがないもんさ。うちが同じ形でやり始めたら、また盗人だの何だの言われて叩かれる。けど、あんたの細見がこんなに良くできてんのに、うちが次に出すのが今までどおりじゃ商売にならない。だから、あんたにも見返りをあげるよ。この先も、うちとは別に蔦屋版の細見を作り続けて構わない。それでどうだね」

ぞくりと、重三郎の背に粟が立った。これは、単に「同じものを二ヵ所から売り出す」という話ではない。

「……同じなのは、飽くまで今回の作り方だけ。そういうことでしょうか」

念を押すように問う。軽い笑い声と共に、刺すような眼差しが返された。

「その先は、また別の話さ。お互いに工夫を凝らしてやりゃあいい」

やはり。どちらの細見が売れるか、この先は競い合うことになると言われたのだ。

初めて会った日に、鱗形屋は言っていた。もし重三郎に追い抜かれたとしても、負けたまま黙ってはいない。どうしたら勝てるか、智慧を絞って抜き返してやる。競い合う相手がいる方が楽しいではないかと、そういう意味の言葉だった。

あの言葉を思い出すと、背筋が伸びた。

「分かりました。細見、この先も自前で出させてもらいます」

「それでいい。あんたが何すんのか、楽しみにしてるよ」

鱗形屋は軽く頷き、ゆったりと歩を進めて帰って行った。

その背を見て、身の引き締まる思いがした。

細見は流行りを作るようなものではない。そういう本を出すという話ではあれ、偉大な先達に認められたのだ。おまえは競い合って楽しい相手だ——と。

第二章　版元に、なる

一　丸屋の株

この一年余り、鱗形屋《うろこがたや》と競い合って細見《さいけん》を作ってきた。一方では蔦屋《つたや》版細見の改所《あらためどころ》・山《さん》金堂《きんどう》と組み、美人画の絵双紙も売り出している。

これらによって地本問屋《じほんといや》株の資金を貯《た》めると共に、彫り方や刷り方との繋《つな》がりも強くしてきた。さらには、本や絵を売り出す時の手順にも通じてくる。重三郎《じゅうざぶろう》にとって、それら全てが版元になるための下地であった。

そして、山金堂と組んで——山金堂の地本問屋株で——売り出した美人画の絵双紙には、大きな余禄もあった。

「こんばんは、重《じゅう》さん」

安永《あんえい》五年（一七七六）九月半ば、ある日の夕暮れ時である。間借りの見世《みせ》で貸本用の草双紙を片付けていると、引手《ひきて》茶屋の方から声をかけられた。おや、と思って右手に目を向ける。

「あ、こりゃあ春章《しゅんしょう》先生。北尾《きたお》先生も」

昵懇《じっこん》の北尾重政《しげまさ》と、その北尾に紹介された絵師・勝川《かつかわ》春章である。紹介されたのは、件《くだん》の美人画絵双紙、題して『青楼《せいろう》美人《びじん》合《あわせ》姿《すがた》鏡《かがみ》』を作る時だった。

春章は控えめで物腰も柔らか、重三郎のような若者にも丁寧に接する人である。それが江戸っ子丸出しの北尾と馬が合うというのだから、世の中は面白い。あまりの仲の良さに、ついに先月、春章が北尾の家の真向かいに引っ越して来たのだとか。

「お二人連れ立っていらしたとこ見ると、絵描きさんのお仲間でお座敷ですか」

北尾を通じて、既に重三郎と春章も気安い間柄である。ところが。

「いえ、遊びに来た訳ではないのですよ」

にこやかな重三郎に対し、春章の面持ちが少し硬い。怪訝《けげん》に思い、首を傾《かし》げる。

「どうしたんです？　何かあったんですか」

春章は小さく頷《うなず》き、少し声をひそめた。

「実は大事な話がありましてね。早いとこ、お耳に入れとこうと思って」

北尾が春章を見て軽く頷く。春章も同じように返して、おもむろに口を開いた。

「ちょっと前に、北尾さんと喜三二《きさんじ》さんに聞いたんですけどね。重さん、通油町《とおりあぶらちょう》の丸屋《まるや》さんから地本の株を買い取ろうって考えてるそうじゃないですか」

「え？　ああ、はい。でも」

朋誠堂《ほうせいいどう》喜三二に勧められ、資金を貯めてきた。しかし買い取りには五百両の大金が必要で、その額にはまだ遠い。

「まあ……あと四、五年はかかると思いますよ」

するとと春章は、不安そうな顔で首を横に振った。

「それじゃあ遅いです」

「はて。それは、どういう？」

「私と北尾さん、丸屋さんからも絵を出してんですけどね。今日、丸屋さんに言われたんですよ。向こう三年で見世を畳むって」

この間まで請け負っていた仕事が片付いたから、また何か描かせてもらえないかと頼みに行ったところ、今の話を明かされて断られたそうだ。丸屋には戯作者《げさくしゃ》や絵師と約束している仕事が向こう三年分あるが、これが終わったら商売をやめて隠居するつもりだ、と。

「うわ」

思わず眉が寄る。北尾が渋面で溜息《ためいき》をついた。

「その面《つら》ぁ見たところ、ずいぶん足りねえみてえだな。今、幾ら持ってる」

「二百七十と少し」

「参ったな。俺と春章さんが少し貸してやってもいいが……。喜三二さんも乗ってくれるだろうけど、そこまで入れても百かそこらの上積みにしかなるめえし」

やはり足りない。そして丸屋があと三年で商売を畳むなら、遅くとも二年後までに話を付ける必要がある。先んじて丸屋から売り出した本をどうするか、丸屋の奉公人をどうするか、丸屋と繋がりのある彫りと刷りの職人への面通し、取次への紹介など、済ませねばならないことが山ほどあるからだ。

「私としてはね、是非とも重さんに地本の株を持ってもらいたいんですよ」

春章は真剣な面持ちである。仕事の相手を摑《つか》んでおきたいという思い、そして、気心の知れた版元なら仕事がしやすいという思いゆえだろう。

「どうだい。やり様、何か考え付かねえか？」

北尾の問いに、重三郎は唸《うな》った。

どうしたものか。丸屋の主《あるじ》は老齢で子もなく、最近は商売も巧《うま》くいっていないと、かつて喜三二から聞いていた。株の買い取りを持ち掛けるには、この上ない相手だが――。

「そうだな……。打つ手がない訳じゃ、ありません。伸《の》るか反るかの博奕《ばくち》にはなりますが」

言いつつ、しかし重三郎は肚《はら》を固めて眼差《まなざ》しを引き締めた。

「でも、やってみます。きっと、ここが人生の勝負どころですから」

北尾が「お」と目を細めた。

「そうだな。何考えてんのかは知らねえけど、まさに勝負どころだぜ。鱗形屋と問答して、認めさせた時以来だ」

「ついては、北尾先生にお願いがあるんですけどね」

「分かってらあ。まず、丸屋におめえを信用してもらわにゃ話にならん。俺と春章さん、それから喜三二さんで口利いてやるよ」

丸屋と話し合う機会を作るから、半月ほど待ってくれ。二人はそう言って、いささか慌ただしく帰って行った。

＊

安永五年十月の初め、重三郎は日本橋通油町の丸屋を訪ねた。

「初めてお目にかかります。新吉原《しんよしわら》、耕書堂《こうしょどう》の蔦屋重三郎です」

「どうも。ご足労、ありがとう存じます」

六畳の応接間で差し向かい。店主の小兵衛《こへえ》は白髪頭に乏しい髷《まげ》、痩せた顔である。穏やかな好々爺《こうこうや》といった人であった。

「早速ですが、蔦屋さん。うちの株を買い取りたいってお話でしたが」

「はい。是非に、お願いしたく存じます」

丸屋は「はは」と笑った。

「いや、ありがたい。何しろ手前も六十を数えましてね。跡取りもいないもので」

地本問屋株を売った金で余生を送ろうと思っていたが、誰に売ろうか悩んでいたのだという。番頭に売って商売を譲っても良かったが、その場合は大きく値引いてやらねばならない。ここ数年の商売が巧くいっていなかったため、それでは先々の暮らしに不安の種を抱えることになってしまうから、と。

「かと言って、商売もしないのに株を持ったままってのは、ねえ？」

「仰《おっしゃ》るとおりです」

「そこに、あなたから申し入れがあった。北尾さんたち、お三方のご紹介なら間違いはないでしょうし、喜んでお譲りしますよ」

こちらの手持ちが買い取りの相場に満たないことを、丸屋は知らない。北尾にも、そこは伏せて欲しいと頼んでいた。十分な金を持っていないと知っていたら、丸屋は今日の席に着くことを渋ったはずだ。

大事なところを明かさぬままの話し合いは、言ってしまえば騙《だま》し討ちに近い。それでも今、どうしても仕掛けねばならぬがゆえ、敢《あ》えてそうしたのだ。

重三郎は肚を据え、畳に両手を突いて切り出した。

「喜んで譲ると仰っていただけたこと、痛み入ります。ですが」

「ん？　どうしました」

「手前には今、株を買い取れるだけの金がありません」

そのひと言に、丸屋は呆気《あっけ》に取られている。然《しか》る後、面持ちが沈んでゆくのが分かった。残念だ。せっかく喜んでいたのに――そういう顔をされるのは、渋い顔や怒った顔よりも居たたまれないものがあった。

「申し訳ありません。騙すつもりはなかったんです。けど」

「いえいえ。ただ、それじゃあ株を譲る訳にはいきませんなあ」

「お待ちを。続きがあるんです」

きょとん、とした眼差しが返された。そこに真っすぐな眼差しを向ける。

「五百両、分けてお支払いするのでは如何《いかが》でしょう」

重三郎は平伏して、熱心に言葉を継いだ。金は足りない、しかし心は足りている。それを分かってくれと。

「手前はどうしても、本の商売で世の中に出たいんですよ。本は読む人を動かせる。力がある。その力で本当にいいものを流行らせたい」

自分が儲《もう》けたい気持ちは、もちろんある。それと同じくらい、良い本や絵の流行りを作って世の中を楽しい方に押し流してやりたいのだ。そうすれば――。

「浮世、憂き世なんて言いますがね。楽しんで生きられたら、憂さなんて感じないで済むんです。地本の株は、そのためなんですよ」

「こりゃまた、大きく出ましたね」

「ちまちました望みじゃ、人は大きくなれないって思いませんか？　手が届かないくらいの望みを持って、それに向かって懸命に歩いてったら、だいぶ近くまでは行けるはずですから」

丸屋から思案の気配が漂っている。平伏していても、それと分かった。

ここだ、仕掛けろ――その心に衝《つ》き動かされて、重三郎はなお語った。

「今、二百七十両あります。その中から百両を手付に、残り四百両については毎年六十両ずつ、十年に亘《わた》ってお支払いしましょう。もし払えなくなったら――」

「え？　いや、ちょっと」

「――払えなくなったら株はお返しします。もちろん、それまでにお渡しした金は返さなくて結構です。株の方も、誰に売っていただいても構いません。売り先を探すお手間は、かけてしまいますが」

「いやいや、お待ちくださいな」

丸屋の苦笑が聞こえた。軽く頭を上げると、穏やかに「お手もお上げなさい」と笑みを向けられる。

こちらが居住まいを正すのを待って、丸屋は首を傾げた。

「蔦屋さん。あなた、さっき何て仰ったか覚えてます？　手付に百両の次です」

「はい。残り四百は毎年六十ずつ、十年に亘ってお支払いすると」

「そこですよ。それだと、手付と合わせて七百になる」

まさか、そんな簡単な計算もできないのか。或《あるい》いは硬くなって間違えているのか。もしもそうなら、悪いことは言わないから商売はやめておけ。そういう面持ちだった。

重三郎は「いいえ」と首を横に振った。

「間違いでも何でもありません。だって、もし手付の百で承知していただけるなら、手前は丸屋さんに四百両を借りていることになるじゃありませんか」

金を借りれば利子が付くのは当然である。その分も支払わなくては道理が通らない。そう言うと、丸屋は寸時ぽかんと口を開けた。そして。

「なるほど。いや……。はは、あっはははは」

幾度か頷き、大口を開けて笑い始めた。何本か歯が抜けているのが丸見えになっていた。

「今のお話なら、手前は何がどうなろうと損をしない。それは、あなたなりの誠でしょうな」

そう言って、好々爺は「はあ」と息をついた。

「ねえ蔦屋さん。世の中って、頭の回らない人を騙す商売が多過ぎると思いませんか？」

驚いた。この人も自分と同じことを考えていたのか。重三郎のその顔に向け、なお言葉が続けられる。

「手前は思うんですよ。そういう誠のない商売で儲けるってのは、世の中を悪くするんじゃないだろうか……って」

だから誠実一途《いっと》で商売をしてきた。世に送り出す値打ちのあるものだけ売り出していこう、その思いで今までやってきたのだという。

重三郎は「まさに」と力強く頷いた。

「手前も、そのつもりです」

穏やかな笑みをひとつ、二度の頷きが返された。

「頼もしいね。あなたには商売の誠がある。何より蔦屋さん、二百七十ほど持ってるのに手付は百って仰ったでしょう」

「あ。いえその、けち臭いことを申し上げましたが」

すると、好々爺は「いやいや」と右手を横に振る。それで良いのだ、と。

「だって元手がなきゃ商売はできないんだもの。なりふり構わず『あるだけ出す』って言うようなら、問答無用で断ってたところです。いくら北尾さんたちの紹介でも、そんな考えなしの人は信用できないからね」

「じゃあ、株は」

身震いしながら問う。ゆったりと、大きな頷きが返された。

「あなたは人として信用できる。さっきのお話でお売りしてもいい」

「あ……ありがとうございます！」

重三郎は改めて、勢い良く平伏しようとした。が、そこに「待った」と声が飛んで来る。

「あなたの人となりは信用しますけど、その上で、ひとつ条件があります」

「条件……。何でしょう」

すると丸屋は、やる瀬無さそうに溜息をひとつ、自らの膝を軽く叩《たた》いた。

「さっき申し上げたとおり、手前は本当に価値のあるものだけを売り出そうと思って、商売をしてきた。でも巧くいかなかった」

「はい。そうお聞きしました」

「で、蔦屋さんは手前と同じ思いで商売をすると仰る。だったら、あなたなら巧くできるって証《あかし》を見せて欲しいんですよ」

そして丸屋は、先に重三郎が言ったことを引っ張り出した。

「世の中を楽しい方に押し流してやりたいって仰ったでしょう？　何かひとつで構いません。それを形にして見せてくださいな」

「でしたら、今年の一月に出した『青楼美人合姿鏡』はどうでしょう」

山金堂の株で売り出した絵双紙である。できの良い本で、売れ行きも上々なのだ。

その自信に対し、しかし丸屋は「駄目です」と首を横に振った。

「あれは手前も見ましたよ。素晴らしい絵双紙だった。北尾重政に勝川春章、当代きっての売れっ子二人の共作ですからね」

そこまで認めてくれているのに、どうして駄目だと言うのだろう。重三郎の面持ちから胸の内を読み取ったか、丸屋は「だけど」と続けた。

「あの本は、山金堂さんと組んだから出せたんでしょう？　そういうのじゃなくてね、蔦屋さんだけで、何か大仕事をして見せてください。株がなくても、ここまでできるってのを」

「何とも……難しいお話ですね」

「そうでなきゃ条件になんないからね。向こう二年の間にそれができたら、喜んで株をお譲りしましょう。代金も四百で結構です。手付の百に、毎年三十両を十年。利子は要りません」

「え？　でも、それじゃあ」

余生を過ごす資金に、不安を抱えることになりはしないか。その眼差しを受けて、丸屋は大きく首を横に振った。

「つましく暮らせば十分にやってけますよ。それに、そうするだけの値打ちがあるからね」

「それは？」

「手前ができなかったことを、蔦屋さんがやってくれるかも知れない。そいつを見ながら生きてられたら、こんなに楽しいこと、ないじゃありませんか」

ドスンと胸に響く。ぞくりと、背に心地好い粟《あわ》が立った。

地本問屋株を持たぬ身が、値打ちのあるものを世に問うて実を上げる。丸屋の出した条件は何とも厳しい。だが目を見れば分かる。意地悪で言っているのではない。これは期待なのだ。

ならば、返すべき言葉はひとつ――。

「分かりました。丸屋さんに納得していただける大仕事、きっと成し遂げてお目にかけましょう。楽しみに待っていらしてください」

丸屋の目が「お」と笑みを湛《たた》える。それを受けて、胸の奥底から凜々《りんりん》と覇気が湧き出してきた。

＊

地本問屋株の買い取りを持ち掛け、色好い返事をもらうことはできた。もっとも条件付きである。

株を持たない自分にできることは少ない。しかし手立てが限られているからこそ、何をすれば良いのかは見えていた。このやり方なら、きっと丸屋小兵衛を納得させられる。その目算に、胸の内は滾《たぎ》るほど熱い。

とは言え、ひとつだけ難題がある。これを如何《いか》にして越えたものか――。

「――さん。ねえ重さんたら！」

びくり、と身が震えた。腰掛けた上がり框《かまち》の脇で、女郎の浮雲《うきぐも》が眉をひそめている。本の貸し歩きで三文字屋《さんもんじや》を訪れている最中であった。

「これ、この本。借りるって言ってんのに」

「あ、すみません。っと、今日は三冊も？　いつも、ありがとうございます」

「で、何ぼんやりしてたのさ」

「まあその、ちょっと考えごとをね」

貸し賃を受け取りながら答えると、浮雲は「ふうん」と軽く首を傾げた。

「考えごとねえ。あんたほど商売熱心な人が、私《わ》っちみたいな上客を放ったらかしにするほどの話って？」

　重三郎は軽く苦笑を浮かべた。

「姐《ねえ》さんに話したって、埒《らち》が明かねえと思うんだけどね」

「そんなの言ってみなきゃ分かんないだろ。こっちは九年も女郎やってて、世の中の裏側まで知ってる身だよ。それに、人に言うだけでも気が楽になるって、そういうのもあるじゃない」

　気風《きっぷ》の良い、さばさばした笑みを向けられた。かつての火事の折には男衆の頭を踏み付けて逃げたような女だが、こういう情に篤《あつ》いところがある。いつも好ましく思っていた。

「じゃあ話しますかね。株のこと、前に聞かせたでしょ？　そこは、丸屋の旦那から難題を頂戴してましてね。本当に値打ちのある本を売り出して、それできちんと商売ができるって証を立てなきゃいけない。自分の力だけでそういう大仕事をして見せろ、って」

　浮雲が「へえ？」と目を丸くした。

「とは言ってもさ。重さんが出せる本って言ったら、細見と……里の見世の宣伝本くらいじゃない。あ、それと蒟蒻《こんにゃく》本もあるか」

　蒟蒻本――吉原や岡場所などに材を取った「洒落本《しゃれぼん》」である。浮雲の言うとおり、それなら重三郎が作っても咎《とが》められない。洒落本は世間に「いかがわしい本」と見做《みな》されていて、地本問屋が取り扱おうとしないからだ。

「でも蒟蒻本じゃあねえ。あっちこっちで読まれちゃいるけど、大概が貸本だからね」

　そう言って、浮雲は軽く眉を寄せている。自ら「貸本の上客」と言うだけあって、洒落本というものの事情も良く知っていた。

地本問屋が扱わない以上、洒落本は広く世に売り出されない。いかがわしいと思われている本ゆえ、好事家が少し刷るのみに留《とど》まる。数を刷らないために値も高く、半ば貸本のために作られているような按配《あんばい》なのだ。

しかし重三郎は、逆に「お」と目を見開いた。

「さすが姐さん、いいとこ衝いてくるね」

「え？　あんた、まさか丸屋の旦那を蒟蒻本で納得させる気？」

「そう。その『まさか』ですよ」

浮雲が言うように、洒落本は貸本でそれなりに読まれている。広く売り出されはしないが、客が付かない本ではないのだ。

「どうして皆、蒟蒻本を読むんだと思います？　面白いからですよ」

吉原や岡場所、色町の客はまさに十人十色。ありとあらゆる客を見渡せば、それこそ想像も付かないような話が山になっている。これに材を取っているのだから、面白くないはずがない。

「なるほどね。でも蒟蒻本って『いかがわしい』って言われてんじゃない。私っちら女郎にとっちゃ、腹の立つことだけど」

腑《ふ》に落ちない、という眼差しが返される。重三郎は「ええ」と頷きつつ、すぐに「でもね」と続けた。

「もしも、ですよ。売れっ子の物書きが蒟蒻本を書いたら、その『いかがわしい』ってやつ、変えてやれるんじゃねえかな……って思うんだ」

「んん？　そういうもん？」

なお腑に落ちないらしい。軽く「はは」と笑って返した。

「じゃあさ、姐さん。確か、前に黄表紙の『金々先生《きんきんせんせい》』借りて読んだでしょ？」

「うん。面白かったね、あれ。さすがは恋川春町《こいかわはるまち》だよ」

「そこ、そこなんだ」

言いつつ、右手の人差し指を立てて幾度か前後に振った。

「たとえば『金々先生』を書いたの、春町先生じゃなくて、この蔦重《つたじゅう》だったと思ってみてよ。あたしが書いた本だったら、わざわざ借りて読みました？」

浮雲は「あ」と大きく口を開け、それを右手で覆った。

「……そういうことか」

「そういうことです」

誰が書いたものだろうと、面白いものは面白い。これは動かしようのない事実だ。一方で世の人は、面白いか否かの前に「誰が書いたか」で判じてしまうところがある。これも動かしようのない事実なのだ。

「名前のある人が蒟蒻本を書いたらさ、皆『こりゃどうしたことだ』って興味を持ってくれるでしょ？　で、読んだら、実は面白いって分かってもらえる」

そうすれば、今まで「いかがわしい本」だったものを、黄表紙と同じ「面白い本」のひとつに変えてやれるはずだ。丸屋小兵衛も納得してくれるだろう。

重三郎の肚を聞いて、浮雲は「なるほどねえ」と目を輝かせた。

「世の中の考え方から変えちまおうって訳か。すごいよ、まさに大仕事じゃない」

「でしょう？　それも、勝てる勝負なんだ」

「あれ？　でもさ」

そこまで考えていながら、いったい何を悩んでいるのか。浮雲はそう言って首を傾げた。

「あんた物書きの先生は色々と知ってんだろ？　だったら、あとは楽なもんじゃない」

「いやいや。その逆で、こっからが難しいんですよ」

世の中の見る目を変え、考え方を覆してやろうというのである。それこそ、誰でも知っている大物の戯作者に頼まねば話にならない。しかしながら、未だ世に「いかがわしい」と思われている本を書いてくれと言えば、相手はどう思うだろうか。

「下手したら縁を切られるかも知れねえ。でしょ？」

「あら。自信ないの？」

「まさか。自信は十二分にありますよ。でもね」

重三郎にとって戯作者の知り合いは、全て浮世絵師・北尾重政に紹介された人々である。その中の大物に縁を切られたら北尾の面目も丸潰れであろう。北尾まで怒らせては、これまで積み上げてきたものがご破算になりかねない。

「そんなことになんねえように、話の進め方を考えてんです。さっきも言ったとおり、勝てる勝負だからこそね。けど考えりゃ考えるほど、もっと巧いやり方があるって思えてくる」

重三郎は、がりがりと頭を掻《か》いた。すると浮雲が「なるほどね」と息をつく。気のせいか、そこはかとなく不満げな眼差しに思えた。

「でも……。そうか。だったら、ちょっと息抜きでもどうだい？　いったん頭ん中を空っぽにしたら、コロッと巧い手が見付かることもあるじゃないか」

「息抜きって。いや……息抜きか」

そんな暇があるものか、とは思った。だが、確かにこのところ根を詰め過ぎている。

「姐さんの言うとおりだ。こういう時ゃ、ちっと何もかも忘れてみた方がいいかもな」

すると浮雲は、今度は少し嬉しそうに「それじゃあ」と笑みを見せた。

「今日の商売、もう止《や》めにしちゃいなよ。で、今から私っちに入ってくんない？　揚げ代はこっちで持つから」

「ええ？　何なの、それ」

「ぶっちゃけた話、実は少し休みたいんだよね」

昨晩は四人の客を相手にして、ほとんど眠っていない。今は昼見世の時分だが、ここで客が付いては堪《たま》ったものではないのだと言って、溜息交じりである。

「私っち、あと一年くらいで年季が明けるんだけどさ。それで、今まで付いてた客がバンバン来やがるんだよ。儲かるのはいいけど、とにかく大変でねえ」

「何だ。要するに、姐さんの昼寝に付き合えってことか」

呆《あき》れて肩の力を抜くと、浮雲は「うふ」と妖しい笑みを見せた。

「することは、していいよ。重さんの息抜きでもあるんだから。見世で女を抱くのだって、初めてじゃないだろ？」

「そりゃ、まあね」

吉原に生まれ育った以上、齢《よわい》二十七を数えて女の味を知らぬ訳はない。さすがに養父・利兵《りへ》衛《え》の営む尾張屋《おわりや》では遊ばないが、遊里の東西にある河岸見世——小見世の女を買ったことは幾度もあった。

「分かった、付き合うよ」

「ふふ、ありがと。それじゃ……ね？」

浮雲の上目遣いが濃厚な色香を漂わせる。少し、どきりとした。

＊

二階に導かれて座敷に入ると、緋色《ひいろ》の布団が二枚重ねで布《し》かれていた。

浮雲が「どうぞ」と手招きをして、笑みを寄越す。

障子を閉めて布団に腰を下ろすと、染み付いた女の匂いが鼻をくすぐった。男の欲を掻き立てる臭気には、しかし、どこか胸の安らぐ不思議なものがあった。

「何てえのかな。姐さんの布団、いい匂いだね」

「そう？　嬉しいね」

言いつつ、着物を脱いでいる。煌《きら》びやかに着飾った姿まで含めての女郎ゆえ、吉原では着物のままで交わるのが作法なのだが。

「脱ぐのかい？」

「皺《しわ》になったら面倒だからね。座敷の作法からは外れるんだけど、まあ重さんとは気心も知れてるし。それとも私っちの裸、見んの嫌？」

苦笑して「そんなことはないよ」と首を横に振った。

なるほど、確かに気心の知れた間柄だ。浮雲はいつも、他の女郎の三倍から四倍は本を借りてくれる。自ら言うとおりの上客で、それだけに誰よりも多く言葉を交わしてきた。あと一年で年季明けだと言っていたから、そろそろ十年の付き合いか。そう思うと感慨が深い。

「これで良し」

衝立《ついたて》に着物を掛けて、浮雲がこちらを向いた。乳房は幾らか大きいが、不格好と言うほどではない。木目細かな白い肌に、腰の線は丸みを帯びながらもすっきりとしている。控えめに生えた毛が、どこか初々しいものを漂わせていた。

ありのままの女を目にして、重三郎の男が目を覚ました。

「参ったね。いつも話してる人と遊ぶんだって思うと……こう、すげえや」

「私っちも」

妖艶な笑みをひとつ。浮雲は布団に座って重三郎の首に優しく腕を回す。耳元に、匂いを嗅ぐ息が軽く伝わった。

「はあ……」

淫靡《いんび》な吐息が頬をくすぐる。だが、それだけの息ではなかった。

「重さんの匂い、何だか落ち着くね」

首筋に軽く接吻を加えられ、胸が激しく脈を打ち始めた。

互いに生まれたままの姿になり、肌を重ねて温もりを伝え合う。

そして。

男と女として繋がった。焼けるほどの、天上の快楽に包まれた。

「ん……んんあ、あ」

浮雲が漏らした、切なそうな声。動くほどにそれは強くなった。強さが変われば声も大きくなり、速さが変われば甲高くなる。

幾度も、幾度も、浮雲の女を貪《むさぼ》るように味わう。そうするうち、背に回された手に、次第に力が入ってきた。

肌に爪が軽く食い込む。どうしたことか、それが合図だと分かった。

「姐さん、いいんだね？　行くよ」

「……来て。来て！」

男としての荒々しさを、心のままにぶつけた。浮雲の両脚が腰を強く抱き締めてくる。

二人して獣の如《ごと》き声を上げ、同時に果てた。

浮雲は、しばし荒い息のままだった。それが落ち着くまで、左脇に寝そべって乳房を優しく撫《な》でてやる。やがて女は、陶然とした声で漏らした。

「気持ち良かった……」

重三郎は、くす、と笑った。

「お愛想なんか言わなくてもさ。他の客とは違うんだから」

交わって快楽を覚えるのは男も女も同じである。しかし女がその極みに昇る時は、男に比べて遥かに疲れが大きい。ゆえに女郎は、あまり快楽を味わうことのないように自らを律しているものだ。

今もそうなのだろう――言葉の含みに、しかし浮雲は少し呆れた顔で笑った。

「もう、馬鹿。重さんにお愛想なんか言わないよ。久ぁしぶりに、本気でイったんだから」

とろりとした眼差しに、どきりとした。それなりの格の女郎なのだから、そもそも別嬪《べっぴん》には違いない。とは言え、これほどかわいい女だったろうか。

何とも胸がときめく。それが少し照れ臭くて、紛らわすように相槌《あいづち》を打った。

「あたしなんかで、そんなにかい」

「重さんだから、だよ。気を許してる人だもの。さっき聞いた、あんたの商売と一緒ってこと」

さっきの、とは。名のある戯作者が洒落本を書けば、蔑まれている本の値打ちを大きく変えられるという、あの話か。

「なるほど。こういうのも、誰を相手にしてるかで違うもんだからね」

「そうだよ。女が気持ち良くなんのは、この人なら間違いないって思える相手だけ。ともあれ、ありがとね。本当にイった後って、良く眠れるんだよ」

重三郎は「何だい」と苦笑した。

「だから、あたしを誘ったのか」

「あら。ちょっと怒った？」

「いやいや、とんでもない。姐さんとは付き合いも長いし、それも楽しい付き合いだからね。こんなことで――」

こんなことで臍《へそ》を曲げたりはしない。そう返すはずの言葉が、止まる。

浮雲が、にやりと笑った。

「そこも、重さんの商売と同じなんじゃない?」

「……いや。全くだ」

丸屋の難題に、どういう答を出せば良いのかは分かっていた。

それを成すには、大物の戯作者に洒落本を頼まねばならない。ついては、臍を曲げられないような手立てを考えなければいけないと思っていた。

しかし。大事なのは、そういう「巧いやり方」ではなかったのだ。

この人の頼みなら、無理のひとつも聞いてやりたい。相手がそのように思っているかどうか。そういう信を、互いに寄せ合っているかどうか。何より重いのは、そこではないのか。

「ねえ重さん。どこの大物に蒟蒻本を頼むのか知らないけど、かなり仲のいい先生なんだろ?でなきゃ、そもそも頼む気になんて、なんないだろうし」

そのくらい懇意の相手なら、向こうも同じに思っているはずだ。洒落本を頼み、たとえ断られたところで、互いの間柄まで壊れるものだろうか。浮雲の言葉がそう匂わせている。

重三郎は「参ったね」と長く息をついた。晴れやかな顔であった。

「こんな簡単なこと、どうして分かんなかったのかな」

「私っちが『あとは楽なもんだ』って言ったら、重さん『こっからが難しい』って言ったよね。あれ聞いて思ったんだよ。ああ、頭だけで考えちまってんな……って」

まさに、そのとおりである。株を得られるかどうかの大仕事、その気持ちが空回りして自縄自縛の体《てい》に陥っていた。そういう時に言葉で伝えられても、素直には頷けなかったろう。考えに考え抜いた、頭の中のあれこれが邪魔をしていたはずだ。

「それを教えるために？」

「さてね。私っちは、ただ気持ち良くなって、良く眠りたかっただけ」

ふうわりとした、安堵《あんど》の眼差しである。参った。本当に参った。長きに亘って世の裏側を見てきた女の、何と頼もしいことか。

「ありがとう。姐さんのお陰で答が出たよ。あんたは、あたしの女神様だ」

そう言って、重三郎は浮雲の口を強く吸った。

「え？　え……何さ、いきなり」

不意の驚きゆえか、女の目が丸い。そこにひとつ笑みを向け、勢い良く跳ね起きる。

「こうしちゃいらんねえ。帰るよ。あ、姐さんは昼寝してていいからね」

身を横たえたまま、浮雲がこくりと頷く。頰が、ほんのり桜に染まっていた。

二　洒落本

「よう重さん」

朋誠堂喜三二が座敷に上がり、軽く右手を上げながら笑みを見せた。重三郎は「ようこそ」と満面の笑みを返す。傍らには喜三二の馴染《なじ》みの女郎と、他に芸者が三人いた。

「お待ちしてましたよ」

安永六年（一七七七）の正月、重三郎は喜三二をもてなす宴《うたげ》を張った。場所は養父・利兵衛の見世、尾張屋である。

「どうしたんだね、今日は。お招きは嬉しいが、無駄金を使って大丈夫なのか？」

株の買い取りに使うのだから、ということだろう。重三郎は、最前からの変わらぬ笑みで「いえいえ」と首を横に振った。

「ここは親父の見世ですから、そこんとこはね」

「うん？　何か怪しいなあ」

喜三二は悪戯な笑みで言い、支度された席に着く。まずは、と女郎が酌をすると、それを受けてぐいと呑《の》み干した。

「また、わしに何か頼みでもあるんだろう。違うかね？」

「こりゃまた、勘のよろしいことで」

「分かるさ。かれこれ四年の付き合いになるんだから」

あはは、と軽やかに笑いながら次の酌を受けている。この上機嫌は偶々《たまたま》のことだろうか。そうではない、既に昵懇の間柄だからだ。少なくとも、こちらはそう信じている。

「まあ、お察しのとおりなんですけどね。でも、まずは楽しんでくださいな」

重三郎の「頼みますよ」を合図に、芸者が三味線を鳴らし始める。奏でられる音に、昨今流行っている潮来節《いたこぶし》が重ねられた。

その小唄に耳を傾けながら、喜三二は盃《さかずき》を嘗《な》めつつ、にこやかに問うてきた。

「どうだね、最近は。こうやって、あれこれの人を招いているのかい？　だとしたら重さんの商売も巧くいっていると見える」

「いえいえ、そこまでのことは。誰かをお招きするのなんて、喜三二先生が初めてですよ」

「ほう。そりゃあ光栄だな」

喜三二はなお上機嫌で盃を重ねた。肴《さかな》は台屋《だいや》――仕出し屋の料理で、大したものではないが、如何にも楽しそうである。

小唄に続いては芸者の舞であった。二、三の音曲が終わる頃には、喜三二の顔もほろ酔いに赤らんできていた。

頃合か。重三郎は軽く固唾《かたず》を呑んだ。

浮雲に気付かされたことを思い出す。人と人の間に於《お》いて何より大事なのは、互いに信頼を寄せ合っているかどうか――。

ならば、きっと大丈夫である。何か頼まれると分かっていて、喜三二はここまで一切を問わずにきた。それこそ、この蔦重に対する信頼の証であるはずだ。

「ところで先生。そろそろ、あたしのお願いを聞いていただきたいんですが」

「ん？　おお、そうだったな。他ならぬ重さんの頼みだ。いつもどおり、わしにできることなら力になるぞ」

心強い言葉である。重三郎は「ありがとうございます」と丁寧に頭を下げた。

「もちろん、できることですよ。丸屋さんとの話について、なんですが」

「ああ、あれか」

喜三二は株の買い取りを最初に勧めてくれた人だ。丸屋と会って話した後も、どういうことになったかは全て明かしてある。

「つまり、何をやるか決まったということだよな。わしは何を書けばいい？」

にこやかに応じてくれている。重三郎はひとつ頷き、居住まいを正して切り出した。

「洒落本です。先生に、そいつを書いていただきたいんですよ」

「え？　おい。洒落本って。おいおい……」

世間に「いかがわしい本」と思われているものを書けと言うのか。その思いが、強く寄った眉にはっきりと浮かんでいる。

「いや……その、な。わしでなければ、いかんのか？」

北尾から紹介された戯作者は他にもいるだろうと、そう思って当然である。当代きっての人気戯作者が洒落本を書くなど、これまで例のないことだ。

しかし、と重三郎は畳に両手を突いた。そして丁寧に言葉を選び、思いを伝えてゆく。

「ねえ先生。まずは聞いてくださいな」

洒落本は吉原や岡場所に材を取ったもので、なるほど世の中で大っぴらに読まれている本ではない。しかし貸本では相応に借り手が付く。それは、何ゆえか。

「人は誰も、男と女の話を避けちゃ通れない。でしょう？」

自分が望む女を抱けば、男は良い思いができる。気を許した男に抱かれたら、女も気持ちが潤う。その営みが新しい命を生み、育み、人の世を作ってきたのではないか。

「だから誰が読んでも面白いんです。だから、人目を憚《はばか》りながらでも読む人がいるんです」

「言うことは分からんでもないよ。けど……しかしなあ。世間の目がどれほど恐いか、重さんだって鱗形屋の盗版で思い知ったろうに」

ここが勝負どころだ。重三郎は胸の内に「行くぞ」と叫んだ。

「世間の目って、何を見るものなんでしょうね」

鱗形屋はあれほど叩かれ、今なお商売が苦しい。それは罪を犯したからだ。対して、洒落本は罪ではない。書くことも、本として売り出すことも、読むことも。全てが人それぞれの好みの問題であり、その域を超えるものではないのだ。

「もし先生が洒落本を書いたら、世間は驚くでしょう。口さがないことを言う人も、いるかも知れません。でも」

一方で、だからこそ興味を引かれる人は必ずいる。朋誠堂喜三二の名でそういう人々を引き込みたいのだと、重三郎は声に力を込めた。

「さて、それじゃあ先生の洒落本を読んだ人はどう思うんでしょうか。いやらしい、いかがわしいって思うだけでしょうか」

強く、強く首を横に振り、続けた。

「違いますよ。本当にいいものなら、面白いって思ってくれるはずなんだ」

先にも言ったとおり、洒落本に客が付くのは皆が興味を持つ話だからであり、そして面白いからだ。しかし世の中は「いかがわしい」と言って、表向き「否」を突き付けてきた。だから本当は面白いのに、そう言いづらい。

「先生のお名前と筆があれば、そこ、ひっくり返せるんですよ」

洒落本の艶話だとて、きちんと読む値打ちがあると世の中に知らしめられる。世間の見方を変えてやれるはずなのだと、語気に力を込めた。

「手前は丸屋さんに、本当にいいものを世に広めてみせるって約束しました。洒落本の艶話だって、その『本当にいいもの』のひとつなんだ」

商売の誠を以《もっ》て、良いものは良いと世に認めさせる。これまでの世間の見方を覆し、江戸に新たな娯楽を生む仕事なのだ。これが成れば丸屋も納得してくれるに違いない。語るほどに重三郎の声は熱を増していった。

「世の中を動かすんです。そこに値打ちがあるんですよ。手前と一緒に、やってくださいませんか。お願いします」

滾る思いを吐き出して平伏する。しばし、座敷の内が静まり返った。

「いやはや、何とも」

喜三二の「弱ったな」という声が届く。応じて顔を上げれば、向こうは苦笑を浮かべていた。

「参ったねえ。そこまで真剣な考えを聞かされたら、断る気にはなれんよ」

「おお！　あ……その、念のためにお聞きしますけど。お怒りじゃあ、ないですよね？」

すると喜三二は、軽く噴き出した。

「当たり前だろう。わしらの仲だぞ」

やった。やった、やった！

喜三二ほどの人に洒落本を頼むことが、如何に非礼かは承知していた。だが、そのくらいで自分と喜三二の仲は壊れないと信じた。信じて頼み、そして通じたのだ。商売の誠を以て世に挑もうという、この気持ちが——。

「ありがとうございます！　何とお礼を申し上げたらいいのか」

「大袈裟《おおげさ》だな。とは言え……名を損なうかも知れんのは、やはり恐いな」

喜三二は秋田藩に仕える武士、それも江戸屋敷の刀番という重職にある。重い役目に息が詰まりそうになるのを解消したくて、戯作者として町人の中に飛び込んだ身だ。ゆえにこそ恐いのだという。これが元になって、以後の戯作を藩に禁じられはすまいかと。

「そこでな。どうだろう、まあ……喜三二の名を出さんで良いのなら、ということでは」

喜びのすぐ後に、戸惑いを生む言葉であった。書いてくれるのは素直に嬉しい。しかし、喜三二の名を出さずに洒落本の立場を変えられるだろうか。

それでも重三郎は「分かりました」と頷いた。

「名前は何でも構いません。何なら今の『どうだろう、まあ』でも」

「うん。だが、すまんな。それだと重さんの目論見は成らんかも知れん」

いささか申し訳なさそうな面持ちである。そこに、敢えて強気の眼差しを返した。

「巧くいかないって決まった訳じゃないですよ。物書きの先生方には、それぞれに書き癖ってのがあります。お名前を変えたって、そこまでは変わらないでしょう？」

読む人が読めば、たとえ名を変えたところで「これは喜三二の筆だ」と分かる。そこを狙えるだけでも、書いてもらう値打ちはあった。

「前にね、鱗形屋の旦那が言ってました。世の中にゃ、字を読んで中身を読めない人が山ほどいるって」

字面だけを読み、その話に如何なる味わいがあるのかを摑もうとしない。そういう面々は、喜三二が別の名で書いた本の値打ちを正しく受け取れないかも知れない。

しかし、と重三郎は続けた。

「手前が洒落本をお願いしたのは、喜三二先生のお心と互いの仲を信じたからでしてね。それと同じで、信じます。どんな名前で出そうと、きちんと読んでくれる人は必ずいるって」

「なるほど。丸屋の株を買い取れるかどうか、負ける訳にいかない勝負だものな」

ならば喜三二の名を出そうか、と言う。重三郎は「いえ」と清々しい笑みで返した。

「先生が物書きをできなくなったら、あたしも後々困ります。それに、勝負にゃ負けも付きものですから。負けたら負けたで、勝つための道を他に探しゃいいんですよ」

「やっぱり、重さんは気持ちのいい男だよ」

喜三二はそう言って笑った。先ほどまでの苦笑ではなかった。

＊

半年の後、安永六年七月。重三郎は洒落本『娼妃地理記《しょうひちりき》』を刊行した。喜三二の筆だが、約束どおり名は出していない。作者の名義は「道陀楼麻阿《どうだろうまあ》」であった。

喜三二の筆は見事の一語に尽きた。

本の題名と判の体裁を見れば、洒落本であるのは明らかであった。しかし読み始めてみれば、そこに記されているのは生真面目な地理記、すなわち地誌の文面である。

それが、ところどころに鏤《ちりば》められた軽妙な洒落によって変わってゆく。読み進むほどに、そこはかとない艶《つや》が漂い始める。初めは生真面目に見えたものが、じわじわと面白おかしい文章に思えてくる。

そして終《しま》いには、地誌として書かれた国が実は妓楼《ぎろう》のことであり、国ごとの名所や名物が実は女郎のことだと分かるようになる――。

「さすが喜三二先生だ。当代一流の筆は伊達《だて》じゃねえや」

重三郎は大いに満足して、この洒落本を見世先に山と積んだ。判は従来どおりの蒟蒻本だが、きっと人目を引くであろう立派な装丁である。飴色の表紙には草双紙と同じ厚みを持たせ、題名にも敢えて古めかしい篆書体《てんしよ》を使った。それだけで、ただの洒落本ではないという気配を醸し出している。

「あにさん。新しい本、できたんだね」

引手茶屋が昼の休みに入ると、義弟の次郎兵衛《じろへえ》が様子を見に来た。

「どれどれ……って、何これ。ずいぶん安いじゃない」

積み上げた山の前の値札を見て、次郎兵衛が驚きの声を上げた。一冊、四十八文。草双紙二冊分くらい、今までの洒落本からすれば半値である。

「大丈夫だよ。この値でも商売になるように作ったんだから」

丸屋小兵衛を納得させるには、ただ本を出すだけでは駄目なのだ。誠のある商売で巧くやれると示すためには、まず相応の数を売らねば話にならない。ゆえに従来の洒落本とは違って多くを刷り、それによって値を下げていた。

しかし。

安値の甲斐なく、数日が過ぎてもほとんど売れない。やはり世の中は洒落本を低く見ている。ならばと貸本に二十冊を割き、吉原のみならず、近隣の町にまで足を延ばして貸し回った。そうして過ごすこと、幾日か。努めて思うことは「焦るな」だった。今は種蒔《たねま》きの時、読む人が読めば、これが喜三二の筆だと分かるはず。

信じて待つ。待つ。待つ。

すると売り出してひと月余り、ひとりの客が来て見世先で声を寄越した。

「もし。耕書堂というのは、こちらでよろしいのですかな?」

見たところ、それなりの商家の主といった身なりである。重三郎は「いらっしゃいませ」と笑みを返した。

「仰るとおり、こちらが耕書堂でございます」

客は「おお」と笑みを見せた。

「実は昨日の晩、商売仲間の見世に行って一緒に呑んでたんですよ」

「はい。それで?」

「ええ、中途で厠《かわや》に立ったんですけどね。そしたら戻る時に、そこの番頭さんが隣の部屋で本読んで笑ってまして。ここに積んである『娼妃地理記』でした。気になって少し読ませてもらったら、いや面白いの何の」

これは。ついに来たのか。

そうであってくれ。逸《はや》るその気持ちを呑み込んで、努めて落ち着いた声を返した。

「いやあ、どうも。お褒めに与《あずか》って嬉しゅうございます」

「で、ちょっとお聞きしたいんですが。この作者さん、冗談みたいな名前ですけど」

「はい、道陀楼麻阿って先生です」

答えると、客は少し顔を寄せて小声になった。

「ここだけの話、これ、実は朋誠堂喜三二なんじゃありませんか？　あたしは喜三二の作が好きでしてね、幾つも読んでますから……そうなんじゃないか、って」

来た。来た来た来た！

ついに来たのだ。やはり、分かる人はいた！

駆け出したくなるほどの喜びである。満面に浮かぶ笑みを止めようがない。こちらも客に少し顔を寄せ、相手以上の小声で返した。

「何とお目が高い。ここだけの話……仰るとおりです」

「やっぱり。まあ、そうでなくとも面白い本ですからね。終いまで読みたいと思って買いに来たんです。一冊、いや五冊ください。知り合いにも読ませて広めたいから」

「ありがたい。お客様のように、見る目のある方がいてくださるなんて」

互いにひそひそと続けている。道行く人が「何だ？」と怪訝な目で通り過ぎた。

その日、一度に五冊が売れた。以後、道陀楼麻阿が喜三二の変名であることは、日を追うごとに広まってゆく。喜三二自身は決して「そうだ」とは言わないものの、口伝《くちづ》ての効き目は大きい。

見世先の本が次第に減ってゆき、そして、さらにひと月ほどが過ぎる。晩秋九月も半ばを迎えた頃であった。

「どうも。あなたが蔦屋さん？」

見世を開けてすぐ、商人らしき男が訪ねて来た。歳《とし》は三十過ぎくらいか。吊り眉に吊《つ》り目の、如何にも食えない男といった顔である。

「ええと、どちら様で？」

すると男は「おやおや」と小馬鹿にした面持ちになった。

「二代目、西村屋与八《にしむらやよはち》です。手前をご存じないとはねえ」

鱗形屋と並ぶ大手の版元である。その名を聞いて、何かが――あまり心地好いものではない――ぞわぞわと背筋を駆け上がった。

「これは失礼いたしました。あの西村屋さんでしたか」

西村屋は「ふは」と鼻で笑った。

「風の便りに聞いたんですが、あなた、鱗形屋も西村屋も超えてみせるって大見得を切ったそうですね。いやあ、ご立派な自信じゃないですか」

「……それをお聞きになったの、実のお父上からでしょう？　お話は伺っておりますよ。鱗形屋さんのご次男が西村屋さんの養子に入られて、見世を継いだって」

鱗形屋も西村屋も超えてみせる――当の鱗形屋孫兵衛《まごべえ》と初めて会った日に、そう言い放ったものだ。などと昔日を思い返していると、再び「ふは」と鼻で笑われた。

「まあ、どうでもいいですけどね。そんなことは」

自ら話を始めておいて、この言い種《ぐさ》である。おまえ如きが俺を超えられるものかと、言葉の端々に滲《にじ》んでいた。

いささか嫌なものを覚えつつ、重三郎は改めて問うた。

「で、今日はどのようなご用件で」

「いえね。近頃、蔦屋さんで『娼妃地理記』って本を売り出したでしょう」

「ええ。それが?」

「うちで取り扱ってあげようと思いましてね。ここで売るだけじゃあ、儲けも高が知れてるでしょ。あなたにとって、ありがたい話を持って来て差し上げた訳ですよ」

如何に素晴らしい本を作っても、多くの人に読まれなければ目的は達せられない。西村屋が江戸の隅々にまで行き渡らせてくれるなら、願ってもない話ではある。

が、果たして二つ返事で応じて良いものだろうか。西村屋与八——言葉使いは丁寧だが、見下したような物腰が端々に見える。何とも癇《かん》に障る男だ。

「そういうお話でしたか。いえね、実はそろそろ鱗形屋さんにお願いしようかって、思ってたところなんですが」

「駄目、駄目。今の鱗形屋に、蔦屋さんを手伝う余裕なんぞある訳がないでしょう。だから、うちが助けてあげようって言ってんじゃありませんか。お分かりにならない?」

やはり見下されている。絵に描いたような慇懃無礼《いんぎんぶれい》だ。向こうは大版元、こちらは貸本屋に毛が生えたくらいの身ときては当然かも知れないが、悔しいことは悔しい。どう返したものか。

寸時の逡巡《しゅんじゅん》に、西村屋は「やれやれ」と溜息をついた。

「それじゃあ、もうひとつ、いい話をあげますよ。うちの株で、一緒に絵を売り出してあげる。蔦屋さんは北尾重政先生とご昵懇らしいから、絵描きさんのお知り合いも、それなりにいるでしょう?」

「そりゃまあ。しかし……」

西村屋は、にや、と厭《いや》らしい笑みを浮かべた。

「丸屋さんの株、買い取りに掛かってるって聞いてますよ。だったら金は幾らあっても困ることあない。断らない方が身のためだと思いますがね」

向けられた笑み、細められた目に鈍い光が宿る。四の五の言って断るならそれも結構、この小さな見世を潰すくらい訳もないという心根が漂っていた。鱗形屋孫兵衛には大物の凄《すご》みがあったが、この男にはそれとは別の剣呑《けんのん》なものがある。

「さて、どうします。うちと手を組んで、いい思いをしませんか? それとも」

悔しい。腹立たしい。断ってしまいたい。しかし。

この男は本気だ。そして確かに、今の自分を潰すくらいの力は持っている。

本の商いで勝負したいと思って、懸命にやってきたのだ。ようやく先々に光明が見え始めてきた矢先ではないか。

「……分かりました。お願いしましょう」

苦渋の面持ちで答えた。ここで道を断たれる訳にはいかないと、その一念であった。

西村屋は、またも「ふは」と笑った。

「返事は少ぉし遅かったけど、まあ話の分かる人で助かりましたよ。それじゃ『娼妃地理記』を二千ほど刷り増して、うちに届けてくださいな。ひと月もあれば十分ですよね。絵の話も、その時に」

言いたいことを言って、西村屋与八は帰って行った。

その背が遠く離れて見えなくなると、重三郎は引手茶屋の方に向けて声を荒らげた。

「誰か！　塩だ。塩、持って来てくれ」

若い者がひとり、何ごとかという顔で塩の壺《つぼ》を持って来る。引っ手繰るようにそれを取り、右手に握れるだけ握って、叩き付けるように見世先へ撒《ま》いた。

「ああ！　畜生め」

大きくひとつ溜息をつき、重三郎は思った。

鱗形屋に続いて大版元との繋がりを得た。そういう格好ではあれ、手を携えて行きたい相手ではない。地本問屋株を手にしたら、西村屋とはきっと真正面からやり合うことになる。

＊

西村屋が『娼妃地理記』の取り扱いを始めてからというもの、他の版元からも次々に引き合いが来るようになった。実に六軒である。西村屋に納めた二千と合わせ、刷り増しは四千を超えた。

今までの洒落本なら、地本問屋は決して扱おうとしなかった。それが大きく変わろうとしている。ただの「いかがわしい本」だったものを、重三郎が「艶話の娯楽」と認めさせた。世の中を動かしたという、またとない証であった。

そして十月も終わろうかという頃、ついに丸屋小兵衛が訪ねて来て、同じ申し入れをした。

「いやはや、お見事。さすがは、あの鱗形屋さんに見込まれた人ですなあ」

耕書堂の見世先で、好々爺が穏やかな笑みを向けてくる。重三郎は丁寧に頭を下げた。

「お褒めのお言葉、ありがとう存じます。手前が誠のある商売で巧くやれるって、示すことができたでしょうか」

「もちろんです。あの日から一年で、この大仕事ですからね。約束どおり、手前の隠居に合わせて株をお譲りしましょう」

丸屋は嬉しそうに幾度も頷いた。重三郎は喜びに身震いして、軽く目元を拭った。

それからは、まさに目も回るほどの忙しさだった。地本問屋株の正式な受け渡しは概《おおむ》ね二年後だが、それまでの間に済ませておくべきことは山ほどあった。

第一に、丸屋と繋がりのある彫り方、刷り方との顔合わせである。

次には取次に紹介してもらい、丸屋との付き合いを引き継いでくれるように頼んで回る。

さらには、丸屋の奉公人たちと話し合う必要もあった。株の買い取りについての説明はもちろんのこと、その上で奉公人たちの扱いを決めねばならない。

重三郎はひとりひとりと話す時間を作り、その上で身の振り方は奉公人自身に決めさせた。引き続いて耕書堂に奉公しても良し、辞めても良し。今日は丸屋の番頭と話している。

「……そうですか。番頭さんは身をお引きになると」

「ええ。旦那ほどの歳じゃありませんが、手前も五十ですからね。株を譲ってもらえるなら、見世を継いでも良かったんですが」

そこに横槍《よこやり》が入った、とでも言いたげである。ただし、その思いは半分くらいだろう。面持ちには「蔦屋ほどの資金は持っていない」という諦めの色もある。

重三郎は穏やかに笑みを返し、小さく頷いた。

「分かりました。あなたのお考えを、こちらが曲げる訳にはいきません」

この番頭に限らず、辞めたい者は引き止めなかった。そういう者には、心のどこかに「蔦屋の如き成り上がりを主人に戴《いただ》きたくない」という嫌気がある。斯様《かよう》な思いを抱えながら働いても、ろくなことにならないのは目に見えているからだ。

ただし、それだけで終わらせもしなかった。

「番頭さんには、手前が株を受け取るに当たって暇を出しましょう。その際、次のお支度金として十両お渡しします」

番頭、手代、小僧、女衆。各々の立場に応じて、辞める者には某《なにがし》かの金を渡すと約束をした。それで全てが丸く収まるとは言い得ないが、少しでも遺恨のないようにするためである。件の洒落本によって、図らずもそのくらいの金を吐き出す余裕ができていた。

三日に一度、通油町に出向いてこうした話し合いをする。その間、吉原の耕書堂も閉めてはいない。義弟・次郎兵衛の引手茶屋から若い者をひとり借り受け、見世番を頼んでいた。

とは言え、引手茶屋には引手茶屋の仕事がある。その妨げにならぬよう、遊里が忙しくなる夕刻までには帰らなければいけない。遅くなった日には駕籠《かご》を使って急ぐのだが、この日は運悪く駕籠屋が捉《つか》まらず、駆け足で戻ることになってしまった。

「やれやれ、今帰ったよ」

安永六年も厳冬十二月を迎えた中、汗みどろで帰り着く。すると重三郎の姿を認め、次郎兵衛が小走りに寄って来た。

「あにさん、お帰り。あのね」

この上ない戸惑いの顔である。荒い息で汗を拭いながら「どうした」と問うと、弟の目が間借りの見世に向いた。

「あれですよ」

目で示された先に、女がひとり座っている。はて誰だろうか。どこかで見た顔だが。

「何だい、あの人」

首を傾げると、次郎兵衛が強く眉を寄せた。

「分かんないんですか？　三文字屋の浮雲姐さんですよ」

「えええええ？」

目を丸くして声を上げる。すると、その女——浮雲が軽く手を上げた。

「あら重さん、お帰り」

この声は、なるほど間違いない。髪に二枚の櫛《くし》と八本の簪《かんざし》がなく、また顔の白粉《おしろい》も施していないがゆえに、今の今まで分からずにいた。

「いや！　いや姐さん。どうしたってえの、いったい」

驚いて駆け寄り、目を見開いて眉をひそめた。

「女郎さんが大門《おおもん》の外に出るなんて。どうやって面番所《めんばんしょ》の人らを誤魔化したんです？　いけないよ。バレたらどんな目に——」

狼狽《うろた》える口を、浮雲の人差し指が軽く押さえた。

「何だい、あんた忘れてたのか。去年の秋頃、あたしの昼寝に付き合ってくれたろ？　あん時に言ったじゃない。あと一年くらいで年季が明けるって」

昨今の忙しさですっかり忘れていたが、そう言えば。

得心顔を見て、浮雲は重三郎の口から指を離した。

「てな訳でね。今日、晴れて年季が明けたんだよ」

「それで化粧やら何やら……。でもねえ姐さん、だからって、どうしてあたしの見世にいるんですよ」

浮雲は「待った」と苦笑する。浮世絵の美人画に、情を煽《あお》る艶を加えたような顔であった。

「年季が明けたんだから、もう浮雲でも姐さんでもないよ。ちゃんと、甲《こう》って名があんの」

浮雲――お甲はそう言って、今度は嬉しそうな笑みを浮かべた。

「でね、ここにいたのは見世番をしてたからさ。例の洒落本、また七冊も売れたよ」

「そりゃどうも……って、そうじゃなくて。どうして見世番なんか」

年季が明けたのなら身の振り方というものがあるだろう。生国に帰るも、江戸の市井に暮らすも自由ではないか。女郎として仕込まれた教養や技芸を生業《なりわい》に、食って行くこともできる。

ところが、お甲はこともなげに返した。

「今日から、ここに寝泊まりしようと思って。それで重さんが帰んの待ってたのさ」

「ええ？　浮……いや、お甲さんね。どうしてそういう考え方になんの？」

「あたしも女だったってこと。そりゃま、そういう気持ちになっちまうよねえ。あんなに激しく抱かれてさあ。女神様だなんて言われて、ちゅうちゅう口なんか吸わ――」

「わあ、ああ！　い、やめて！　黙って！　ひとまず見世、閉めるから」

走りどおしで流した汗の上に、おかしな汗が噴き出してきた。

遊里の夜見世で遊ぶ客にも本を求める者はあるはずだった。しかし今日ばかりは、その売上も諦めて見世を仕舞う。次いで引手茶屋との間に衝立を置き、お甲と話すことにした。

「まず、国に帰る気はないんですか？」

即座に「ないね」と返ってきた。

「あたしゃ遠州《えんしゅう》から売られて来たんだけどね。お国じゃあ、おっ父もおっ母も、とっくに死んじまってんだよ」

八年ほど前、明和《めいわ》六年（一七六九）の晩秋から冬にかけて日本中が疫病に見舞われ、そのために多くの人が命を落としている。お甲の両親もこの時に彼岸へ渡ったそうだ。

「あ……ごめんよ。悪いこと聞いちまったね」

「いいよ。ともあれそんな訳で、あんたんとこに押し掛けようって思ったの」

何しろ惚《ほ》れてしまったのだ。お甲はそう言う。

「それに、もう二十六だからね。こんな大年増《おおどしま》じゃ嫁のもらい手もないし、あたしのお客にゃ妾《めかけ》を囲えるようなお大尽もいなかったし。だから頼むよ、見世番でも何でもするからさ。あ、もちろん好きな時に抱いていいよ」

「いや。あのね。何てえか、急な話に過ぎるよ」

「そう？　あ、もし重さんが嫌だってんなら消えるけど。でもね」

お甲は、これまでになく真面目な顔で言う。重三郎も既に二十八を数えた。丸屋の株を手にする二年後には三十歳だろう。いい歳をした男が身も固めず、それで奉公人を抱える主人として振る舞えるのかと。

「そういうのって結構、信用に関わるだろ?」

重三郎は、はっと息を呑んだ。

信用と聞いて、思い出した。人と人にとって何より大事なのは、互いに信を寄せ合っているかどうか——お甲にそれを教えられたからこそ、喜三二の洒落本を売り出せたのだと言える。

「信用……か」

「向こう二年で嫁を取れたら、それでいいんだろうけどさ。あんた今の忙しさだと、そんな暇もなさそうじゃない」

無言でひとつ頷く。お甲は「ふふ」と笑って、少し照れ臭そうに続けた。

「それにね、あたし重さんの匂いが好きなんだよね。だから、このお甲さんで手ぇ打っときな。一緒にいて、お互いおかしな気も遣わないで済む間柄じゃないか」

言われて、心が潤う気がした。何やらくすぐったい温かさを感じる。

女郎・浮雲として過ごした十年の間、お甲はずっと貸本の上客であった。そうした相手ゆえに気心も知れている。互いに何の遠慮もなく一緒にいられるだろう。傍《そば》に置くべき女としては、なるほど申し分ない。

だが、何より心を動かしたのは「匂いが好き」のひと言だった。一年前、この女の座敷に上がって、自分も同じことを考えたのを思い出す。互いの匂いが好きかどうか。男と女が一緒にいるというのは、そういうものが大事なのかも知れない。

「……やれやれ。しょうがねえな、全く」

柔らかな溜息をひとつ、重三郎は笑みを浮かべた。苦笑であり、安らいだ笑みであった。

「お甲って、呼ばせてもらうよ。好きなだけ、ここにいるといい」

「はいよ。あんた」

向かい合う目には、こちらと同じ、心の潤んだ色が浮いていた。

三　西村屋

お甲が押し掛け女房となってからも、三日に一日は丸屋の面々と今後のことを話している。三日のうち、残る二日も多忙であった。件の『娼妃地理記』を刷り増して方々の地本問屋に届ける日もあれば、それらの版元に呼ばれて諸々《もろもろ》の話し合いをする日もある。

一方では妓楼を巡り、本の貸し歩きも続けていた。細見を作るに当たり、妓楼の仔細《しさい》を摑んでおくためでもあった。

そうした忙しい中で年が改まり、安永七年（一七七八）も既に初夏四月を迎えている。

「おう。今帰ったよ」

本の貸し歩きを終えて戻り、声をかけた。いつもなら、お甲は軽い笑みで「お帰り」と返してくるのだが――。

「遅いよ！　何やってたんだい」

この日はいきなりの叱責であった。とは言っても、特段に遅くなった訳でもない。日もずいぶん長くなって、西の空にはまだ橙色《だいだいいろ》が明るく残っている。

「何だよ。いつもと同じ時分に戻ってんじゃねえか」

「そうだけど、そうじゃないんだよ」

見れば、お甲の目に浮かんでいるのは怒りではない。懸念の色である。

「何かあったんだな？」

「これ。見てよ」

突き出されたのは一通の文と一枚の絵である。絵は美人画であった。

「この筆は……湖龍斎《こりゅうさい》先生だ。え？　いや。え？」

重三郎の面持ちに強い戸惑いが浮かんだ。

礒田《いそだ》湖龍斎は北尾重政を通じて知り合った浮世絵師である。

この人は初め、鈴木《すずき》春広《はるひろ》を名乗っていた。美人画の第一人者・鈴木春信《はるのぶ》に肖《あやか》った名だが、春信の門人という訳ではない。しかし名が表すとおりに深く傾倒しており、そのせいか北尾に紹介された頃の湖龍斎は春信の亜流のような絵ばかり描いていた。

「いや、でも！　こんな絵を出したなんて、あたしゃ知らないよ。湖龍斎先生の絵は、うちと西村屋で売り出すって話だったのに」

然り。

昨年に『娼妃地理記』の取り扱いを申し込まれた折、西村屋と共に絵を売り出すことも了承していた。それに当たって紹介した幾人かの絵師から、西村屋はまず湖龍斎に目を付けた。この人は少し画風を変えれば本物になる、と。

かくて昨年の末、重三郎は西村屋と共に湖龍斎の絵を売り出した。吉原の女郎を描いた大判絵で、題して『雛形若菜初模様《ひながたわかなのはつもよう》』である。呉服屋が新しく売り出した柄の着物を、絵の中の女郎に纏《まと》わせるという趣向の錦絵だった。これによって、美人画であると同時に新しい着物を世に知らしめる目録の役割も持たせてある。

発案も、下描きのため湖龍斎を伴って妓楼を回ったのも、共に重三郎であった。ゆえに知らない絵は一枚もないはずなのだ。

「なのに……どうして見たこともねえ絵が？　訳が分からねえ」

すると、お甲が真剣そのものの眼差しを寄越してきた。

「半時ばかり前にね、西村屋さんが訪ねて来たんだよ」

西村屋与八、当人であったという。そして言った。まことに残念だが、耕書堂と交わした取り決めに従って、今日を限りに手切れとすると。

「あんた、いったいどんな約束したんだい？　証文は？」

「証文はもちろんあるさ。だけど」

そこに記された決めごとのうち、手切れとなる場合は二つしかなかった。

ひとつは重三郎と西村屋の双方に於いて、相手に何かしらの不義理を働くか、或いは相手の商売に損害を与えた時である。もうひとつは双方に於いて当人か親類、或いは縁者が咎人《とがにん》となった時だ。

「西村屋は気に食わねえ奴《やつ》だけど、そこんとこは当然の取り決めだよ。でも、あたしは何ひとつ不義理なんか働いちゃいない。法度《はっと》にだって触れちゃいないんだ」

「じゃ、それ。絵と一緒に渡した文に詳しく書いてあんじゃないの？」

言われて、手中のものに目を向ける。眉を寄せつつ開いてみれば——。

「何だい、こりゃあ……」

重三郎の縁者が働いた悪行に鑑み、共に絵を売り出すことを取り止め、これより先は西村屋だけで取り扱う。それだけ記されていた。

「縁者って誰だよ。利兵衛の親父か？　いや、そんな訳ゃねえし」

「心当たりがないんだったら、もう西村屋さんに聞くしかないね。行っといで」

「……あいつの面ぁ、できるだけ見たくねえんだけどな」

不安ゆえだろうか、お甲は目を剝《む》いて怒った。

「そんなこと言ってる場合じゃないだろ！　あんた、ふざけてんのかい？　この先の商売がどうなるかの分かれ道じゃないか！」

「お、う……わ、分かってるよ。そう大声出さなくたって」

気圧《けお》されつつ、渋い面持ちで頷く。ことの仔細を知るには、確かに西村屋と会って訊《たず》ねるより外《ほか》になかった。

＊

「何のご用です。この忙しいのに」

迷惑そうな声を寄越された。西村屋に出向いて応接のひと間に通され、小半時も待たされた挙句の開口一番である。元来が気に入らぬ男とあって、重三郎の頭にカッと血が上った。だが努めて腹の虫を押さえ込み、丁寧に言葉を選んで問う。

「何の用かって。女房に聞いて、慌てて飛んで来たんですよ。手切れって、いったいどういうことなんです」

そもそも手を切ると言うのなら、見世の主たる自分と話すのが筋ではないのか。それを、あんな文をひとつ寄越されただけでは訳が分からない。

「手前の縁者が悪行を働いたって、いったい誰なんです。心当たりのない話ですよ」

すると西村屋は、さも見下したように「ふは」と鼻で笑った。

「おやまあ。まだご存じでない？」

「だから何をです」

西村屋は、声を裏返らせて甲高く笑った。そして勝ち誇った顔で言う。

「蔦屋さん、鱗形屋と商売をしてますよね」

吉原細見については、今では耕書堂と鱗形屋で別の版を売り出している。それでも重三郎は未だ鱗形屋版の改所と小売も続けていた。その他にも細かい下請けの仕事を回してもらっている。

「仰るとおり、旦那のお父上には良くしてもらってますよ」

すると西村屋は、また楽しそうに笑った。

「なのに、ご存じないとはねえ。いや……これは手前が、あの人の倅《せがれ》だから知り得たことかも知れませんが」

と、いうことは。思うほどに眉が寄る。

「鱗形屋の旦那が、また何か?」

「ええ。今度は盗版なんて、生易しいもんじゃありません」

西村屋はまたひとつ鼻で笑い、悠々と続けた。

「盗みの片棒を担いだんですよ。版を盗むんじゃあない、本当の盗みです」

「え?」

俄《にわ》かには信じ難い話だった。鱗形屋孫兵衛は、確かに強引なことをする人である。盗版の折など、何とかという手代に罪を着せ、自身は二十貫文の罰金を支払うだけで逃れたくらいだ。

しかし。

「でも、まさか盗みなんて。そんな馬鹿な」

「馬鹿なも何も、奉行所がそう言ってんです。あの人も認めたらしいですよ」

ことの仔細が語られた。

江戸で最大手の版元だけあって、鱗形屋は大名や旗本の屋敷とも多くの取引がある。その中のひとつ、どこかの藩の用人が、孫兵衛に質屋を紹介してくれと頼んできたらしい。吉原で放蕩《ほうとう》して金がなくなったから、支払いのために自分の家財を質入れしたいのだ、と。

「三年ばかり前の話だったようです。そこで、あの人は知り合いの質屋を紹介した。ところが」

用人の質種《しちぐさ》は、実は当人の家財ではなく、主家所蔵の家宝であった。

「その用人、質入れしてすぐ暇乞《いとまご》いしてんです。で、つい先月になって、そこの大名家で家宝がなくなってるって騒ぎになった。そんなに長く気付かないなんて、間の抜けた話ですがね」

家宝の行方を探し始めて十日、あっという間に、質種として金に換えられたことを突き止めたのだという。そして質屋の証言を受け、ひととおりが明るみに出た。

「いや！　いや、でも。旦那はただ質屋を紹介しただけでしょう。どうしてそれが罪になるんです」

重三郎は色を失った。対して西村屋は、何とも嬉しそうに厭らしい笑みを浮かべている。

「紹介してやっただけ、じゃあないんですよ」

件の用人は既に捕らえられているという。そして取り調べを受け、質入れした金から鱗形屋に十両の謝礼を渡したと白状したのだとか。

「どうです？　鱗形屋は、立派に盗みの片棒を担いでるじゃないですか」

「ご用人の質種が盗品だって、旦那は知ってたんですか？　知らなかったんなら」

食い下がる重三郎に、西村屋は目元を歪《ゆが》めて「おやおや」と呆れ声を返した。

「蔦屋さん、あなた妓楼のご養子ですよね。だったら金の値打ちくらい承知してんでしょ。十両なんて大金、ポンと渡せる額ですか？」

「いや。それは、まあ」

質屋を紹介しただけで十両とは、確かに法外な謝礼と言える。質入れで得られる金の相場は、質種の値打ちの七分目ほど。そこから十両もの大金を渡したとなると、質屋が出した金は幾らだったのだろう。五十両。否、百両は下らないはずだ。

こちらが何を考えているか、西村屋は面持ちから察したらしい。勝ち誇ったように冷笑を浮かべた。

「質屋は百二十両も渡したって言ってるそうですよ。でも、おかしいですよねえ？　大名家に仕えてるったって、一介の用人じゃないですか。そんな大金になる質種を持ってるなんて、かなり考えにくい話でしょ？」

「……なのに。十両も渡されたら」

「そうです。怪しんで当然なんですよ。けど、あの人は何も言わなかった。奉行所に届け出ることもなかった。用人が何かやったって気付いたのに、知らん顔を決め込んだんでしょう。もっと言やあ、何もかも知ってたんだろうって疑われても仕方ない。違いますか」

鱗形屋がどういう肚だったかは分からない。しかしだ。たとえ本当に用人の悪事を知らなかった、或いは気付かなかったのだとしても、果たして奉行所に信じてもらえるだろうか。かなり見込みの薄い話だ。

「じゃあ旦那は、どうなるんです」

「明日には、しょっ引かれるそうです。その後は知りません。ねえ？　鱗形屋孫兵衛って人は、蔦屋さんにとって紛《まご》うかたなき縁者でしょう。世間様も、鱗形屋と蔦屋さんの繋がりは知ってんです。うちが手切れを申し入れる理由としちゃあ十分じゃありません？」

「いや、待ってくださいよ！　確かに手前は鱗形屋さんの縁者です。けど、それを言ったら西村屋さんはどうなんです。あなた、あの旦那の実の子でしょうに」

西村屋は、さも不愉快そうに鼻で笑った。

「血の繋がりがあるってだけですよ。手前は養子に入って西村屋を継いだ身なんです」

生まれがどうあれ、今はこの見世の二代目である。鱗形屋は競い合う商売敵であって、親子だからと言って馴《な》れ合ったことはない。西村屋はそう吐き捨てて口元を歪める。

「手前が主になってから、西村屋は一度たりとて鱗形屋と商売をしたことはありませんからね。蔦屋さんとは丸っきり違うんです」

「だからって。どうして、そんな冷たいこと言えるんです。血の繋がった親子――」

「そんなの、商売の話に何の関わりもないでしょう！」

語気強く遮られた。向けられた目には、歪んだ喜悦と嫌気、或いは怨恨とも取れるものがない交ぜになっていた。

「とにかく。蔦屋さんの縁者が、法度に触れることをしたんですよ。だから手を切るんです。咎人の仲間なんかと商売してたら、うちの信用に関わりますからね」

分かったら帰れ。そういう眼差しで一瞥《いちべつ》し、西村屋与八は席を立った。

＊

西村屋から聞いた話は全てが真実であった。

明くる日、鱗形屋孫兵衛は奉行所に召し捕られた。取り調べが進められ、沙汰が下ったのは二ヵ月の後である。

鱗形屋は「盗品とは知らずに質屋を紹介した」と申し開きをした。一面で容《い》れられたが、全てが認められはしない。下された裁きは、十里四方の江戸所払いであった。

そして、七月。

鱗形屋孫兵衛が江戸を去る日、重三郎はひとり大伝馬町《おおでんまちよう》に出向いた。だが見世は閉め切られている。出立は裏口からだと知れて、そちらに回った。

しばし待つと、ひっそりと裏門を出る者がある。別人のようにやつれた姿であった。

「旦那」

声をかけると、鱗形屋は少し驚いた顔であった。

「こりゃ蔦屋さん。どうしたんだい」

「せめて見送りくらいは、って思いまして」

「そうかい。ありがたいね」

返された小さな笑みは、自嘲の笑みなのかも知れない。それを見ると、何と声をかけて良いのか分からなくなる。

少しの沈黙が重たかったか、次に口を開いたのは鱗形屋の方であった。

「迷惑をかけたね。あたしのせいで、あんたは絵描きを何人も引き剝《は》がされちまった」

「そんなこと……いえ。はい」

そんなことはない、とは言えなかった。

戯作者や絵師の作は、概ね決まった版元から売り出される。そういう取り決めがある訳ではないが、他の版元と仕事をするのは不義理に当たると見做されるからだ。今回の一件では、北尾重政から紹介された絵師のうち、幾人もの優れた若手を西村屋に奪われる格好になってしまった。

「でも手前には、北尾先生や勝川春章先生とのご縁もありますから」

北尾や春章ほど名のある絵師に限っては、二つ、三つの版元から売り出している場合もある。その人たちとの繋がりがあれば大丈夫だと返すと、しかし鱗形屋はゆっくり首を横に振った。

「あと幾年、北尾さんや春章さんが一番でいられる?」

世には次々に新しい絵師が生まれ、異なる画風で人々の目を塗り替えてゆく。これから版元となる重三郎にとっては、北尾たちに続く若手との繋がりの方が大事なはずだ。鱗形屋の眼差しがそう語っていた。

「仰るとおりです。でも、そのまた次に出て来る絵描きさんを探せばいいんですよ」

精一杯の強がりに、鱗形屋は柔らかい笑みで「そうかい」と頷いた。

「初めて会った日に言ってたっけね。俺は世の中を動かす側だ、って。あんたが新しい絵描きを担いで、世の中を動かせるかどうか。楽しみに見させてもらうよ」

「ええ。必ず」

そう返して、また少し間が空く。重三郎には、ひとつ問うておきたいことがあった。一方の鱗形屋も、何かを話そうか話すまいか迷っている顔である。

「なあ蔦屋さん。あたしら、互いに同じことを考えてんじゃないかね」

寄越される笑みの中、目だけが凄腕《すごうで》の版元に戻っている。どうにも決まりが悪く、重三郎は苦笑を浮かべた。

「参りましたね。多分、そうです」

ひとつ頷き、踏ん切りを付けて切り出した。

「実はね、西村屋さんが言ってたんですよ。旦那とは血の繋がりがあるだけだって。どうしてそんなこと言うんでしょう。こんな大ごとなのに、あんまり冷たいじゃないですか」

鱗形屋は「はは」と笑った。またも自嘲の匂いがした。

「やっぱり、そこだったか。まあ……身内の恥を晒《さら》すことにゃあなるが、あんたに迷惑をかけた大本の話だからね。聞かせとくよ」

そして大きく溜息をつき、しみじみと二度頷いた。

「あたしには二人の子がいる。上の子が孫太郎《まごたろう》で、下の子が孫次郎《まごじろう》だ」

「孫次郎さんが、二代目・与八の西村屋さんですね」

「そう。あれは、できのいい子だった」

幼い頃から、まさに一を聞いて十を知るという利発さだった。対して兄の孫太郎は、父の贔《ひい》屓目《きめ》にも盆暗《ぼんくら》と言うしかない、と嘆いている。

「歳を重ねるほどに、二人の力はますます開いちまった。ただ……孫次郎は妾腹《めかけばら》なんだよ」

それを鱗形屋の後継ぎとすれば、兄の孫太郎は肩身の狭い思いをするだろう。父としてはどちらも自身の子であり、等しくかわいい。片方が冷や飯食いの憂き目を見ることは避けたかったのだと言って、またひとつ溜息をついた。

「そこで西村屋さ。あそこの先代にゃ子がなかったから、孫次郎を養子に取ってくれないかって頼んだ」

できの良い方を養子にと言われて、先代・与八は大いに喜んだらしい。そして孫次郎は西村屋を継ぎ、二代目・与八となった。

「けど孫次郎にゃあ、それが面白くなかったんだろう」

盆暗の兄が家を継ぎ、兄より優れた自分がなぜ放り出されるのか。自分は疎まれている。嫌われている。父にとって厄介者なのだ。孫次郎——二代目・西村屋与八はそう思い、恨みを募らせたのではないかと、鱗形屋は言う。

「まあ、そう思って当然だろうね。何しろ妾の子さ。手許《てもと》に置くと女房がうるさいもんで、見世から離れた長屋に住まわせてたんだ。生まれてから、ずっとね」

「そうですか。だから」

血の繫がった親子だろうと言いかけた時、西村屋は「商売に関わりのない話」と言って、けんもほろろに斬って捨てた。あの時の、恨みがましい眼差しの訳が知れた。

鱗形屋は「だけどさ」と苦笑した。

「それにしたって、ちょっと……やり過ぎだよなあ？」

「え？　何がです」

「今回のことさ。でき過ぎた話だって思わないかい」

質種の一件である。用人の主君が、なくなった家宝を探すのは当然であろう。だが家宝である以上、まず外には持ち出さない品であるはずだ。

「だったら屋敷の中をくまなく探す。それでも見付からなけりゃ、盗まれたって考える。そんな時にゃ、奉行所に話して盗人探しを頼むもんさ。ところが」

「あ！」

重三郎の目が丸くなる。この話について、西村屋が何と言っていたかを思い出した。

「質種になってんのを、ものの十日で突き止めたって。早過ぎる」

「つまり、そういうことなんだよ」

質入れした用人は、その後すぐに暇乞いをしている。これを盗人として疑うまでは頷ける話だろう。しかしだ。奉行所の手も借りず、しかもたった十日で質入れの事実まで突き止めたというのは、明らかにおかしい。

「旦那が質屋を紹介したってこと、知ってる奴がいた。そいつが？」

「だと思う。三年前の正月だったかな。あの用人を質屋に連れてったのが、実は手代の徳兵衛《とくべえ》なんだよ」

「徳兵衛って。ええと……。誰でしたっけ？」

鱗形屋は「ぶは」と噴き出した。

「まあ覚えてなくて当然さ。あんたにとっちゃあ、一度っきり聞いただけの名だ。盗版の時の、あの手代だよ」

そして続ける。盗版の罪を着せられて所払いとなり、徳兵衛の胸には遺恨があったのだろう。そこで西村屋与八に目を付け、文のひとつも送って過日の一件を教えたのではないか。父を恨んでいるなら陥れてやれ、と。

「いや……それ、証はあるんですか？」

「証も何も、お白州に呼ばれた証人が当の徳兵衛なんだ。まず間違いない」

徳兵衛は言った。所払いの身ゆえ、とある人を通じて質種の一件を報《しら》せてもらったのだと。

「その『とある人』ってのが、西村屋さんだってことですか」

「お奉行様は、そこは明かせねえって仰せだった」

質種にされた家宝は見付かっているのだから、鱗形屋を裁くに当たり、密告した者の名を明かす必要はないと言われた。すぐに、ぴん、と来たそうだ。これは孫次郎だと。

「きっと徳兵衛の奴は、ずいぶん前から孫次郎……与八に渡りを付けてたんだろう。与八は与八で頃合を計ってたんだと思う」

「いや、おかしいでしょう！　おかしいですよ。実の子が父親を」

止めようもなく声が大きくなる。鱗形屋はそこに向け、大きく首を横に振った。

「蔦屋さんは真っ正直な人だから、そう思うんだよ」

実の両親と引き離されながらも、重三郎は養父・利兵衛を父と慕っている。常に前を向いている。そういう人間に、恨みを拗《こじ》らせた者の心が分かるのか——。

「孫次郎はさ、小さい頃から寂しい気持ちを抱えて育ったんだ。親父に認められたいって、それだけ思いながらね。だから必死で親父の姿を見てきたんだろう」

その父は、時に後ろ暗い手も使って見世を大きくしてきた。見世と奉公人を守りたい一心だった。だが、そういう胸の内は誰にも明かさずにきた。

「あいつは親父のやり様しか知らない。滅多に顔も合わせねえんじゃ、そうなるしかないよな。その末に性根が曲がっちまった。あたしのせいだよ」

違う、と言うつもりはない。しかしだ。

「それでも気に入らねえ話です。手前が言うのも何ですがね、旦那には版元の才覚ってのがあるじゃないですか。西村屋さんは旦那のそういうとこ、しっかり受け継いでんだ」

ずっと芽が出ずにきた礒田湖龍斎の絵を見て、少し画風を変えれば本物になると言った。その言葉どおり、重三郎の案を加えて売り出した『雛形若菜初模様』は当たっている。

「そんな力があるんだから、旦那を恨むんなら商売で勝ちゃいいでしょう。なのに」

鱗形屋は「はは」と嬉しそうに笑った。

「あんたは、そういう人さ。あたしが『こうありたい』って思って、なれなかったような人なんだよ。だからこそ、あんたを見込んだ。与八はそれも気に食わなかったんだろう。だったら蔦重も潰してやれって、思ったんじゃないかな」

ぞくりと、背に冷たいものが走った。

今の自分はまだ小物である。まともに考えれば、蔦屋重三郎を潰して西村屋が得られるものはないと言えよう。

だが違う。そういうことでは、ないのだ。

西村屋が鱗形屋を陥れたのは、父と兄への恨みを晴らすためだった。しかし、それだけでは足りない。蔦屋重三郎——実の子を差し置いて父に認められた男を潰してこそ、復讐は全きものとなる。自分の心が満足する。それが西村屋与八の胸中ではなかったか。

「ねえ旦那。その。与八……あの人、だから手前に？」

わなわなと震え始めた重三郎を見て、鱗形屋はやる瀬なさそうに小さく頷いた。

「さっき、与八は頃合を計ってたって言ったろう？　あんたに勢いが付いたとこで叩いてやりゃあ、親父と兄貴と併せて一石三鳥だって考えたんじゃねえかな」

重三郎には北尾重政の伝手《つて》があり、多くの絵師との交わりがある。それを引き剝がしてやれ。北尾の次に一線で働ける者を奪ってしまえば、丸屋の株を買い取っても満足な商売はできまい。何もできないまま消えてしまえ——。

「あたしも昔、似たような手を使ったことがある。だから分かるんだよ」

「あ……の野郎ッ！」

嵌《は》められた。騙されていた。怒りが脳天を突き抜けて、くらりとした。

「本当にすまない。親子の諍《いさか》いに巻き込む格好になっちまった」

鱗形屋が深々と頭《こうべ》を垂れる。重三郎は叫ぶように「いいえ」と返した。

「騙す奴ぁ、確かに悪い奴ですよ。でも騙された奴が悪くねえ、なんて話はありませんや。でしょう？　だって、騙されるような馬鹿なんだから」

言い放って、ぎろりと目を剝く。

「ひとつお聞きします。旦那が所払いになったら、鱗形屋はご長男が継ぐんですよね。でも旦那は、ご長男は盆暗だって仰る。その人で巧くいくとお思いですか？」

「あんた厳しいとこ聞くね。でも、どうだろうな。見世の者が力を尽くしてくれても、孫太郎じゃあ……。あと十年もかけて、一人前に仕込んでやるつもりだったんだが」

この先の鱗形屋は泥船だと、面持ちが語っていた。

「うちが抱えてる物書きや絵描きにも、離れたく思う人は多いだろうね。義理を通そうとする人もいるだろうけど、それにしたって必ずとは言えない」

重三郎は「そうですか」と返し、勢い良く一礼した。

「でしたら。そういう人たち、手前に引き抜かせてください」

そして顔を上げ、真っすぐに相手を見る。

「まんまと騙されちまった馬鹿野郎です。でも学びました。同じ轍《てつ》は踏みません」

「それで、与八の奴を殴り返すって？」

「手前のことだけじゃあないんだ。失礼ながら旦那の江戸払いは身から出た錆《さび》ですが、だからって、実の子が父親を足蹴にしていいって話にはなんないでしょう。受けるべき報いってもんがある。そのために、そちらさんでお抱えの人らを使わせて欲しいんですよ」

ぐっと奥歯を噛《か》む。鱗形屋は「ふふ」と笑い、ゆっくりと二度頷いた。

「分かった。やってみな。うちが先細りになるのは見えてるからね。ただで潰れるより、あんたの肥やしになった方がいい」

「恩に着ます。きっと勝ってお見せしますよ」

鱗形屋はもう一度「ふふ」と笑った。先より少し嬉しそうな笑い顔だった。

「さて。いつまでもここにいたら見世に迷惑だな。そろそろ行かないと……って、おい。そんなとこで何やってんだい」

裏口の内、鱗形屋が声をかけた先には、供を務めるのだろう小僧が——歳の頃は十二、三くらいか——突っ立っている。今の話を聞き、重三郎の剣幕を目の当たりにしたせいか、少し怯《おび》えているらしかった。

小僧がおずおず出て来ると、鱗形屋は重三郎に軽く会釈して静かに旅立って行った。

第三章　荒波を、渡る

一　喜多川歌麿

鱗形屋《うろこがたや》の『金々先生栄花夢《きんきんせんせいえいがのゆめ》』から始まった黄表紙本は、今ではすっかり人気の草双紙となっている。明けて安永《あんえい》八年（一七七九）一月にも、それぞれの版元が多くを売り出した。

しかしながら、黄表紙の先鞭《せんべん》を付けた鱗形屋からの新刊は少なく、しかも全く売れていない。

重三郎《じゅうざぶろう》はこうなることを見越していた。そして、自身も努めて軽率な立ち回りは慎んだ。西村屋与八《にしむらやよはち》が言ったとおり、耕書堂《こうしょどう》と鱗形屋の繋《つな》がりは広く世に知られている。世間の厳しい目は、こちらにも向けられていると思って間違いない。ゆえにこの年は洒落《しゃれ》本の類《たぐい》も手控え、二度の細見《さいけん》と咄本《はなしぼん》を売り出すのみの商売に止《とど》めた。

もっとも考え方次第では、これは好機でもあった。死んだふりの裏で、重三郎は鱗形屋の抱える戯作者《げさくしゃ》や絵師を訪ね、引き剝《は》がしていった。

その安永八年秋、重三郎は丸屋《まるや》から地本問屋《じほんといや》株を譲り受け、念願の版元となった。

丸屋の奉公人には、引き続いて耕書堂で働く者がいる。それらを抱える以上、弟の見世《みせ》に間借りしたままではなるまいと、自分だけの見世を持った。次郎兵衛《じろべえ》の引手《ひきて》茶屋から四軒隣である。

「看板はもうちょっと上だよ。そうそう、そこ。じゃあ釘で打ち付けて」

奉公人の小僧に指図して、表口の柱に看板を設《しつら》える。墨痕鮮やかな「蔦屋《つたや》耕書堂」の文字を、お甲《こう》と二人でじっくりと眺めた。

「おお……いいじゃないか」

見世としては狭く、間口はたった一間半（一間は約一・八メートル）しかない。とは言え、当座はこれで十分である。なぜなら、併せて丸屋から買い取った建物――通油町《とおりあぶらちょう》の見世に移るまでの仮住まいだからだ。そちらの見世にはまだ主《あるじ》の小兵衛《こへえ》が留《とど》まっていて、これが他へ居を移すのを待たねばならない。その上で修繕を加え、かつ間取りを重三郎が望む形に造り直すため、受け渡しはしばらく先であった。

「どうだい、お甲。あたしも晴れて版元だ」

弛《ゆる》みきった顔の重三郎に、お甲も「ふふ」と笑みを零《こぼ》した。

「世間じゃ、蔦重《つたじゅう》は鱗形屋と一緒にお陀《ち》死んだ、なんて言われてるけどね。版元の株なんか買っても何もできやしない、なんてさ」

「ところがどっこい、まあ見てやがれ！　てなもんだ」

来年一月の新刊で、きっと世間を「あっ」と言わせてやる。そう言って、鼻息も荒く気勢を上げる。が、すぐに最前の弛んだ面持ちに戻ってしまった。

「で、おまえ。これからは女将《おかみ》だぜ。なあ？　お、か、み、さん」

からかうように言う。少し、くすぐったそうに「よしなよ」と返された。

「何か慣れないんだよ、それ。あたしにゃ商売のことも分かんないし」

「でも、おまえなら奉公人を守ってやれるさ」

女郎として十年の年季を勤め上げた女である。世の中の裏側を知り、酸いも甘いも嚙《か》み分けてきた経験は、きっと「ここぞ」で活きてくるはずであった。

その晩は、奉公人たちと祝いの膳を囲んだ。丸屋から受け継いだのは、手代が二人に小僧ひとり、飯炊きの女がひとりである。奮発して贅《ぜい》を尽くした料理を振る舞い、皆の意気を上げると、明くる日からは脇目も振らず仕事に明け暮れた。

そして年が改まる。安永九年（一七八〇）一月、新刊売り出しの日を迎えた。

「さあさあ皆様お待ちかね、黄表紙の新刊だ！　耕書堂、初の黄表紙ですよ」

見世先に本を山と積み、重三郎は大声を張り上げた。五十間道《ごじっけんみち》を行き来する人々が「何ごと」と目を向ける。遊里に来る以上、誰もが本など二の次、三の次であろう。それでも足を止め、立ち寄ってくれる人はいた。

「へえ、喜三二《きさんじ》かい。いや……おい、こっちも喜三二かよ」

「二作、一緒の売り出しでしてね。どうです？」

にこやかに応じると、その客は「いいねえ」と懐に手を入れた。

「喜三二の本、しばらく見なかったからな。両方もらうよ」

朋誠堂喜三二《ほうせいどう》も、鱗形屋から引き抜いた中のひとりである。他の版元からも誘われたが、断って耕書堂を選んだのだという。積み上げてきた互いの縁、そして版元になったら何か書くという過日の約束を、喜三二は重んじてくれた。その喜びに、見世先に上がる重三郎の声にも潑《はつ》剌《らつ》とした張りがあった。

「さあさあ、喜三二先生の新作ですよ！　お手に取ってくださいな！」

この年、耕書堂は二度の吉原《よしわら》細見を含む十五作を売り出した。うち八作は人気の黄表紙、しかも当代一の朋誠堂喜三二が名を連ねている。

死んだふりからの一気の巻き返しが世間の目を引き、耕書堂と蔦屋重三郎の名は広く知られてゆく。そして喜三二の作が大当たりを取ると、世間が勝手に「黄表紙なら耕書堂」と騒ぎ出してくれた。

そうした勢いは、安永十年（一七八一）を迎えても衰えない。むしろ順風が順風を呼んだ。

「よし！　やったぞ」

重三郎は一冊の本を見て大声を上げた。一月末のとある日、見世を閉めて夕餉《ゆうげ》を取った後である。傍らで茶を含んでいたお甲が、ぎょっとした目を向けてきた。

「何だい、いきなり」

「おう、これだよ。これ見てくれよ」

差し出した本は大田南畝《おおたなんぽ》の『菊寿草《きくじゅそう》』である。新しく世に出た黄表紙の中から、優れたものを取り上げて紹介する一冊であった。

「ほら見ろ。喜三二先生の『見徳一炊夢《みるがとくいっすいのゆめ》』な、極上上吉に挙げられてんだ」

年明け早々に売り出した新刊であった。大田南畝は下級ながら武士であり、国学と漢学に通じた才人、かつ多くの随筆を手掛けてきた高名な文人である。その人に「最も優れた一冊」と評されたからには、大当たりが約束されたに等しい。

「さすがだねえ、喜三二先生」

お甲が感心したように言う。続く言葉も喜三二への褒め言葉ばかりで、重三郎にはそれが少し不満であった。

「なあ、お甲。あたしは？　亭主を褒めてもいいんだよ」

「ん？　何であんたを褒めんの？　喜三二先生がいいの書いてくれたから取り上げられたんであって、あんたの手柄じゃないのに」

「おい！　そりゃないだろ」

本を作って売り出すまでの苦労が如何《いか》ほどのものか、見ていれば分かりそうなものだと口を尖《とが》らせた。

「本当、おまえはそういうとこ変わんないね。あたし相手だと何の気も遣いやしない」

「変える気なんかないね。互いに気を遣わなくていいから一緒にいるんだし」

「そうだけど、そうじゃなくてさあ。うちで売り出した本が世の中で褒められてんだから、あたしの仕事が褒められてんのと一緒なんだよ。だったら女房のおまえが褒めてくれたって罰は当たんねえだろ？　ええ？」

するとお甲は「ふふん」と鼻で哂《わら》った。

「じゃ、あんたの気を引き締めてるとでも思っときな。あんまり浮かれてると西村屋ん時の二の舞になっちまいそうだからね」

「あ……あ！　おまえ、そういうこと言うのか？」

互いに目を吊《つ》り上げて「何さ」「何だよ」と喧嘩《けんか》が始まった。狭い見世ゆえ、大声の浴びせ合いは奉公人にも聞こえているだろう。が、剣呑《けんのん》なものを避けているのか、誰も止めに来ようとはしなかった。

もっとも、声を張り上げ続けていると喉が嗄《か》れてくる。しばらくすると、重三郎は「ちょっと待て」と言って、先ほどお甲が使っていた湯呑みから茶を含んだ。

疲れたのはお甲も同じらしく、溜息《ためいき》交じりに「やれやれ」と背を丸めている。

「あんたを褒めるの褒めないのはどうでもいいけどさ。喜三二先生には、ちゃんとお礼言っときなよ」

「どうでもいいってのは聞き捨てならねえが……。まあお礼はするよ。喜三二先生もそうだけど、それ以上に南畝先生だろ。何てったって、こういう本で取り上げられると黙ってても世の中が騒いでくれて、皆して読んでくれるんだから」

「で、また南畝先生にあれこれ取り上げてもらおうって訳かい」

薄笑いで寄越された声に、重三郎は「それだけじゃないよ」と頭《かぶり》を振った。

「他にも旨《うま》みがある話なんだよ。次の商売の種さ」

「何それ？」

重三郎はにやりと笑い、軽く胸を張った。

「ほら。こういうのが亭主の仕事なんだよ。実は南畝先生お得意の狂歌で、ひとつ考えてることがあってな」

狂歌は和歌と同じく五、七、五、七、七の三十一文字《みそひと》で詠むが、和歌が情緒を大切にするのに対し、狂歌はとにかく面白いことが第一という遊びの歌である。

「それが商売の種になるってのか?」

「おう。見直したか」

お甲は「ふうん」と首を傾《かし》げ、重三郎の手から湯呑みを取り返して、またひと口を含んだ。

「ま、そういう仕掛けはあんたの得手だからね。それで、近いうちに南畝先生んとこ行くんだろ? 手土産は?」

「明日にでも、おまえ見立てといてくれよ」

お甲が「はいよ」と応じる。いつの間にか喧嘩は収まっていて、くすくす笑う声が障子の外を通り過ぎて行った。二人いる手代の年嵩《としかさ》の方、勇助《ゆうすけ》だろうか。誰も止めに来なかったのは「また始まった」と思われていただけ、だったらしい。

＊

数日の後、重三郎は大田南畝を訪ねて『菊寿草』への礼を言うと共に、南畝の狂歌仲間、いわゆる「山手連《やまのてれん》」に食い込んだ。

以来、歌会に顔を出す日が増えた。数ヵ月が過ぎ、天明《てんめい》元年——安永十年四月二日を以《もっ》て改元——夏六月を迎えた頃には、まさに「三日に上げず」の有様で見世を空けている。

こうした日には、夜半を過ぎて見世に戻るのが常であった。

「今、帰ったよ」

声をかけるも、既に表口は閉めきられており、返事を寄越す者はない。重三郎は右端の戸板にあるくぐり戸を開けた。この戸には閂《かんぬき》が掛けられていない。五十間道では夜中でも引手茶屋が見世を開けており、常に人目があるため、盗人《ぬすっと》に荒らされる気遣いはなかった。

ごそごそと戸を閉め、本の積まれた台の脇を擦り抜けると、板張りの狭い帳場に腰を下ろして独りごちた。

「いやいや、参ったね」

山手連の誰が設けた歌会であれ、できる限り顔を出すようにしている。次の商売の種とは言っても、さすがに疲れていた。

「そう言や、ここんとこ女房も抱いてねえや。そろそろ……三ヵ月もご無沙汰か。あいつ、怒ってねえかな」

「ええ怒ってますよ。もっとも、それ以上の不満もあるけどね」

独り言の囁《ささや》きに、後ろから囁き声を寄越されて背筋が伸びた。振り向けば、いつの間にやらお甲が来ていて、目を吊り上げていた。

「お、おお……。おまえ。まだ起きてたのか」

「寝てなんかいられるかってんだ」

この上ない仏頂面、忌々しそうな声で吐き捨てると、お甲は一枚の絵を突き付けてきた。

「これ。今日、西村屋から届けられたんだよ」

「え？　来たのか、あの野郎」

「届けたのは飛脚さ。さすがに当人は来やしないだろ。それより」

この絵を描いた絵師が問題なのだ、と溜息をつく。渡された絵に目を落とせば、左下に「清《きよ》長《なが》画」とあった。

「ああ……清長さんか」

「何が『ああ』なのさ。暢気《のんき》に構えてる場合じゃないだろ」

鳥居《とりい》清長――名が示すとおり鳥居派の絵師で、美人画を専《もっぱ》らとする。この人は、重三郎と懇意の北尾重政《きたおしげまさ》や勝川春章《かつかわしゅんしょう》の画風も学んでおり、その縁で北尾から紹介されたのだが、やはり西村屋と共に絵を売り出すという話の折に引き剝がされていた。

なのに重三郎は今日も狂歌、明日も狂歌。次の商売の種と言いつつ、その形が見えてこない。お甲にとっては、そこがもどかしいところらしい。

「分かってんの？　こりゃ西村屋が、あんたを馬鹿にしてんだよ。あたしゃ、もう悔しくて悔しくて」

少しばかり驚いた。何かと言えば喧嘩ばかり、夫の仕事をまともに褒めたためしがないのに、いざ見くびられたらこうも悔しがるとは。やはり、互いにしっかりと情で繫がっている。それを感じて嬉しい苦笑を浮かべ、重三郎は二度三度と頷《うなず》きながら返した。

「西村屋が清長さんを担いでんのなんて、とっくに知ってるよ」

「だったら何で黙ってんのさ」

「違うな。だからこそ、今は黙ってんだ」

黄表紙では西村屋に迫る勢いだが、絵では未だ足許《あしもと》にも及ばない。さすがの大版元、一朝一夕に勝てる相手ではないのだ。

しかし――重三郎の目に、確かな力が籠もった。

「今、必死で種を蒔《ま》いてんだ。狂歌の集まりに顔を出すのも絵で勝つためさ。それに最近じゃあ、町人の間でも狂歌が流行ってきてるだろ？」

「あんた、いつも『自分が流行りを作る』って言ってんじゃない。世の中の流れに乗るなんて蔦重の仕事じゃないだろ。そもそも歌と絵に何の関わりがあんのさ」

なお不服そうな女房に、にやりと笑みを向けた。

「それも違うよ。関わりがあるかどうか、じゃあない。関わりを作ってやるんだ」

絵と歌、全く畑の違う二つに関わりを作る。それが重三郎の思い描く次の一手であった。

もっともお甲には、雲を摑《つか》むような話らしい。

「あんたが何考えてんのか、あたしにゃ分かんないよ」

「明後日、人を招いてある。おまえも一緒に会うといい。そうすりゃ分かるよ」

重三郎は、にやりと笑った。我に策あり――自信の面持ちを受けて、お甲の目が軽く見開かれた。

＊

「どうも、蔦重さん」

小僧に案内されて来た男が、応接の六畳間に入った。歳《とし》の頃は三十路手前、鰓《えら》の張った四角い顔と切れ長の大きな目に負けん気の強さが見て取れる。

「しばらくだね、豊章《とよあき》さん」

男は名を北川《きたがわ》豊章といい、妖怪画で知られる鳥山石燕《とりやませきえん》に師事した絵師である。師の石燕は北尾重政と昵懇《じっこん》で、その縁から豊章も北尾の家に入り浸り、半ば北尾の弟子とも言える間柄であった。

重三郎の左隣で、お甲が「何だい」と拍子抜けした顔を見せた。

「あんたが勿体《もったい》付けて『人を招いてある』なんて言うから、誰かと思ったよ。豊章さんなら何遍も会ってんじゃないさ」

「いやまあ、そりゃそうなんだけどね」

西村屋に引き剝がされた若手絵師の中には、豊章も含まれていた。豊章の画才を見込んでいたからこそ紹介したのだが――。

「で？　豊章さんが、あんたの切り札って訳かい？」

お甲が問うてくる。差し向かいに座った豊章が「おいおい」と目を丸くした。

「女将さん何言ってんだ？　何の話か、俺にゃ全く分からねえんだが」

重三郎は「まあまあ」と鷹揚に笑みを浮かべた。

「そいつは順を追って話すよ。まず豊章さん、あんた最近じゃあ西村屋で描いてないだろ？」

豊章の得手は、師の石燕と違って妖怪画ではない。北尾重政と同じ美人画で、西村屋からも二つ三つが売り出された。しかし、以後はさっぱり描かせてもらえずにいる。

それを持ち出すと、豊章の目にぎらぎらした不満が溢《あふ》れ出した。

「何だよ。話があるってえから来てやったのに、いきなりそれかい」

睨《にら》み付けられている。だが、それでこそだ。自分の才に自信を持っていなければ、こういう顔はできない。重三郎はにやりと笑い、敢《あ》えて豊章の心を逆撫《さかな》でする言葉を返した。

「あんたにとっちゃ、つまらない話だろうね。何しろ西村屋、今じゃ清長さんの絵ばっかりで、豊章さんは干されちまってる」

「うるせえや！　何でえ、あんたまで清長、清長って。あんな趣味の悪い美人画の、どこがいいってんだ」

「趣味が悪いって、どこがだい」

豊章は太い鼻筋から「ふん」と忌々しげに息を抜いた。

「どの女も判で押したみてえに同じ顔だ。おまけに頭が小せえ、体がでけえ！　あんな大女がいて堪《たま》るかってんだ」

清長の美人画は頭身が高く、頭が一に対して体が六もある。これを細身に描くと瘦せぎすに映るからだろう、どの絵の女もがっちりした体つきに描かれていた。

そうした絵を、豊章は「大女」と言って嫌う。これは重三郎も同じ思いである。だが清長の絵には、今までの美人画を変えてやろうという気概が確かにあった。

「豊章さんの言うことも分かるけどね。じゃあ何で清長さんが売れて、あんたが売れないのかって話さ。あの人の方が、あんたよりずっと筆が立つからじゃないのかい」

もう少し、と敢えて逆撫でを続ける。左脇から、お甲が「あんた」と小声を寄越した。

「いい加減におしよ。わざわざ来てもらって、貶《けな》してどうすんだい」

「女将さんは黙っててくんな」

豊章はかえって怒った。貶されるのも腹立たしいが、庇《かば》われるのはもっと腹立たしい。そういう顔で目を吊り上げ、むくりと立ち上がった。

「旦那、喧嘩売ってんのか？　清長の野郎が巧《うま》いから何だってんだ」

怒りの面持ちを見上げて、重三郎は「はは」と笑った。

「清長さんが巧いってとこには言い返さないんだね。あんたも分かってんだな、自分の方が下手だって」

豊章は、ぐっと奥歯を噛んだ。が、そのまま黙っている男ではなかった。

「ああ！　畜生、畜生！」

腹の底から叫び、右足を振り上げ、下ろし、どかどかと畳を踏み付け始めた。

「ふざけんな！　どうして俺が！　清長なんぞに」

今度は顔を憤怒の朱に染め、障子を力任せに開け、叩《たた》き付けるように閉めて、ぴしゃりぴしゃりと激しい音を繰り返す。

「そうだよ。確かに清長の野郎は巧い！　けど！」

重三郎の脇を通り抜け、床の間の柱を蹴り付ける。ばんばんと平手で叩く。

「けど本当の力は俺が上だ！　俺の方が。誰が何と言おうと！」

怒りに任せて喚き散らし、暴れ回っている。そういう豊章の姿に、お甲が面持ちを引き攣《つ》らせて重三郎に向いた。

「豊章さんって、こういう人だったの？」

「いや……さすがに知らなかったよ、こんなの」

傲岸不遜《ごうがんふそん》な人となりは、かねて知っていた。だが、まさか怒りの挙句に暴れるほど激しい男だったとは。家財や調度の類を壊されないだけ良いのだが、さて、如何にして宥《なだ》めたものか。

思っていると、お甲が「はあ」と溜息をついた。そして。

「暴れんじゃないよ、すっとこどっこい！」

幾らか低く抑えた怒鳴り声で、激しく叱り付けた。一喝された豊章は「しまった」という顔を見せる。そこへ向け、さらに叱責が飛んだ。

「さっきから見てりゃあ何だい。悔しがって暴れるなんざ、そこらの酔っ払いだってできんだよ。あんた絵描きだろ。気に入らないなら絵で見返すのが筋ってもんだろうに。格好悪いったら、ありゃしないよ。あんたの手は柱ぁ殴るためにあんのかい？　違うだろ。絵筆を持つための手じゃないか、この噸痴気《とんちき》が！」

立て板に水の如《ごと》く捲《まく》し立てられ、豊章の顔が見る見る青ざめてゆく。そして、ぼそぼそと応じた。

「その、女将さん……。すまねえ。いえ、すみません」

「分かったら座る。茶でも飲んで少し落ち着きな」

まさに青菜に塩、豊章は稚児のように「へい」と返し、腰を下ろして小さくなってしまった。

重三郎は感心して「へえ」と目を丸くする。

「大したもんだな、お甲」

が、返ってきたのは「やかましいよ」のひと言だった。

「そもそも、あんたが下手に貶すからいけないんだよ。何のつもりで、あんな失敬なことばっかり言ったんだ」

「おお、それなんだが」

重三郎は茶をひと口含む。豊章もそれに倣《なら》い、互いに息をついた。

「ねえ豊章さん。さっき、本当の力は俺の方が上だって言ったろ？」

「ああ。言ったね」

「その言葉が欲しかったんだよ。あんたの『負けねえぞ』って気持ちが、さ。暴れるとは思わなかったけど……」

お甲は「ふふん」と鼻で哂い、豊章は足払いでも食らったかのような顔であった。重三郎はひとつ頷いて続ける。

「実はね。あたしも、今までの美人画にゃ少しばかり不満があったんだ」

それは、まさに豊章が言う「女の顔がどれも同じ」というところだった。

昵懇にしている絵師の中には、北尾重政を始め美人画の大家も多い。それらは個々に描き方も違い、筆使いも綺麗《きれい》、見事の一語に尽きる。然《しか》るに、やはり同じ絵師の描く美人はどれも同じ顔になってしまうのだ。

「清長さんは今までの美人画を変えに掛かった。なのに『判で押したみたいに同じ顔』ってとこは今までと一緒なんだ」

江戸で美人と目される顔つきに照らせば、似たような顔に行き着くのは無理からぬ話かも知れない。しかし、だからと言って誰も彼も同じ顔というのは、不自然なことではないのか。

「言っちまえば、清長さんは恐がってんだよ。客に『こんなの美人じゃねえ』って言われたらそこまでだって。でも、たとえばこのお甲、いい女だろ？　薹《とう》は立っちゃいるけど」

お甲が「うるさいよ」と苦言を寄越す。先ほどのことが効いているのか、豊章はその顔色を窺《うかが》いながら「別嬪《べつぴん》さんだな」と頷いた。

「で？　女房を自慢してえ訳じゃねえだろ」

「もちろんさ。話を元に戻すけど、たとえばお甲の隣にまた別の美人がいたとしよう。二人とも絵にしろって言われたら、あんたは必ず違う顔に描く人だ。そうだろ？」

「当たり前じゃねえか。違う二人が同じ顔の訳がねえんだからよ」

重三郎は「そこなんだ」と頷いた。

「清長さんの絵はねえ……確かにとんでもなく巧いんだけど、あたしにはどうもね。どの女も同じ顔と体つきじゃあ、こう、心ん中で膨らまないんだよ」

北尾の家に入り浸っている頃から、豊章の絵には、清長とは全く違う信念のようなものが見えた。そう言うと、豊章は得意げに鼻を鳴らす。

「まあ、俺はできる限り、それぞれの女のいいとこを描きてえからな。ひと口に女って言ったって、背の高いのがいりゃあ低いのもいる。痩せっぽちがいりゃ、太いのもいるんだ」

美醜とは、そうした違いで決まるものではない。丸々と太った美女がいれば、ありのままを描いて美しいと思わせるのが絵師だと、豊章は言う。

「もっと言やあ、まずい面《つら》でも心根が良けりゃあ光って見えるもんさ。俺ぁそういうのを絵で伝えてえんだよ」

お甲が「へえ」と目を丸くした。面持ちも、パッと明るい。豊章にとっての「美人」とは、女には嬉しい考え方のようだ。

そして重三郎も、この絵師の信念に満足した。

絵師の画風とは、押し並《な》べて「何を描きたい」という思いに裏打ちされている。如何に筆が巧かろうと、どれだけ腕を磨こうと、心の中にない絵は描きようがない。江戸で美人と見做《みな》される型に囚《とら》われず、個々に違う女の美しさを表そうとする。その奔放さこそ豊章の才なのだ。

「あんたが描きたい絵は、あんたにしか描けない。で、あたしは豊章さんの描きたい絵こそ本物なんだって思う」

だから西村屋に紹介する気にもなった。この人が売れっ子になる足掛かりになればと、それを願ったのだ。然るに西村屋は、豊章が秘める本物の力ではなく、一風変わった画風と筆の巧さだけで清長を担いだ。

「西村屋与八は豊章さんの良さを見落としたんだ。って言うより、見ようともしてなかったろうね。だってあの人、あたしから若手の絵描きを引き剝がせりゃ十分だった訳だから」

豊章は「待ってくれ」と血相を変えた。

「そんなことのために、俺ぁ干されてるってのか？」

重三郎は「いやあ？」と苦笑を浮かべた。

「そりゃ違うね。多分、今んとこ清長さんより下手だからだよ」

「おい。散々持ち上げといて、そりゃねえだろ」

「まあ聞きなって。あたしは思うんだが、絵描きも物書きも場数を踏まなきゃ力は上がんないもんさ。あんたには、それがまだ足りてない。だから筆が巧くならないんだよ」

「いや。けどよ……西村屋が描かせてくれねえんじゃ、どうしようもねえだろ」

よほどの売れっ子にならない限り、戯作者や絵師は概《おおむ》ねひとつの版元で書く。西村屋から二つ三つ売り出した手前、未だ無名の豊章は他で描きづらい。そこに苛立《いらだ》っているのだろう、向かい合う顔が悔しげに歪《ゆが》む。

と、お甲が「あっはは」と軽やかに笑った。

「豊章さん分かんない？　うちで描けって言ってんだよ、この人」

「え？」

豊章の驚いた目を見て、重三郎は「そのとおりさ」と笑みを浮かべた。

「てな訳で、本題だけど。実は狂歌の本を出そうと思ってんだよ」

きょとん、とした目が返された。歌と絵に何の関わりがあるのか、という顔である。お甲にしても、一昨日の晩に話した時のまま、そこは同じであった。

重三郎は「それじゃあ」と、ひとつの狂歌を口にする。

「秋の田の　かりほの庵《いお》の　歌がるた　とりぞこなって　雪は降りつつ――。大田南畝先生が詠んだやつだよ。これ、どういう意味で、どこが面白いか分かるかい？」

「馬鹿にすんない。天智《てんじ》天皇と光孝《こうこう》天皇の取り違えだろ？」

豊章が苦笑を漏らす。お甲も「だよね」と頬を弛めた。

「下の句の出だしが似てるから、取り損なっちまったって話だよ」

重三郎は大きく頷いた。

「さすがだね」

先の狂歌は過去の名歌を下敷きにした「本歌取り」の手法で詠まれている。元の歌は百人一首の歌留多《かるた》にある二首だ。

秋の田の　かりほの庵の　苫《とま》をあらみ　我が衣手は　露に濡れつつ　天智天皇
君がため　春の野に出《い》でて　若菜摘む　我が衣手に　雪は降りつつ　光孝天皇

共に下の句が「我が衣手」で始まる。歌留多で「秋の田の」と詠まれ、本当は衣手が露に濡れないといけないのに、札を取り間違えて衣手に雪が降ってしまった——というのが、この狂歌の味なのである。

「二人はパッと分かった。百人一首を知ってたからだ」

絵師として古くからある諸々《もろもろ》に親しんできた。女郎として数々の教養を仕込まれてきた。そういう二人だから即座にこの歌を解し、面白さが分かったのだ。

「これが一発で分かる町人って、どれだけいると思う？」

「そんなに多くは……ねえ？」

お甲が首を傾げ、豊章も「だよな」と返す。まさに、と重三郎は軽く膝を叩いた。

「今の江戸じゃあ町人にも狂歌が流行り始めてる。でも今んとこ本当の流行りじゃない。有名な人らが狂歌で遊んでるからって、流れに乗っかってるだけなんだよ」

狂歌の面白さを本当に解しなければ、町人が狂歌に傾ける熱は早々に冷めてしまうだろう。一時《いっとき》だけの徒花《あだばな》になるのは目に見えている。

「そこで考えた。狂歌の本に絵を入れたらどうだろう、って」

その歌の何が面白いのか、どこに味わいがあるのかを絵で示す。さすれば、訳も分からぬま流行りに乗っている人が、本当の面白さを知ってゆく。そして——。

「江戸中が本当に狂歌を楽しめる。本物の流行りを作れるんじゃないかな」

一時の流行りで終わらせず、芸事としての大きな流れを作り出したい。自らの思うところを語り、重三郎は改めて豊章に目を向けた。

「あたしの考える狂歌の絵双紙で、挿絵を描いちゃくれないか。たった一枚の絵で、一発で分かるように。それで場数を踏んで、腕を磨いて欲しい。人に何かを伝える。それぞれの女の良さを分からせる。あたしの思いと、あんたの絵には通じるところがないかい？」

豊章は固唾《かたず》を呑み、軽く身震いして問うた。

「腕を磨いて、その先は？」

「十分に巧くなったら、その時こそ美人画さ。清長さんに勝ちたいんだろ？」

「そりゃあな。けど、さっきも言ったとおり、俺ぁもう西村屋から売り出しちまってる」

西村屋と角突き合わせる重三郎と組めば、不義理に当たる。それでは北川豊章の絵は嫌われ、買ってくれる人がいなくなるのではないか。

その懸念に答えようとすると、先んじてお甲が口を開き、こともなげに言った。

「そんなの簡単だろ。今の名を捨てりゃあいいんだ」

重三郎は「お」と目を見開いた。こういうところが、お甲は頼もしい。

「分かってるね。そう、別の名前で新人の絵描きってことにすりゃあ済む」

「は？　おい」

呆気《あつけ》に取られる豊章に対して、お甲はさらに興が乗ってきたようであった。

「ねえ豊章さん。うちの人の本当の名前、喜多川柯理《きたがわからまる》ってんだよ。喜びの多い川って書くんだけどね。同じ読み方なんだし、その字に変えたら？　下の名前は、そうだね……歌の絵双紙から始めるんだから、歌麿《うたまろ》でどうだい」

重三郎も「そりゃあいい」と大きく頷き、豊章に真剣な目を向けた。

「あんたと組みたいってのは、狂歌云々《うんぬん》だけで言うんじゃないんだよ。あんたを大化けさせて、西村屋の鼻を明かしてやるためさ。どうだい。一緒に勝負しないか？」

肚《はら》の内を全て話した。

向かい合う豊章の目には、少しばかりの戸惑いがあった。しかし。

次第にそれは払われ、確かな熱へと変わってゆく――。

「……どの道、俺ぁ今のままじゃ消えちまうな。面白え、あんたに乗ってやるよ。今日から俺は喜多川歌麿だ」

西村屋にひと泡吹かせてやれと、肚の据わった笑みが交わされた。

＊

天明二年（一七八二）十二月十七日、今宵《こよい》は耕書堂に大勢の客を迎えて年忘れの宴《うたげ》を催している。

集う顔ぶれは錚々《そうそう》たるものだった。まず大田南畝がいる。加えて朋誠堂喜三二に恋川春町《こいかわはるまち》、朱楽菅江《あけらかんこう》、唐来参和《とうらいさんな》などの文人、さらには絵師の安田梅順《やすだばいじゅん》や彫り方の藤田金六《ふじたきんろく》も集まり、皆で河豚《ふぐ》汁を肴《さかな》にわいわい盃《さかずき》を傾けていた。

その中で、ひとり喜多川歌麿が緊張の面持ちであった。

「なあ蔦重さん。俺、ちょっと場違いじゃねえか？」

左脇の席から寄越された小声に、重三郎は「何言ってんです」と苦笑を返した。

「いつもの自信と威勢はどうしたんだい」

「てめえの絵に自信はあるさ。けど俺はまだ世に認められちゃいねえ」

いずれ劣らぬ大家を前に気後れしているらしい。なるほど当人が言うとおり、売れっ子の中に駆け出しの歌麿は確かに場違いである。それと分かっていながら同席させたのは——。

「ここにいるのは江戸狂歌を引っ張る人たちなんだよ。あんた、それに絵を付けるんだから仲良くなんないと」

ずけずけと皆の輪に踏み込んで行くのは、確かに不躾《ぶしつけ》であろう。だが歌麿も、少しずつでも話に加われるようでなくてはいけない。

「さっき皆さんに紹介して、これからよろしくって言われたろ？」

「まあ……。うん。そうだな」

歌麿が深く息をして「よし」と気持ちを入れる。とは言え、気持ちが入り過ぎてもいけないのだが。

などと思ったところへ、障子の外からお甲が声をかけた。

「あんた。北尾先生がお見えになったよ」

すっと障子が開き、北尾重政が二人の弟子を連れて「よう三の字」と右手を上げた。

「お招き、ありがとうよ。遅くなってすまねえ」

重三郎は「いえいえ」と笑みを見せた。

「まだ始まったばかりですよ。さぁさ、お席にどうぞ」

重三郎の右前には三つ並んで席が空いている。一番近くに北尾、隣に弟子の北尾政演《まさのぶ》、次いで北尾政美《まさよし》が座を取った。

三人の顔を見て、歌麿が軽く息をついた。かつては北尾の家に入り浸っていた身、三人とは互いに良く知り合った間柄である。少しは硬さも取れたろうか。

「北尾先生、どうも」

歌麿は軽く挨拶して銚子《ちようし》を取り、酌をしに向かう。北尾も「よう」と面持ちを綻ばせた。

「豊章……じゃねえや、歌麿になったんだっけ。ここんとこ俺ん家《ち》に来ねえじゃねえか」

「ええ、まあ。最近は耕書堂を手伝いながら絵を描いてますよ」

北尾は「そうかい」と頷き、歌麿の酌を受けて盃を嘗《な》めた。

「西村屋に干されて、どうなることかと思ったけどな。まあ三の字を……いや、いつまでも三の字じゃいけねえか。重三郎を信じて頑張れよ」

西村屋に紹介したのは当の重三郎だが、それとて本物と認めたからこそであり、足掛かりを作ってやろうという親心だと諭す。歌麿も「分かってますって」と良い笑顔を返した。

「蔦重の旦那も西村屋にゃ怒り心頭ですからね。二人で組んで吠《ほ》え面かかせてやりますよ」

「よし。それでこそ男だぜ」

北尾は大きく頷き、向かいに並ぶ席の面々に「皆さん」と声をかけた。

「この歌麿、前は俺ん家に入り浸ってやがったんですよ。で、うちの小間使いの娘を口説いて嫁にしちまった色男です」

「いや！　いや先生、何言ってんです」

歌麿が慌てて、北尾を遮ろうとする。ところが向かいの席からは「そりゃ粋だ」「いいぞ女泣かせ」と、やんやの喝采が飛んだ。

「ほら。馴《な》れ初めの話でもして来い」

北尾に軽く肩を叩かれ、歌麿は苦笑交じりに向かいの席へ向かって行った。顚末《てんまつ》を見て、重三郎は「やれやれ」と息をつく。

「北尾先生、ありがとうございます。巧く取っ掛かりを作ってもらって」

「いいってことよ。俺も、あいつの絵は本物だって思ってんだ。おめえさんとこで売れっ子になって欲しいからな」

などなど話しながら酒を酌み交わすうち、歌麿を迎えた面々から時折どっと笑いが起きるようになる。楽しげな様子を見て、北尾の弟子たち――政演と政美が笑いの輪に加わって行った。

その姿を眺めながら、北尾が「ところで」と話の向きを変えた。

「なあ。うちの政演、絵の他に物書きもしてんのは知ってるよな」

「そりゃ、もちろん」

北尾政演は耕書堂の黄表紙に挿絵を入れており、仕事での繋がりも深い。浮世絵の他に戯作も手掛けていることは、当然ながら承知していた。

「いいですよねえ、政演さんの物書き」

「だろ？　実は俺も、あいつは絵より物書きに天分があるって思うんだ」

「当人は何て？」

「そこそこ売れて、吉原で遊べりゃ何でも構わねえらしい」

互いに苦笑を向け合って、しかし北尾は「それじゃ、いけねえんだよ」と溜息をついた。

「あの野郎、根っからの遊び好きでなあ。本気でやりゃあ喜三二さん並みになれるってのに」

「鶴屋《つるや》から出した黄表紙、結構売れてますよね」

「おう。だが政演の奴《やつ》、それでも物書きは絵の片手間としか思ってねえ。そこ、おめえさんが変えてやってくれねえか……って思うんだが」

聞いて、重三郎の酒面がぴしりと引き締まった。

「分かりました。鶴屋さんから引き剥がせってことですね」

「俺たち絵描きや物書きが、そんなこと頼んじゃいけねえんだけどな。でも、おめえさんが鍛えてくれたら政演は本物になる」

北尾が「ほれ」と銚子を差し出す。盃に残った酒をぐいと干し、酌を受けた。

すると向かい側の席から、大田南畝が「おうい」と声を上げた。

「蔦屋さん、そろそろ肴がなくなりそうですよ」

宴たけなわ、河豚汁の鍋が九分どおり空になっている。ならばと、重三郎はにこやかに声を上げた。

「まだまだ、お開きには早いですね。どうです皆さん、これから里の見世に繰り出すってのは」

満座から「いいねえ」「行こう行こう」と声が上がった。それではと使用人の小僧を呼び、義弟・次郎兵衛の引手茶屋・蔦屋へ走らせる。小僧は少しの後に戻り、大文字屋《だいもんじや》ならば空いていると告げた。

「じゃ、繰り出しますか」

重三郎の声で、皆がぞろぞろと宴席を出て行く。最後に北尾と連れ立って出ようとすると、歌麿がひとり腰を上げていなかった。

「歌麿さん何やってんだい。行くよ」

「え？　俺もかい？　金が余計にかかるだろうに」

「構わないよ。あんた、もっと皆に顔を売らなきゃいけないんだから。支払いの分だけ余計に絵を磨いてさ、追って儲《もう》けさせてくれりゃあいいよ」

そう言うと、歌麿は何かを噛み締めるような顔で頷いた。

この日以降、重三郎は歌麿を引き回し、文人や絵師たちの付き合いに溶け込ませていった。歌麿もそれに応えるべく、一層の研鑽《けんさん》を積んでゆく。

ほどなく年も改まり、天明三年（一七八三）を迎えた。重三郎、三十四歳の新春である。

一月の新刊で、耕書堂は多くの黄表紙や洒落本を売り出した。売れ行きは今まで以上、評判も上々である。

頃合や良し。七月の新刊で、いよいよ狂歌絵双紙を売り出そう。そう考え、あれこれの算段を付け始めたのだが――。

二　浅間山

版元になって貸本は止《や》めたのかと言えば、逆に少しばかり商売を広げていた。版元の利益を食ってしまう商売ではあれ、過ぎなければ本の宣伝にはなり得るからだ。

とは言え貸し出す数はあまり増やさず、代わりに貸し歩く町を増やしている。重三郎ひとりで切り盛りしていた頃は吉原遊里の内だけだったものが、今では手代二人の若い方――鉄三郎《てつさぶろう》に貸し歩きを任せ、日本橋界隈《かいわい》まで回らせていた。

五月も終わろうかという日の昼過ぎ、その鉄三郎が泡を食って戻って来た。

「だ、旦那様！　大変ですよ」

狂歌本に載せる歌を選んでいると、障子の外から呼ばわる声がする。いつもより多分に戻りが早い。何ごとかと手中の紙束を置いて立ち上がり、手ずから障子を開けてやった。

「どうしたんだい。えらく慌ててんじゃないか」

「これ、これ見てくださいよ」

差し出されたのは瓦版であった。立ったまま目を落とせば、大見出しに「浅間《あさま》の山がまた焼けた」と書かれている。上州《じょうしゅう》の浅間山が噴火を起こしたという一報であった。

「え？　またかい」

この年、浅間山の噴火は初めてではなかった。先月、四月の頭にも三日に亘《わた》って火を噴いている。昔から幾度となく噴火を繰り返し、六年前と七年前にも二年続きで噴火した山ではあるのだが、わずか二ヵ月で立て続けにという話は聞いたこともない。

「鉄三郎さん。今んとこ、町には砂も灰も降っちゃいないんだろ？」

「え？　あ、はい。それは」

瓦版から目を離して問うと、鉄三郎は落ち着きなく幾度か頷いた。重三郎は「分かった」と軽く頷き返す。

「今日んとこは、貸し歩きはやめとこう。この先も浅間山のご機嫌を窺いながらってことにするよ」

「いいんですか？　先々はそれでいいとしても、今日はまだ半分も回ってませんけど」

「こんな瓦版が出回ってんじゃ、誰も本には目が向かないよ。あんたには七月の細見も任せてんだし、そっちの方を進めといてくださいな」

鉄三郎は「分かりました」と会釈して下がった。面持ちには、どこか落ち着きのないものが見て取れる。思いは重三郎も同じだった。

「何てえんだろうね……。どうにも」

虫が報《しら》せるとでも言うのか、胸が騒いでならない。瓦版に目を戻し、しばし黙って考える。

やがて重三郎は「仕方ねえな」と眉を寄せて部屋を出た。そして奥へ進み、裏庭の小屋へと足を運ぶ。

「歌麿さん。ちょっと、いいかい」

歌麿は既に妻《めと》を娶って自宅もある身だが、わざわざこの小屋を設えてやった。絵に没頭してもらうためである。ゆえに普段は声をかけない。今日に限って呼ばれたのが珍しかったのだろう、中から「ん？」と怪訝《けげん》そうな声が返る。

「旦那？　どうしたんです」

重三郎は引き戸を開けて中に入り、鉄三郎が持って来た瓦版を手渡した。

「これ、見とくれよ」

歌麿は「どれどれ」と目を落とし、途端に面持ちを曇らせた。

「おいおい。またかよ」

「そう。またなんだ」

何とも言えぬ無言の時が流れる。溜息ひとつ、重三郎は再び口を開いた。

「こんな次第だ。狂歌の絵双紙、ちょっと先延ばしにしようかと思ってね」

「浅間のこれ、続くってのかい？」

「まあ、勘だ……としか言いようがないんだけどさ」

然り、何かしら確かな理由がある訳ではない。それでも、と重三郎は続ける。

「ねえ歌麿さん。狂歌ってのは元々、世に名前を知られた人たちのお遊びだろ？　もしも浅間山のご機嫌が悪いままだったら、そんな本はきっと当たらないよ」

八十年ほど前、富士山が大噴火を起こして世の中が混乱したことがあった。重三郎も歌麿も生まれる前の話だが、諸々の書物を繙《ひもと》けば、往時が如何に酷《ひど》い有様だったかが分かる。

その時は、遠く江戸にまで灰や砂塵《さじん》が降り落ちたそうだ。そしてこの灰が、田畑に於《お》いては極めて厄介な代物なのである。

まず灰が降った地は土が悪くなり、向こう二、三年は米や青物がまともに育たなくなる。灰によって日の光も大きく遮られ、ただでさえ育たない作物が余計に育たない。結果、百姓は年貢を納めることもできず、食い詰めた挙句に田畑を捨てて逃げてしまう。

「富士山の時は、そういう百姓衆が江戸に流れて来たそうだ」

その江戸も、灰が日を遮って空が暗い。おまけに、そこら中に飢えた流れ者がうろついているとあって、町人の気持ちも否応なく沈んでしまった。

「で、その後で飢饉《ききん》になった。歌麿さんなら知ってるだろうけど」

今度の浅間山でも同じになったら、皆が気持ちを萎えさせ、食うものにもこと欠くようになるだろう。そんな折に狂歌――文人や絵師のお遊びを本にすれば、人々は臍《へそ》を曲げるに違いない。

「自分の気持ちや暮らしが儘《まま》ならない時ゃ、人は僻《ひが》みっぽくなるもんさ」

お高く止まりやがって。金を持っている奴はいい気なものだ。そういう受け取られ方をするのが見えている。

「旦那の言いたいことは分かるけどさ。考え過ぎな気もするぜ」

「そうかも知れない。でも取り越し苦労で終わるんなら、その方が痛い目は見ないで済むからね」

重三郎の言葉に、歌麿は「やれやれ」と軽く頷いた。

「まあ、俺ぁ旦那にもらう銭で飯食ってる訳だからな。言うとおりにすらあ。ただ、世の中がそんな風になっちまったら、耕書堂の商売も上がったりじゃねえのかい？」

「それはないね」

きっぱりと首を横に振った。

某《なにがし》かの災いがあった時、人の気持ちは暗く沈む。周りが苦しんでいる中、自分が楽しい思いをしていて良いのだろうかと、誰もが行ないを慎んでしまうものだ。

しかし、果たしてそれで良いのだろうか。十年以上も前、吉原が火事で焼け落ちた時にも同じことを考え、貸本に精を出したものだ。

「誰も彼も萎《しお》れて静かにしてたら、世の中に蔓延《はびこ》った悪いものは抜けないんだよ」

人が集まって世を作っている以上、皆の気持ちが沈んだままで良い方に向かうはずがない。一時だけでも辛《つら》さを忘れ得るもの、娯楽は欠かせないのだ。

「元から江戸にいる人だけの話じゃないよ。浅間の一件で流れて来る人があるんなら、その人たちの気持ちこそ明るくなんないといけない。萎れたまんまじゃ、どうやったって次に進もうって気にはなれないだろ？」

そんな時、本は人々の心を癒し得る。高くても一冊当たり三十文ほどで購《あがな》えるし、貸本ならその何分の一かで楽しめる手頃な娯楽だ。

「だから、狂歌を先送りにする代わりに、今年の七月と来年の一月は黄表紙を増やそうと思う」

黄表紙は狂歌と違って、ただ楽しいというだけでも読める。そういう娯楽があれば、人々の気持ちはきっと上向くだろう。

「世の中を楽しい方へ動かしたいってのが、あたしの望みだからね。歌麿さんも、そっちの挿絵を頼むよ」

重三郎はそう言って、戦いに臨む男の顔になった。

＊

まだ噴火は続くかも知れない——重三郎の勘は、果たして現実となった。

六月の半ば、浅間山は三度目の火を噴いた。その四日後には四度目が起き、これは十日も続いた上に酷い勢いがあった。上州から遠く離れた江戸市中でも家々の戸板や障子が揺れたほどである。そればかりか、舞い上がった灰が日の光を遮って昼でも闇夜の如くに暗い。空からは灰や砂塵が引っ切りなしに降って来るという有様だった。

さらに七月の初め、浅間山はひと際大きな噴火を起こした。西麓の前掛山《まえかけやま》はまさに火の海、北麓に流れた溶岩は吾妻川《あがつまがわ》を塞いだ。行き場を失った水が溢れ出し、周囲に広がる田畑まで根こそぎ洗い流された。

これを境に、どうにか噴火は収まってくれた。が、それでひと安心とはならない。今度は住《す》処《み》を失った百姓衆が江戸に押し寄せて来る。八十年前、富士山が噴火した時と全く同じになってしまった。

どうなるのだろう。こんなことで日々を暮らして行けるのか。その不安ゆえだろう、灰の降り注ぐ中で外に出る者は少ない。吉原遊里もさすがに閑古鳥、耕書堂にも客は来ないとあって、重三郎はしばし見世を閉めた。

そして七月は、半ばを過ぎた。

「やれやれ。酷いな、こりゃあ」

この五日ほど何ごともなく過ぎた。そろそろ、と思って表口を開けてみれば、目の前の五十間道には灰が積もり、土色だった道が嫌な黒さに覆われていた。

斯様《かよう》な有様ゆえ、七月の新刊は売り出しが遅れ、しかも初めのうちは全く売れなかった。が、再び見世を開けて一ヵ月もすると、次第にそれも変わってきた。

「旦那様、いいお話ですよ。七月売り出しの黄表紙、それぞれ千ずつ刷り増して欲しいって。これ、注文書きです」

八月も下旬に差し掛かった頃、本の貸し歩きから帰った鉄三郎が満面の笑みで告げた。日本橋界隈の商家を回っていたら、取次の者に捉《つか》まったのだという。

手渡された注文書きに目を落とし、重三郎は「うん」と笑みを浮かべた。

「里の見世にもちらほら客足が戻って来たし、そろそろだと思ってたよ」

この一ヵ月、江戸の全体が萎れきっていた。だが、やはり沈んだ気持ちを抱えたままの暮らしは辛い。ことに江戸の町人は気短で、そういう鬱屈を疎ましく思い始めているようだ。

これなら――重三郎の胸に次の一手が浮かんだ。

「ともあれ、ご苦労さん」

鉄三郎を労《ねぎら》うと、部屋に下がる。障子を開ければ、お甲が某かの黄表紙に目を落としていた。

「お甲、いいかい。ちょっと相談があるんだが」

「構わないよ。何だい」

重三郎は女房の前に膝詰めで座り、ひとつ頷いて切り出した。

「引っ越しをしたいんだ」

「え？　どこに？」

「日本橋、通油町。丸屋さんから買い取った見世だよ。耕書堂が大きくなった、ってのを花火みたいにドカンとぶち上げてやろうかと思ってさ」

地本問屋株を買い取った折、丸屋の見世も併せて買い取った。建物が古いために諸々の修繕が必要で、かつ重三郎が使いやすいように間取りなどの手直しも加えていたのだが、あと十日ほどでそれも終わると聞いている。

「景気のいい話があったら、町衆の気持ちも上向きになるかも知れない。だろ？」

もっとも、お甲は軽く眉を寄せて思案顔であった。

「いやあ……まだ早いんじゃない？」

「まあ、本当は十一月に受け渡しのはずだったからね」

「違うよ。そういうこと言ってんじゃないの」

浅間山の一件以来、江戸の暮らしは重苦しくなっている。さすがに昼日中でも暗いということはなくなったが、一方では難を逃れた大勢の百姓が寺社に屯《たむろ》しており、皆が日々それを目にしているからだ。

「そんな時に景気のいい話なんて、かえって嫌われるって思うけどね」

重三郎は「大丈夫だよ」と返し、鉄三郎から受け取った注文書きを畳の上に広げた。

「刷り増しの注文が来るくらいさ。皆、そろそろ楽しい思いをしたくなってんだ」

しかしお甲は、なお眉を寄せる。

「だから派手に立ち回るっての？　また頭だけで考えてんだろ。あんたの悪い癖だよ」

「ええ？　そうか？」

「そうだよ。喜三二先生の黄表紙で西村屋といい勝負になってから、あんた結構な有名人なんだし、目立ち過ぎは良くないに決まってら。何せ世の中、あんたみたいな本バカだけじゃないんだから」

本に興味のない者にとっては、癪《しゃく》に障るだけの話だろう。ひと山当てて儲けた者に、庶民の苦しみは分からない——そういう捻《ひね》くれた考え方をして、挙句、叩き殺さんばかりの勢いで、こき下ろしに掛かるかも知れないのだ。

「儲けてる奴は貧乏人のために何かしろ！　って、みっともないこと平気で吼《ほ》えるのが人ってもんさ。あんたはいっつも馬鹿みたいに胸張ってるから分かんないだろうけど、ほとんどの人は妬《ねた》みと僻みで生きてんだよ」

重三郎は「むう」と唸《うな》った。

「でもさ、お甲。あたしは本屋なんだ。本は人を楽しい気持ちにさせてくれるじゃないか。世の中がそいつを欲しがってんだから、派手に応えてやりたいんだよ」

すると、お甲の目つきが少し変わった。何かを探るような眼差《まなざ》しである。

「世の中を楽しく……か。あんたが欲しいもののひとつだね。で？　もうひとつ欲しいものはどうすんだい？」

「もうひとつ、てぇと儲けかい？　今はそれより、世の中を暗くしないことだと思う。人の気持ちが萎《しぼ》んだままだったら、先々の儲けも見えなくなっちまうからね」

「ん……そうだねえ。あんたがそう思ってんなら、やり様はあるかも知れないよ。巧くいくかどうかは分かんないけど」

「え？　そりゃ、どういう？」

重三郎は軽く腰を上げ、お甲の両肩を摑んで顔を寄せた。と、少しばかり強く押し返される。

「何だよ。あたしの顔が寄るの、そんなに嫌か？」

「違うよ。少し落ち着けってこと」

なるほど、と二つ三つ大きく息をする。こちらの様子を見て、お甲はひとつ頷く。

「あんた言ったよね。今は儲けより人の気持ちだって」

「ああ。だから狂歌の絵双紙も先送りにしたんだ」

「その上で景気のいい話をぶち上げよう、世の中を騒がせて気持ちを盛り上げてやろうってえなら、そうなるまで儲けを捨てるこった。しばらくは刷りと綴《と》じの額だけで売ってやんな。女郎のお愛想と同じさ」

嫌な男、気分の悪い相手であれ、女郎は自分に付いた客を持ち上げるものだ。その場では一文の得にもならないが、お愛想で気分が良くなれば、その客はまた遊びに来る。儲けを捨てるという話も、それと同じ。後日の商売に繫げるためだ――。

お甲のその言い分に、重三郎は軽く眉を寄せて問うた。

「そうすりゃ、派手に立ち回っても嫌われないって？」

「さっきも言ったけど、巧くいくかどうかは分かんないよ。でも、儲けてる奴は貧乏人のために何かしろ！　ってとこには応えてやってるだろ？　本屋として」

版元が金を使うのは、本を作る時だけに留まらない。でき上がった本を市中に行き渡らせるにも、取次に代金を支払って頼まねばならないのだ。加えて奉公人の給金その他諸々、全てを考えれば儲けを捨てるどころか赤字になるだろう。

しかし重三郎は「分かった」と頷いた。

「初めて作った本……遊女評判記の時にね。喜三二先生と北尾先生と一緒に色々考えたのを思い出したよ」

あの時に学んだ。世の中は誰かが動かしている。しかし、ただ「こうだ」と叫ぶだけでは、人は流されてくれない。押し流すべき人々の心を知る必要があるのだと。

「あたしは吉原で生まれて、育って、人ってのを良く見てきたつもりだった。知り尽くしてるつもりだった。でも」

その意味では、お甲の方が上なのかも知れない。何しろ女郎として十年の年季を勤め上げ、様々な客や妓楼《ぎろう》の女たちと直《じか》に交わってきたのだ。常に、相手に合わせて振る舞わねばならなかった。そういう女の方が、人というものを端から見てきた自分より、理に適《かな》った考え方をしているように思える。

「巧くいくかどうかは分からないって話だけど、それで構わないよ。これで負けたところで何もかも終わる訳じゃないんだから」

仮に痛い目を見たとしても、次に勝てるやり方を考えれば良い。だから、おまえに乗る。そう言うと、お甲は優しげな笑みを見せた。

「分かった。あたしにできること、何かあるかい？」

「ああ。そうと決まれば、ひとつ大事なことを頼まなきゃいけない」

そして重三郎は、頼みごとを告げた。お甲は大いに驚いていたが、仮に痛い目を見た場合、それこそが再起のための足掛かりになる。

「どうだい。おまえを見込んで頼むよ」

お甲は「なるほどね」と頷き、気風《きっぷ》良く返した。

「頼まれたよ。お甲さんに任せときな」

＊

半月ほどして、耕書堂は日本橋通油町に見世を移した。近辺には大手の版元が多い。この界隈に見世を構えるとは、すなわち一流の書肆《しょし》になったという証《あかし》であった。

九月三日の朝、重三郎はその見世の前で声を張り上げた。

「さあさあ！　耕書堂、ついに通油町にやって参りましたよ！　皆々様のお陰様、こうして見世を大きくできた」

大声の口上に、道行く人々が目を向ける。お甲が言ったとおり、苦々しい眼差しを寄越す者の方が多い。しかし、と重三郎は満面の笑みを崩さずに続けた。

「浅間の山が火を噴いて、憂うばかりの今日この頃だ。そこで蔦重、ひと肌脱ごう！　皆々様のお心を、少しなりとて明るくしたい。ついては向こう二十日だけ、うちは儲けを取りません！　黄表紙、赤本、蒟蒻本《こんにゃく》。安値、捨て値で持ってけ泥棒っ。さぁさ安いよ、楽しいよ！」

こんな時だからこそ、皆の気持ちを支えたい。その思いで口上を繰り返すうち、冷めた目で見る人の数は少しずつ減っていった。

そして、ついに。

「おう、それじゃあ泥棒になって安値で持ってこうじゃねえか。この黄表紙、幾らだい」

大工らしき男が乗ってきた。重三郎は「ありがとうございます」と笑みを返す。

「こちら、いつもは二十四文ですね。それが今だけ十四文！」

「おっと。蕎麦《そば》一杯より安いのかい」

「そう、向こう二十日だけね」

人は「今だけ」や「数に限りあり」に弱い。大工とのやり取りを耳にして、ひとり二人と足を止める人が出てくる。それらの中から、三人、四人と買い求める客が増えてゆく。気が付けば、冷たい眼差しを向ける者は、ほとんどいなくなっていた。

安値で売る間、取次を通じて小売に回すものについては、耕書堂で差額を負担した。お甲と話した時に見越していたとおり、大赤字である。

しかし、その赤字にも意味はあった。

十一月に入ったばかりの日の夜、重三郎は久しぶりで吉原に戻って来た。場所は五十間道、元々の見世。既に閉まった表口の外から、幾らか控えめに声をかける。

「重三郎だ。戻って来たよ」

通油町に見世を移したものの、ここも小売の見世として残していた。安売り、赤字での商売で痛い目を見た場合に、再起するための場所が残っていなければ話にならないからだ。

お甲に頼んだのは、この見世の切り盛りであった。離れて暮らすことにはなるが、やはりお甲以上に信を置ける相手はいなかった。

「誰か。いないかい」

声をかけるも返事はない。今は夜、しかも夜四つ（午後十時頃）を過ぎた時分とあって皆が休んでしまったのだろうか。

「それじゃ入るからね。泥棒じゃないよ」

かつて頻繁に狂歌会に参じていた頃の習慣か、右端の戸板にあるくぐり戸には閂が掛けられていない。そこを静かに開けて中に入り、奥へ向けて妻の名を呼んだ。

「お甲、あたしだ」

返事がない。お甲も、もう寝てしまったのだろうか。

思っていると、廊下にぱたぱたと足音が近付いて来た。ようやく顔を出したお甲は、何とも言えぬ喜びの面持ちである。

「あんた……。もう！　二ヵ月も放っとくなんて」

軽く涙ぐんで、小娘のような顔をしている。一緒にいる時は何かと言えば喧嘩ばかりで、今日もきつく文句を言われるのではないかと思っていたのだが。こういう顔をされると何ともくすぐったい。

「いや、本当にすまない。おまえにこっちを任せてるって思うと、安心しちまってね」

お甲は「うん」と頷き、細い指で目尻を拭った。

「あっちの見世、巧くいってるみたいじゃない」

「ああ。取次に回した分、二十日も身銭を切った甲斐があるってもんさ」

「お客、増えたんだろ？」

「増えたよ。だけど」

重三郎の「甲斐があった」は、客が増えたという単純な話ではなかった。江戸の人々の気持ちがどれだけ旧に復しているか、それを知り得たのが何より大きい。

「これが分かってないと、次の手を打つ頃合も分かんないからね」

派手に立ち回りつつ、二十日間の安値売りで反感を受け流した。それによって人々の心を推し測ることができた。客足は以後も絶えることがない。町衆は、以前にも増して娯楽を求めている。それが、はっきり見て取れるようになってきた。

「でね。実は今、狂歌の本を作ってんだ」

「ついに、やるんだね。でも歌麿さん、黄表紙の挿絵もやってんだろ？　大丈夫？」

懸念の顔に、軽く笑って首を横に振った。

「その狂歌本には、まだ絵は入れないよ」

町人の気持ちが持ち直したのは分かった。次は、有名人のお遊びを受け容《い》れるだけの余裕ができたかどうか、改めて人々の心を測らねばならない。

「そのために、本当にやりたい絵双紙じゃなくて、まずは歌だけの本を出すんだよ」

どこか、ぽかんとした面持ちが返された。

「あんた、すごいね。見世を移すって話の時は」

お甲の言葉は、そこで止まる。ばつの悪そうな顔に、苦笑して返した。

「もっと頭だけで考えてたのに、って？」

「……久しぶりに帰って来たんだからって、わざわざ言わなかったのに。台なしだよ、ひょうろく玉」

重三郎は、今度は苦笑ではなく「あはは」と笑った。

「いやまあ、言われても仕方ないって思ってたからさ。何しろ向こうの見世が巧くいったの、おまえが嚙み付いてくれたお陰なんだから」

そして。それを通して、またひとつ人というものを学んだ。

「このところ、向かい風ばっかりだったろ？　でも色々と大変なことがあって、おまえにも教わるとこがあって、鍛えられたんだろうね」

お甲は「そうかい」と嬉しそうに笑みを見せた。

「ともあれ、ひと山越えて何よりだよ。ところで、あんた夕飯は？　茶漬けくらいなら今からでも支度できるけど」

「大丈夫。こっちへ来る前に蕎麦食ったから」

「あ、そうなんだ。なら……今夜は、ゆっくり付き合ってもらおうかねえ。どうせ、またしばらく放っとかれるんだろうし」

妻の目が、女の目に変わる。

左腕にお甲の両腕が絡み、重三郎は寝屋へ導かれて行った。

*

年が明けて松も取れ、天明四年（一七八四）一月も終わろうとしている。その日の朝一番、耕書堂の前に大八車が止まった。

「毎度どうも。刷り増しの二千、お届けです」

荷運びの男が暖簾《のれん》をくぐり、威勢の良い声を寄越す。帳場にいた重三郎は「お」と笑みを浮かべた。

浅間山の噴火で萎えた人々の心を励ますべく、今年も多くの黄表紙を売り出した。中でも朋誠堂喜三二や恋川春町、四方山人《よものやまんど》――大田南畝の別名義である――の作は良く売れている。が、今日届いた刷り増しはそれらの本ではない。

「それじゃあ運びますぜ」

荷運びの男が、紙に包まれた本の束を次々に運び込む。それが終わると「じゃあ、また」と挨拶を残し、慌ただしく帰って行った。

帳場に積まれた包みは、小僧たちの手で見世の奥、裏庭の蔵へと運ばれた。ただし最後のひと束だけは、見世先に積むためにすぐ荷を解かねばならない。

その中からひとつ手に取り、重三郎は笑みを浮かべた。

「ここまで売れるとは思ってもみなかった」

狂歌本『老莱子《ろうらいし》』であった。昨天明三年、大田南畝の母の還暦祝いに狂歌会が催されたが、その席で詠まれた歌をまとめ、五冊ひと組に仕上げた一作である。

町衆の心は娯楽を求めるくらいに回復したが、著名人のお遊びである狂歌が受け容れられるか否かは定かでなかった。それを測るべく、他の本に紛れさせて売り出したところ、たちまち人気を得て、早くも版を重ねることとなった。

「よし。これなら」

小さく、しかし力強く頷いて立ち上がり、手近にいる小僧に声をかける。

「ちょっと五十間道の見世に行って来るよ」

「あ、はい。皆さんに言っときます」

返答を受けて吉原へ向かった。凜《りん》と張りのある新春の空気の中、気分良く足を運ぶ。到着したのは浅草寺《せんそうじ》から昼四つ（午前十時頃）の鐘が届く頃であった。

「どうも皆さん。重三郎ですよ」

見世先で声をかける。すると、どうした訳だろう、いつもは奥にいる飯炊きの娘が出て来ていて、安堵《あんど》したように「旦那様」と返した。

「いいところに来てくださいました」

「何だい。何かあったの？」

「裏庭の小屋で、はい」

喜多川歌麿に使わせている小屋だ。通油町の見世に仕事場を移してくれと言っているのだが、絵の道具をこちらの見世に持ち込んでいるからと、引っ越しを渋っている。そこは困ったところだが、ひとまず今は――。

「歌麿さんか。また暴れたのかい」

「はい、さっき。それで女将さんが」

叱り付けに行ったのだという。重ねて困ったものだと、眉尻が下がった。

「分かった。実は歌麿さんに用があって来たんだ。ちょうどいい」

溜息ひとつ、重三郎は帳場に上がって奥へ向かう。裏庭の小屋が近くなると、その中からお甲の怒った声が漏れ聞こえた。

「何だい、こりゃ。あんた、ふざけてんの？」

少しおかしい。歌麿は気性の激しい男だが、お甲に叱り付けられると途端に萎れるのが常だ。飯炊きの娘が言っていたとおりに「さっき」暴れていたのなら、しばらく経っているはずである。なのに、まだ叱られ続けているのだろうか。

「どうしたんだい」

顔を出すと、お甲がこちらを向いた。怒りを持て余した面持ちである。

「ああ、おまえさん。いいとこに来てくれたよ」

「歌麿さん、また暴れたんだって？　いやでも」

それにしては当の歌麿がやけに落ち着いている。しかも幾らか得意げな面持ちであった。何が何やら分からずに、お甲に問い質《ただ》す。

「なあ、どうしてまだ怒ってんだ？　もう暴れてないのに」

「これだよ！　これ！」

気付かずにいたが、お甲は右手に一枚の紙を握っていた。くしゃくしゃになった紙を突き出され、受け取って開いてみれば、歌麿が描いたのだろう女の絵であった。

「お？　何だいこりゃ。かわいい女じゃねえか」

「あのね！　おまえさんも真面目にやっとくれ！」

見たままを素直に言ったら、なぜか咎《とが》められた。が、お甲のその顔を見て、はたと気が付く。

「あ。この絵、おまえか」

「そうだよ。だから怒ってんだ」

仔細《しさい》が早口に捲し立てられた。

ことの起こりは朝餉《あさげ》なのだという。昨今、歌麿が自らの家に帰る日は少ない。昨夜もこの小屋に泊まっており、そういう日は賄い飯を出すのが常なのだが――。

「なのにこの人、手も付けないで絵ばっかり描いてたんだよ」

かかる上で、飯炊きの娘が「早く食べてくださいね」と促した。それでも膳に手を付けない。半時の後に二度目、さらに半時して三度目には「食べてもらわないと片付きません」の苦言になった。

「そしたら『俺の絵を邪魔すんな』って怒って、暴れやがったんだ。だから、あたしが来て叱り付けたんだよ。ところが」

いつものように萎れて収まったまでは良かったが、今度は目を吊り上げたお甲をじっと見つめてきたのだという。

「そんなことされたら気味が悪いだろ？　で、また文句付けたんだけど」

しかし、どこ吹く風で聞き流された。さらに、あろうことか歌麿はお甲の怒った顔を絵に描き始めたのだという。

「それがこの絵かい。いやでも……良く描けてるなあ」

感心して言うと、お甲が「おまえさん！」と嚙み付く。その脇から歌麿が得意げに口を挟んだ。

「だろ？　けど、まだ女将さんの良さを十分に出せてねえ」

重三郎は「なるほど」と頷いた。これほど筆が巧くなって、なお上を目指そうというのだから頼もしい。

「そこで、だ。もっと腕を磨くために――」

「待ちな、唐変木共！」

お甲が大声で遮り、重三郎の手から件《くだん》の絵を毟《むし》り取った。

「いいかい歌麿さん。今度こんな絵を描きやがったら、ただじゃ置かないからね」

言い捨てて、足音も荒く立ち去って行く。重三郎は、ぽかんとして見送った。対して歌麿は肩をすくめ、ばつの悪そうな顔であった。

「……まずかったかねえ、旦那」

「だと思うよ。怒ってる顔の絵なんて、いささか気分も悪いだろうし」

「そういうもんかね」

「まあ、この話はこれでお終《しま》い。いいね」

何かあって、お甲が戻って来るかも知れない。先の絵について話し続けていたら、またぞろ怒らせるだろう。そう言って、重三郎は歌麿の前に腰を下ろした。

「さて。それじゃ、やっと本題だ。わざわざこっちに来たのは他でもない、あんたにいい報せを持って来たんだよ」

「お？　するってえと、例のアレかい？」

「そのとおり。実は今月の『老莱子』が上々の売れ行きでね。この分なら絵双紙の狂歌本も出せるだろうって、言いに来たんだ。今年の七月から毎回出してくから、そのつもりで頼むよ」

歌麿の描きたい美人画は、個々に違う女の美しさを伝える絵だ。たった一枚の挿絵で狂歌に詠まれた面白さを伝え、これを通して目指す力を養って欲しい——。

その言葉に、向かい合う目がぎらぎらと輝いた。

「よおし！　任しといてくんな、描いて描いて描きまくるぜ」

瑞々《みずみず》しい覇気が溢れ出している。重三郎は大きく頷きつつ、ひとつだけ注文を付けた。

「だけどさあ。本当、そろそろ通油町に移ってよ。あたしも行き来すんの面倒だし」

「ええ？　女将さんの怒った顔、描けなくなるじゃねえか」

「あんたねえ、終わりにした話を蒸し返すんじゃないよ。次にはただじゃ置かないって言われたばっかりだろ？」

呆《あき》れて首を傾げる。少しして歌麿は、軽く身震いした。

「……そいつは恐えな。仕方ねえ、近いうちにそっち行くとすらあ」

翌月のうちに、歌麿は五十間道を引き払って仕事場を移した。

そして半年が過ぎ、七月を迎える。売り出された新刊の中には、四作の狂歌絵双紙が含まれていた。

歌麿が絵を入れたのは、その中の一作のみである。付き合いの都合上、他の絵師にも注文しなければならないからだ。また、歌麿には黄表紙の挿絵も幾つか描かせていて、全てを任せては手に余ると判じたためでもあった。

これらの売り出しから一ヵ月、八月の声を聞いた頃――。

「こんちは！　刷り増し、お届けですよ」

いつもの荷運びがやって来て、狂歌絵双紙の山を運び入れに掛かった。前編『大木《たいぼく》の生限《はえぎわ》』と後編『太の根《ふといね》』に分かれた一作で、前編は三冊ひと組、後編は二冊ひと組である。

それらの包みを帳場に下ろしながら、荷運びは珍しそうに問うてきた。

「ねえ旦那。後編の方が注文の数が多いんだけど、間違いじゃないですよね？」

重三郎は「大丈夫」と笑みを返した。

「それだけ後編の売れ行きがいいんですよ」

前後編に分かれた本は、普通は前編の方が多く売れる。後編に手を出すのは、前編を見て「これはいい」と思った客に限られるからだ。

ところが、この狂歌絵双紙は話が別であった。何しろ個々の歌を楽しめれば娯楽として成り立つのである。後編の売れ行きが良いのは、載せられた歌の力に加え、歌麿の絵が歌の面白いところを良く伝えている証と言えた。

三　山東京伝

狂歌絵双紙は当たりに当たった。だが浮かれてはいられない。重三郎にはひとつ憂えるところがあり、天明四年の九月末頃には連日そのために見世を空けていた。

昨日までの数日は懇意の版元を回り、色々と話を聞いた。その上で今日は、昵懇の彫り方・藤田金六を訪ねている。

「彫り金さん、こんちは」

「こりゃ蔦重の旦那。いらっしゃい」

藤田とは気の置けない間柄で、いつぞやの河豚汁の宴にも招いている。そうした仲ゆえ挨拶は軽いが、その先の話は重いものであった。

「ねえ金六さん、あっちこっちの版元に聞いたんだけどさ。あんたんとこ、仕事が減ってるそうじゃないか」

「いやあ……実はそうなんだよ。まあ、見えてた話ではあったんだけどな」

深い溜息と共に、そう返ってきた。もっとも、仕事が減っているのは藤田に限った話ではない。全ての彫り方が同じであった。

「小せえ版元は仕方ねえとしても、西村屋だの鶴屋だの、でけえ版元まで一月のを減らすって言いやがる。参っちまうぜ」

昨年の浅間山の噴火が、その原因であった。

あの折の噴火は凄《すさ》まじいものだった。流れ出した溶岩は周囲の村々を焼き払い、今では一帯が岩に覆われて「鬼押し出し」と呼ばれているのだとか。加えてこの噴火では関東一円に灰が降り、田畑の土を傷ませている。

「お陰で上州も武州《ぶしゅう》も不作、不作だ。その上、本まで出し渋られちゃ堪んねえよ」

「仕方ないさ。飢饉になるんじゃないかって、皆びくびくしてんだよ」

藤田も重三郎も、次第に面持ちを曇らせていった。

昨年の関東は不作で、米や青物が軒並み値上がりしていた。では今年はどうかと言えば、やはり諸々の値は高止まりのままである。灰で傷んだ土が数年は旧に復さないからだ。

「今んとこ町の衆も、何とかやり繰りしてるけどね。これ以上の値になると……」

「そん時には飢饉になっちまう、か。くさくさすらあ」

藤田が頭をがりがり掻《か》きながら、そう吐き捨てた。

昨今の値上がりは根が深い。関東が不作なら西国《さいごく》や陸奥《むつ》から米を回せば良いというような、単純な話ではないからだ。何しろ西国は二、三年前から天候が悪く不作続き、今年は陸奥まで不作に陥っている。

食うものが儘ならない中では、人は諸々を切り詰める。酒や菓子、遊びなど、生きる上で余剰と見做されるものには金を使わない。多くの版元が来年の一月刊を減らすのは、これを見越してのことである。

話すうちに、藤田の目が諦めの色を濃く映し出した。

「……さてと。つまりは、旦那んとこも減らすって言いに来たんだな」

しかし、重三郎の考えは違った。

「馬鹿言っちゃいけない。他が減らすんなら、うちは増やすって言いに来たんだ」

「は？」

昨日まで懇意の版元に話を聞き、藤田の仕事が減っていることが分かった。重三郎は世の諸々を憂えつつ、しかし、これを仕掛けどころと判じた。

「あんたは手が空いてる。だったら、うちの仕事、余計に頼めるじゃないか」

「いや旦那……。飢饉になるかも、なんだぜ」

重三郎は「分かってるよ」と頷いた。

「だけどね。飢饉だからって、ずっと縮こまって暮らしたかないだろ？」

「そりゃそうだ。そんなんじゃ気持ちまで腐っちまう」

なるほど飢饉の最中には本も売れにくいだろう。しかし、人は如何なる時でも心に潤いを求めるものである。

「だからこそ、やるんだよ。版元ってのは、世の中に楽しい気持ちを振り撒《ま》く仕事じゃないか。そういう奴らが、揃《そろ》いも揃って湿気《しけ》た面ぁ見せてちゃいけない。あたしはそう思う」

藤田は「む」と唸った。

「さすがの心意気……と言いてえとこだが、分の悪い賭けだと思うぜ」

「初めのうちは、そうだろうね。でも最後には勝てるよ。きっと」

皆の心が上向くには、どれくらいかかるだろう。噴火の直後は二ヵ月ほどだったが、今回は同じようには運ぶまい。それでも人々は、いずれ必ず娯楽を求める。

「少しばっかり楽しい思いをしたいって思った時、町の皆が買う本って何だい？　他はろくすっぽ刷らないで、うちだけ新しいのをバンバン出してんだよ」

「あ！　そうか……目に入るのは旦那んとこの本ばっかり、てえことに」

藤田の目が、じわりと見開かれる。我が意を得たりと、重三郎は頷いた。

「だから増やすんだよ。世の中は楽しくなって、うちは大儲けって訳さ。でも、それには数を出すだけじゃ足りない。目玉になる本が要る」

「そいつは？」

問われて「ふふ」と含み笑いを返した。藤田が彫り方である以上、いずれ知ることになる。まずは見ていてくれ、と。

＊

あれこれの品は、未だに値が下がらない。ゆえに、そろそろ飢饉になるのではないかと囁かれている。

斯様な折、吉原遊里は振るわないのが常だ。昨今では客足も遠退《とおの》き、どの妓楼も商売が三分目、二分目まで落ち込んでいるのだとか。

然るに今宵、ここ扇屋《おうぎや》は賑やかであった。

重三郎は階段を上り、座敷の前に立って「やれやれ」と溜息をつく。そして障子の向こうへ声をかけた。

「もし。蔦屋ですけど」

と、座敷の内に鳴っていた三味線が止み、如何にも上機嫌といった声が返ってきた。

「こりゃ驚いた。どうぞ」

障子を開ければ、芸者や幇間《ほうかん》に囲まれて、北尾政演の姿があった。左手に女郎の肩を抱き、ほろ酔いに顔を弛ませている。

「どうしたんです？　挿絵の仕事、こないだ終わったばっかりでしょ」

「で、あんたはその代金で遊んでるって訳だ」

この調子では、すぐに使い果たしてしまうだろう。いささか呆れながら中に入り、障子の際《きわ》に腰を下ろす。

「ま、あんたの金だからね。どう使おうと、あたしが口を出すこっちゃない」

「何だ。うちの先生に頼まれて、小言でも言いに来たのかと思いましたよ」

うちの先生——北尾重政は、確かに政演の遊び好きを憂えていた。とは言え、放蕩《ほうとう》そのものについての話ではない。

政演は絵師であると同時に、山東京伝《さんとうきょうでん》の名で戯作も手掛けている。師の北尾は、政演の才が絵よりも戯作に向いており、本物になれる男だと見ていた。ところが当人は至って暢気なもので、それなりに売れて吉原で遊べれば何でも構わないらしい。戯作に本腰を入れないというのが北尾の案じるところである。

かかる上で「政演を鍛えて一人前の戯作者に」と頼まれた。今こそ、それを成す時である。

世相が暗い方へと進む中、この男は打開の切り札になり得るのだから。

「小言なんぞ言うつもりはないよ。仕事を頼もうと思ったら、あんた三日も家に帰んないもんだから、ここまで押し掛けて来たんだ。お座敷の最中に無粋だとは思ったけどね」

政演が「お」と笑みを弾けさせた。

「ありがてえや。実は鶴屋から、次の仕事は繰り延べにしてくれって言われて、弱ってたとこなんでさあ。旦那んとこだと挿絵だね。どんな絵を描きゃいいんです？」

重三郎は「違うよ」と首を横に振った。

「北尾政演さんじゃない。山東京伝さんに頼みに来たんだ。黄表紙を書いて欲しい」

すると政演——否、京伝は「何だ」と苦笑を浮かべた。

「物書きはねえ……。ちょちょいと書きゃ済むんだけどさ。俺の本って、ちまちま当たるばっかりでしょ？　儲かんねえんだよなあ」

それは「ちょちょいと」書いているからだ。いい加減に書いて「ちまちま」とでも当たるのなら、真剣に取り組んだらどれほどのものが出て来るか。この男を本気にさせるには——。

「ねえ京伝さん」

敢えてその名で呼んだ。そして。

「その女郎さん、あんたの馴染《なじ》みだろ？」

途端、京伝は脂下《やにさ》がった顔になった。

「菊園《きくぞの》ってんですよ。いい女でしょ？　あ、でも駄目だよ。年季明けには俺が嫁に取るって約束してんだから」

昨今の京伝は扇屋の菊園に入れ上げている。その話は北尾重政から聞いていた。

重三郎はゆっくりと二度頷き、女郎に目を向けた。まんざらでもないらしく、はにかんだ面持ちである。何とも初々しい顔を見て思った。きっと菊園は、女郎になって日が浅い。細見を手代に任せるようになり、以前ほど吉原のあれこれを細かく摑んではいないのだが、そう見立ててまず間違いないはずだ。

「それじゃあ菊園姐《ねえ》さんに訊《き》きますけど、この人の女房に収まるって話、あんたはそれで構わないんですか?」

「もちろん。嬉しいお話でござんす」

素直な笑みと共に出た言葉である。嘘はあるまい。そうと察し、今度は少し意地悪く問うた。

「でも年季明けは、ずいぶん先なんでしょ?」

「あらまあ良くお分かりで。あい、あと九年もありいす」

重三郎は「やっぱりね」と苦笑を浮かべ、再び京伝に目を向けた。

「あんた気が長いねえ。あと九年も待つ気かい」

「んなこと言ったって、しょうがねえでしょ。待たねえと年季が明けねえんだから」

「そうじゃないよ。身請けしてやったらいいだろうって言ってんだ」

京伝の顔が、この上なく渋く歪んだ。

「だって二百両だよ。そんな金、俺が持ってる訳がねえ」

「こうやって遊ぶ金はあるのに?」

「いやまあ、今日は自分の金で遊んでんだけどさ。俺ぁ大和屋《やまとや》って札差《ふださし》と友達で、そいつが出してくれる日も多いんですよ。三日前から帰ってねえのも、そんな訳でしてね」

札差とは旗本や御家人の俸禄米《ほうろくまい》を取り扱う商人である。幕臣たちの切米《きりまい》――幕府からの支給米を受け取ること、それを各々の屋敷へ運ぶこと、および幕臣が米を売って金に換えるのを代行すること、この三つで手間賃を稼ぐのが本業であった。

だが、それもずいぶん様変わりしている。徳川幕府が開府して百八十年余、武士が金繰りに困るのが通例となって久しい。今の札差は武士たちの次の切米を担保に金を貸し付けて儲け、その儲けを使って高利貸しを営んでいる。

京伝と札差・大和屋の付き合いを、重三郎はかねて承知していた。何しろ大和屋は遊里にとって二十年来の上客である。それに纏《まつ》わる話を、吉原で育った身が知らぬ訳はない。

だが、敢えて知らぬ顔を装った。

「じゃあ、その大和屋さんに身請け金を出してもらったらいい」

「あいつは自分が楽しみたいから俺を誘って、誘った手前、俺の分まで払ってくれるだけなんだよ。身請け金なんぞ出してくれる訳がねえでしょ」

大和屋が京伝の遊ぶ金を出すのは、共に遊べば楽しいからだ。が、京伝のために身請け金を出したところで、大和屋には何ひとつ楽しいことがない。だから出さない。道理である。

しかし――。

「なら、あたしが出してあげようか」

大和屋と違って、重三郎には身請け金を出すことで得られる旨みがある。にやりと笑みを浮かべて言うと、途端、京伝が目を白黒させた。

「え？　ええ？　本当に？　嘘じゃないでしょうね」

「嘘や冗談で言いやしないよ。ただし、あんたが黄表紙を書いて、それが売れたらの話だ」

まずは書いてもらって売り出し、これが当たって刷り増すことになったら、その数に応じて金を出す。京伝が使ってしまわないように、この金は重三郎の手許で積み立て、二百両になったところで渡すのではどうか――。

「そうだね、刷り増し千ごとに三両出そうか。あんた、その気になりゃ一年で四つ五つは書けるだろ？　当たる本を書きゃ、それだけ身請けが近くなるって寸法だ」

「分かった。やる。やります。ええと、年に五つ書いて、刷り増しが四千なら……」

皮算用を始めている。だが京伝が本気になれば、決して獲《と》らぬ狸《たぬき》にはなるまい。

「じゃあ手始めに、来年の一月にひとつ出しましょう。十一月の半ばには彫りに掛かるから、それまでに仕上げてくださいな」

「あ、でも。でもね旦那。俺より先に身請けする奴が出てきたら、この話はどうなるんで？」

それに対しても、重三郎は「大丈夫」と笑みを返した。

「あたしから、ここの旦那に言っとくよ。あんたが身請け金を持って来るまで、他から話があっても断ってくれって」

その頼みを聞いてくれるくらいには、重三郎は顔が利いた。何しろ、かつて遊女評判記を作って吉原の宣伝を担い、以後も長らく吉原細見を作ってきた身なのだ。加えて養父は妓楼・尾《お》張屋《わりや》の主、義弟は引手茶屋で客と妓楼を繋いでいる。遊里の中で生きた年月と、そこで積み上げてきた人脈は伊達《だて》ではなかった。

かくて翌天明五年（一七八五）一月、耕書堂は山東京伝の黄表紙『江戸生艶気樺焼《えどうまれうわきのかばやき》』を売り出した。

もっとも、初めは捗々《はかばか》しくなかった。

それは、やはり世の中が飢饉になってしまったからだ。諸々の品、特に米の値はさらに上がり、これが他の値まで吊り上げてしまう。誰もが食い繋ぐだけで四苦八苦、進んで本を買おうとはしない。

ただ、かねて睨んでいたとおり、それは初めのうちに過ぎなかった。

「こんちは。山東京伝の新しいの、ある？」

「はいはい、こちらでございますよ」

四月を迎える頃、重三郎は自ら見世先にあって、客の女——二十歳過ぎだろうか——に本を手渡した。

「これ、これ。こないだ初めのとこだけ読ませてもらったんだけど、もう面白くって」

肌は艶を失って煤けたようになり、少しばかり頬もこけている。日々の糧《かて》が貧しいことは明らかだ。その女の顔が、京伝の本を手にしてパッと明るくなった。

「お買い求め、ありがとうございます。まあ世の中は飢饉ですけど、気持ちくらいは楽しくありたいですよね。お互いに」

客の女は「本当、そうだね」と嬉しそうに笑って、帰って行った。重三郎も満面の笑みでそれを見送る。人々は、ようやく日々の憂さに倦《う》み始めていた。

以来、日を追うごとに本の売れ行きは増していった。

中でも京伝の『江戸生艶気樺焼』は特に良く売れている。主人公の艶二郎《えんじろう》が「世に噂されるような色男になりたい」と願い、滑稽極まりない奇行を繰り広げる物語であった。

たとえば、艶二郎は自分を色男に見せようとして、居もしない情婦をでっち上げる。その情婦の名を自らの体に入れ墨として彫ってしまう。しかも「別の情婦に嫉妬されて入れ墨を焼き消された方がもっと色男らしい」と考え、熱さを我慢して自分で焼き消してしまう。

奇行は止《とど》まるところを知らない。次は、人気役者の家に女が押し掛ける様子を羨ましく思い、女を雇って自らの家に押し掛けさせた。さらには自分が女郎を買っても妬《や》く女がいないと嘆き、焼餅を妬くだけで良いからと、金を払って年増《としま》の妾《めかけ》を囲う。そうかと思えば、芝居を見て「どうも色男は他の男に殴られるものらしい」と考え、自分を殴ってくれる男を雇う。

などなど、全編通して艶二郎の奇行を馬鹿馬鹿しく描き、小気味良く笑える物語に仕立てながら、その実は人の見栄や愚かさを一刀両断に斬って捨てるという鮮やかな筆であった。

この本は狙いどおりに大当たりを取り、七月の新刊が売り出された後になっても、なお版を重ねていった。

そして八月一日、重三郎は朝一番で見世の皆に呼びかけた。

「はい皆さん、そろそろ見世を開けますよ」

飢饉の中にあって奉公人の数も増やし、今では番頭ひとり――手代の勇助を引き上げた――に手代五人、小僧六人と飯炊きの女二人を抱えている。こんなご時世でも日々の仕事があり、飯にあり付けるとあって、皆の顔には活気があった。

そこに向けて、さらに言葉を継ぐ。

「でね、今日はひとつ嬉しいお話があります。この蔦屋耕書堂、ついに黄表紙で江戸一番になりました。取次さんに聞いたことだから間違いありません」

奉公人たちの気配が、ざわ、と変わる。確かな歓喜の熱があった。

「それも、ひとり勝ちです。絵ではまだ西村屋に敵《かな》わないけど、今に追い抜いてやりましょう。さあ、今日も張り切って商売ですよ」

皆が「はい」と応じ、見世の表口を開けに掛かる。その動きには喜びが滲《にじ》み出ていた。

この年、各々の版元は黄表紙の新刊を大きく減らした。昨年は各版元合わせて九十二作も売り出されたのに、今年は五十作しか刊行されていない。

そうした中で、重三郎だけが数を増やしていた。昨年は九十二作のうち、耕書堂の黄表紙はたったの九作だった。然るに今年は五十作中の二十一作を占めている。

町人が日々の憂さに倦み、娯楽に逃げ道を求めたのは四月から五月の頃だった。その時、巷《ちまた》の本屋に並んでいたのは耕書堂の黄表紙ばかりである。他の版元は七月の新刊で巻き返そうとしたが、とても追い付けるものではなかった。

この天明五年、耕書堂は名実共に江戸の最大手と目されるまでになった。

四　打ち毀し

最大手と目されるようになった以上、それに見合う尽力というものがある。重三郎は日々、戯作者や絵師を訪ね歩いては新作を依頼して回った。

そして天明五年の晩秋九月、今日は黄表紙の新作を頼むため、大田南畝の屋敷を訪ねている。

「――そんな訳でしてね。お忙しい中で恐縮ですが、先生にもまた何か書いていただきたいんですよ」

南畝は「分かりました」と応じつつ、少しばかり顔を強張《こわば》らせた。

「蔦屋さん、最近は京伝さんにご執心ですからな。私も、そろそろ何か書かないと忘れられてしまう」

「いやいや、そんな畏れ多い！　お忙しそうだから、お願いしなかっただけなんですって」

泡を食って返す。と、南畝は軽く笑った。

「冗談ですよ。何しろ今年の黄表紙では、歌垣《うたがき》に幾つも書かせてくれたでしょう？」

歌垣とは南畝の狂歌の弟子・四方《よも》歌垣である。この人は、一方では戯作の大家・恋川春町に師事し、恋川好町《すきまち》の名で筆を執っていた。

「それとて歌垣の力をお認めあればこそ。されど歌垣に多く書かせたのは、私との繋がりを切らぬためでもある。違いますか」

「違いません。そのとおりです。もう……分かってて、からかうんですから。お人の悪い」

互いに笑い合う。和やかな空気に安堵して、重三郎は「ところで」と問うた。

「歌垣さんで思い出したんですけど、最近は狂歌の集まりが少ないですね」

「ん。まあ、それは……」

「あれですか。今は飢饉の真っ只中《ただなか》だからって、世間の目を気にしていらっしゃるんで？　だったら大丈夫ですよ。うちから出した狂歌本、軒並み当たってんですから」

本を買って読む、或《あ》いは借りて読むこと以上に、狂歌を詠むのは安上がりな娯楽である。だからだろう、今や江戸町人の間でも流行りに流行っている。

それを言うと、南畝は意外な返答を寄越した。

「町衆が狂歌に興じておることは承知しております。蔦屋さんの狂歌本で本当の面白さが分かって、皆が詠んで楽しめるようになった。それは喜ばしいのです。とは言え」

皆が楽しめるからこそ、逆に厄介なのだという。

「誰もが嗜《たしな》むようになったから、なのでしょうな。そもそもの素養を持たぬ人が、ただ言葉を並べて悦に入るような……左様な歌が溢れ返るようになりました」

言ってしまえば、裾野が広がりすぎたせいで下手の横好きが増えた。以前は教養を基として洒落た歌が詠まれていたのに、今は玉石混淆《ぎょくせきこんこう》である。それも大半は石だ。全体の質が著しく下がってしまったと、南畝は嘆く。

「そういう歌が得意げに詠まれるのを見て、元々の狂歌連が鼻白んでおりましてな。どうにも興が乗らないようなのですよ」

「そんな話……なんですか？　だから歌会も少ないって？」

がん、と頭に響いた。

狂歌は、確かに本当の流行りになった。その流れを作ったのは間違いなく自分、この蔦重だという自負がある。然るに南畝は言うのだ。それが狂歌を潰しかけていると。

「でも先生。でも」

黄表紙の流行りでは、そんなことは起きていないのに。

そう続くはずの言葉が、止まった。歌と戯作は共に言葉を使った娯楽である。だからと言って両者は同じではない。

歌は五、七、五、七、七の三十一文字を捻り出せば一応の形になる。良い歌を詠むのは極めて難しいものの、形を整えるだけなら誰にでもできるのだ。

対して戯作は、まず山ほどの言葉を連ねなければならない。その言葉で読む者の頭の中に絵を描き、物語を紡いでいくのである。形を整えるだけでも相当に骨が折れよう。誰にでもできるとは言い難い。

「……狂歌は、入り込みやすいから。だから誰彼構わず入って来て」

愕然《がくぜん》とした顔の重三郎に、南畝は苦い面持ちで頷いた。

「そういうことです。裾野が広いというのは、良いことばかりではない。私も学びましたよ」

「いや。でも。そんな中で珠玉の一首を詠むのが生粋《きっすい》の狂歌人じゃないですか」

せっかく作り出した流行りなのだ。あっという間に廃れさせて堪るものか。その思いで発したひと言に、南畝は軽い溜息で応じた。

「そこは申されるとおりでしょう。されど狂歌は元々ただの遊びだった。詠み捨てていたから楽しかったように思うのです。それを本にして世に送り出すとなると……もう遊びでは済まされない。仕事になってしまう」

働いても良い、遊んでも良い、どちらでも日々の飯は食えると言われたら、ほとんど全ての人が遊ぶ方を選ぶだろう。人とは元来が怠惰な生きものなのだ。だとしたら、と南畝は言う。

心が沸き立つような活力というのは、遊びの中からしか出て来ないのではないか——。

「どう思われます。地本は遊びを売る商売ゆえ、蔦屋さんのお考えもお聞きしたい」

「……いえ、何も。先生の仰《おっしゃ》るとおりです」

何たることか。元々の狂歌人こそ、狂歌への熱が冷めてきている。遊びでなくなった狂歌に於いて、優れた一首がどれだけ生まれ得るだろう。図らずも、自分こそがそう仕向けてしまった。狂歌絵双紙で裾野を広げ、本当の流行りを作り出したことで、かえって凋落《ちょうらく》を早めてしまうとは。

「でも。先生」

「分かっています。蔦屋さんの商売を潰す訳にはいきませんし、歌麿さんも狂歌本の挿絵で腕を磨いておられる。私たちにしても狂歌を捨てきれるものではない。歌会はまた開きますよ」

「ありがとう……ございます」

だが、果たしてそれで良いのだろうか。元々の狂歌連がこの調子では、自分もどこかで狂歌本から手を引かねばなるまい。歌麿の腕は、その間にどれくらい磨かれるだろう。

と、南畝が声をかけた。

「蔦屋さん。此度《こたび》の読み違いを悔いておる暇はありませんよ」

人というものを良く見ており、人の心を承知していなければ、世の流れは作れない。重三郎が伸《の》し上がってきたのは、まさにその力を持っていたからだ。南畝はそう言って励ます。

「この先も同じです。狂歌の流行りがどうなるか、その商売がどうなるのか。如何に転ぶか分からぬ流れは、あなたのような御仁にしか読めないのですから」

「……はい。次こそ、きちんと読みきってご覧に入れます」

「ええ」

南畝は軽く頷いた。もっとも、その後に「ただ」と続け、いささか難しい顔である。

「先生？　どうなさいました」

怪訝な声に、伏し目がちに言葉が返ってきた。

「ひとつ忠言を。この先は、もっと読みにくくなるでしょう。あなたの商売には、きっと御政道の動きが絡んできます」

御政道。これまで全くと言って良いほど考えてこなかった話だ。南畝は下級ながら武家の家柄で、ゆえに政《まつりごと》の流れにも敏感である。その男がこう言う理由とは。

「耕書堂が大きくなったから、ですか」

「それもあります。が、やはりこの飢饉ですよ。江戸と関東ばかりに目が向きがちですが」

「西国も、陸奥もですよね。何年か前からお天道様の機嫌が悪いって」

「ええ。関東は浅間山が焼けたせいですな。どれも人の力の及ぶ話ではなかった。だからと言って、此度の飢饉は御政道に責任がないとは言えません」

今までの政は老中・田沼意次《たぬまおきつぐ》が動かし、農産よりも商業に重きを置いてきた。ゆえに米問屋も、米の売買より先物相場で――ざっと百年の歴史がある――儲けようと躍起になっていた。

つまり米の値が上がり過ぎたのは、政の方針のせいでもある。飢饉に於いて、これは大きな問題になり得るだろう。今後の政はそれを改める形に変えられると見て良い。

「斯様な時には、お決まりの質素倹約です。蔦屋さんのように立ち回りの派手な人は、特に目を付けられやすい」

「……重々、気を付けます」

「とは申せ、気負い過ぎも良くない。御政道について私が知り得るところはお教えしますし、喜三二さんは秋田藩のご重職ですから、同じように頼んでおきますよ」

「是非とも。頼りにしています」

神妙な重三郎を目にして、南畝は薄《う》っすらと笑みを浮かべた。

「申し訳ない。黄表紙の依頼の話だったのに、あらぬ方に行ってしまいましたな」

「とんでもない。ご忠言、感謝します」

深々と一礼して、重三郎は南畝の屋敷を辞した。

以後、世の中は南畝の言葉どおりに変わっていった。

まずは翌年、天明六年（一七八六）八月である。老中・田沼意次が任を解かれ、政は倹約を旨とするものに変えられた。世の中が飢饉である以上、致し方ない話ではあったろう。だが、倹約すれば済むというような、生易しいものでもなかった。

西国や陸奥の不作は天候ひとつで好転するのだから、まだ良い方である。対して関東は深刻である。噴火の灰で傷んだ土が、未だ回復していないからだ。

その上で、この天明六年には利根川《とねがわ》が氾濫し、さらなる不作を招き寄せた。これも浅間山の噴火が遠因である。噴火の折に吾妻川に溶岩が流れ込んでいたが、これが冷えて固まったものが下流に当たる利根川に運ばれ、川底を浅くしたせいで起きた洪水であった。

斯様な次第では、農作が旧に復するのには時を要する。飢饉が収まるのも、しばらく先になるだろう。

しかし。

世の中は、それを待てなかった。

＊

天明七年（一七八七）五月二十一日、重三郎は吉原五十間道の見世にあった。次の細見の版下が仕上がったと報せを受け、不備がないかどうか目を通すためである。

それを終えた夕刻、通油町へ戻るに当たって、お甲が見世先まで見送りに出た。

「おまえさん、またね。七月に新しいのを売り出す時ゃ、様子を見に来るんだろ？」

「来るよ。でも、こっちの見世はねえ」

飢饉になってからというもの、吉原からはすっかり客足が遠退いている。通油町で二十文かそこらの本を買う客はいても、遊里に来て散財する者はそうそういない。五十間道の見世は細見の売れ行きも悪く、本に至っては一冊も売れない日ばかりなのだ。

お甲は神妙な顔であった。

「ねえ。こっちの見世……そろそろ畳んでもいいんじゃない？」

「ああ。考えてはいるよ」

貸本については、今でも吉原の見世から日本橋界隈まで回らせている。その逆に、通油町から吉原に来させても良いのだ。細見売りについても、貸本の傍らで売り歩けば済む。

「でも、あと少し様子を見たい。飢饉が終わってくれりゃ、元どおりに商売できるんだから」

「そう。分かった、気を付けて帰んなよ」

お甲に「おう」と笑みを向けて五十間道を進んだ。

日本堤《にほんづつみ》に至れば、昨今では珍しく、遊里の客を乗せて来た駕籠屋《かごや》がある。駕籠舁《か》きは若い男と五十過ぎの二人で、これを捉まえて帰路の足を頼み、代金を支払って乗り込んだ。

「日本橋、通油町ね。それじゃあ行きますぜ」

五十過ぎの声で駕籠が進み始めた。えっほ、えっほ、と前後から声が渡る。

それを、どれくらい聞いた頃だろうか。遠く向こうに、耳慣れぬ騒々しさが重なるようになった。

「何だい、こりゃ」

駕籠の中にあって、重三郎は眉を寄せた。

遠い喧騒《けんそう》に耳を欹《そばだ》てれば、太鼓や拍子木の音が聞こえる。だが、お囃子《はやし》ではない。もっと荒々しく、目茶苦茶に叩いているようだ。そうかと思えば、今度は半鐘の音がカンカンと届く。

半鐘で思い出すのは、若い日の火事——吉原の全てが焼けた晩である。重三郎の背に、ぞわ、と粟《あわ》が立った。

「ちょっと駕籠屋さん。これ、火事じゃないのかい？」

慌てて声を上げると、駕籠舁きたちは動きを止めた。少しの後に、前にいる五十男が覚束《おぼつか》ない返答を寄越す。

「いやあ……違うと思いますぜ。どこにも煙が見えませんからね」

「じゃあ、あの音は何――」

問い返す言葉が終わらぬうちに、遠くから別の喧騒が伝わった。わぁん、わああん、と蝿《はえ》の羽音が束になったような音である。人の声、それも相当に大人数の騒ぎ声だ。

「いけねえや。旦那、こりゃ何か騒動が起きてますよ」

「何だって？」

若い方の声に驚愕《きょうがく》して、重三郎は駕籠を降りた。夕暮れの向こう、道の南側から届く喧騒が次第に大きくなってくる。

駕籠舁きの二人が、さっと青ざめた。

「父っつぁん、これ。まさか……打ち毀《こわ》しか？」

「かも知れねえ」

打ち毀し。その言葉に重三郎は身震いした。あり得ぬ話ではない。

昨今、米の値上がりは酷いものだった。二年ほど前なら、百文あれば一升の米を購えたのだ。それが飢饉になってからは百文当たり七合に、さらにこの五月には百文で三合になって、元の三倍以上の高値を付けている。

幕府も無策だった訳ではない。天明四年の一月には米穀売買勝手令を発布し、江戸に持ち込まれた米は米問屋を通さず売買できるようにした。以後も同じ法度《はっと》を繰り返して発し、今月、五月九日には三度目が発布されている。問屋より安く売る者を増やし、値を落ち着けようとしたのだ。

しかし、失敗に終わった。自由に売買できるようになったせいで、さらなる値上がりを見込んで米を買い込む者が出てきたからだ。これが品薄を助長し、今の高値に繋がっている。

「ここんとこ、身投げも増えてたしな。なのに、お上は『何とか食い繋げ』って言うばっかりでよう」

若い方の駕籠舁きが声を震わせる。次いで、五十男が重三郎に声を向けた。

「ねえ旦那。通油町って言ってましたけど、この騒ぎ……きっと日本橋ですぜ」

日本橋には魚河岸や米河岸が集まっている。そして打ち毀しと言えば、狙われるのは決まって米問屋なのだ。

騒動が起きている辺りに行くのは避けたいと、駕籠舁きの目が語っている。重三郎は「仕方ない」と奥歯を噛んだ。

「あんたたちは近寄んない方がいい」

「え？　旦那、まさか行くんですかい？」

若い方が目を丸くしている。危ない、よした方が良いという顔だ。しかし。

「行くんですかも何も。日本橋にゃあ、うちの見世があるんだ」

叫ぶように応じ、重三郎は駆け出した。

通油町と米河岸は少しばかり離れているが、それとて四半里（一里は約四キロメートル）かそこらである。騒ぎに巻き込まれないとは言いきれない。頼む、無事であってくれ。巻き込まれないでいてくれと願いながら、懸命に走った。

米河岸の近くに至れば、喧騒を囲んでざわざわと人垣ができていた。皆が呆然《ぼうぜん》と慄《おのの》きながら、打ち毀しの大騒動を見守っている。

「ごめんよ。ちょいと通してくださいな」

人を掻き分け、掻き分け、重三郎は前に出た。そして。

凄惨な光景を目の当たりにして、わなわなと身を震わせた。

「何だい、こりゃあ……」

米河岸の狭い道が、人でひしめき合っている。鍬《くわ》や鋤《すき》、鳶口《とびぐち》や棒を持ち、それを振るう一群が米問屋に押し寄せていた。

「これじゃあ埒《らち》が明かねえや。車だ、車！」

打ち毀しの誰かが叫び、別の誰かが「おうよ」と返す。何人かの男が乗った大八車が曳《ひ》かれて行き、その車が激しく見世の表口にぶつかって押し破った。

「次だ！　斧《おの》持って来い」

応じて二人、三人が屋根に登り、目茶苦茶に斧を振り下ろして瓦と棟木を叩き割っている。

それらの者は、また、遠巻きに見ている者たちに怒鳴り声で呼びかけた。

「おめえら何見てやがる！　こいつらのせいで、俺たちゃ殺されかけてんだぞ」

「何でも構わねえ、道具持って手伝いやがれ！」

重三郎の周囲、人垣を作る面々が息を呑む。

少しの後——どよめきが起き、辺りがざわついた。

「え？　いや……」

確かに感じた。先ほどまで呆然としていた群れの中に、心を裏返らせた者がいる。しかも二人や三人ではない。それらは血走った目を爛々《らんらん》と光らせながら、ゆっくりと前に進んで行った。

「いや、いけません！　駄目ですよ、皆さん」

必死に叫びながら、重三郎は手近にいる男の右腕を摑んだ。すると。

「うるせえ、腰抜けは引っ込んでろい！」

狂乱の一喝と共に突き飛ばされた。火事場の馬鹿力とでも言うものか、驚くべき勢いである。抗《あらが》いようもなく道端に転げ、強く尻餅を搗《つ》いた。

「あ痛た……」

顔を歪める向こうで、人垣の中から十人、二十人と打ち毀しに加わってゆく。何の道具も持っていない面々は、壊された見世の材木や障子の桟を拾い、これを振り回して暴れ始めた。

「何だよ、これ。何だってんだよ」

重三郎は呟《つぶや》いた。はっきりと、恐怖していた。

他人の見世を襲い、壊す。やってはいけないことだと、誰もが分かっているはずなのだ。しかし今は、皆がやっているのだから許されると思っている。自分たちは正しいと勘違いしている。

そうなった人間の群れは歯止めが利かない。本の力、娯楽で世の中を動かすのとは訳が違う。昔日の火事の時とも、明らかに違う。自分ひとりで食い止めることなど、できようものか。

「……とにかく」

重三郎は痛む尻を擦《さす》りながら立ち上がり、震える足を励まして自らの見世を目指した。

打ち毀しのすぐ傍《そば》を、息をひそめながら通り抜ける。

見物の人垣を縫って裏路地に逃れる。

そうやって、どれほど経った頃か。向かう先に「蔦屋耕書堂」の看板を見ると、額からどっと汗が溢れ出した。

幸いにして、耕書堂と近辺の版元は襲われていなかった。だが辺りの道は、どこも米河岸を指して進む人で溢れ返っている。それらが騒動に加わろうとしているのか、見物に行くだけなのかは分からない。ただ、如何にしても町は騒然としていた。

「皆、無事かい」

やっとの思いで見世に戻り、開口一番で呼び掛ける。皆が「旦那様」と声を上げ、安堵の息を漏らした。

「旦那様も良くぞご無事で。おい、もういいよ。見世、閉めとくれ」

番頭・勇助の声に、小僧たちが見世の表口を閉めに掛かった。夕刻には戻ると言って吉原の見世に向かったからか、わざわざ帰りを待って、開けていてくれたらしい。

外は夕暮れが夕闇に変わろうとしている。閉め切って真っ暗な帳場に、行燈《あんどん》の暗い明かりが運ばれた。人心地がついたか、皆が「ふう」と息をついた。

打ち毀しの喧騒は、夜遅くまで続いた。

明くる日の朝、重三郎は番頭と手代二人を連れて、米河岸の様子を確かめに向かう。思ったとおり、目も当てられぬ有様だった。

米問屋の見世は無残に壊され、四隅の通し柱さえ傾《かし》いでいる。畳や箪笥《たんす》、長持などの家財は言うに及ばず、米を搗くための臼や杵《きね》、桶や帳面などの商売道具も目の前の川に捨てられ、ぷかぷかと所在なげに漂っていた。道端には米や麦、味噌《みそ》などがぶち撒けられている。

「……参った。こんなんじゃあ」

呟いて、重三郎は強く眉を寄せた。正直なところ途方に暮れている。

先が読めない。こんな世相で、どう商売をしていけば良いのだろう——。

五　風刺本

町衆は、細々とでも食い繋げればそれで良かった。少しで良いから助けてくれと、国を動かす人たちに懇願した。

しかし。これを退けられ、ついに打ち毀しに走ってしまった。

こんな騒ぎが起きた後で、どうやって商売を続ければ良いのだろう。そもそも商売をしていられるのだろうか。

幕府がどうするか次第で成り行きは変わる。何とか、それを知り得ないものか。

考え抜いた末に、重三郎は朋誠堂喜三二を訪ねた。喜三二の実の名は平沢常富《ひらさわつねまさ》、今や秋田藩江戸屋敷の留守居役として他藩や幕府との折衝を担う身である。斯様な人なら何か知っているのではないか。そういう、藁《わら》にも縋《すが》る思いだった。

「もし。手前、通油町の版元・耕書堂の蔦屋重三郎と申します。お留守居役の平沢様にお目通りしたく思いまして、足を運んで参りましたのですが」

日本橋からやや北、下谷七軒町《したやしちけんちよう》の秋田藩邸を訪ね、門衛に声をかける。打ち毀しのような騒動のすぐ後ゆえ、断られるのではないかとも思った。が、門衛の物腰は思いの外《ほか》に柔らかい。

「ほう、其方《そのほう》があの蔦重か。あい分かった、少し待て」

あっさりと聞き容れられた。秋田藩の人々は喜三二の戯作を快く受け取っているのだろうか。或いは、蔦屋重三郎の名が知れ渡っていることの恩恵かも知れない。

待つうちに案内の侍が来て、屋敷の内へ導かれた。

門を抜けて左手に進む。行った先には南門が備えてあり、その近くに二階建ての長屋があった。江戸詰めの者が住まう武家長屋だが、ここは特に家老長屋というらしい。

喜三二はその家老長屋一階、一番奥の一室にあった。

「平沢様。連れて参りました」

引き戸の向こうから「ああ」と声が返り、案内の侍がこちらを向いて軽く頷く。重三郎は少し畏《かしこ》まって戸を開け、中に入った。

「こんにちは。失礼いたします」

「よう重さん。ここに訪ねて来るのは初めてだな」

言葉はいつもどおりだが、何かおかしい。こちらの顔を見るにも背を丸めたままで、声音にはぶっきらぼうな響きがあった。

「あの、もしかして……。お訪ねしたの、ご迷惑でした？」

「そんなことはない。むしろ好都合だ。頼みたいことがあったからな」

少しばかり驚いた。江戸中が騒然としている折、喜三二から頼みごととは。

「そりゃ、どんなことです？」

「追って話す。まずは座ってくれ」

促されて座布団に腰を下ろす間も、喜三二の纏《まと》う空気は重苦しかった。どうしたのかと思いながら、丁寧に頭を下げる。

「ともあれ、お忙しいところすみません」

「構わんよ。で、いつもは外で会っておったのに、今日に限って訪ねて来たのは訳があるんだよな。わしの頼みの前に、まずはそれを聞こうと思うが」

「そうですか？　じゃあ」

重三郎は言葉を選びながら問うた。此度の打ち毀しに、幕府は如何に手を打つつもりなのか。何か知っていることがあれば教えて欲しい、と。

「あんな騒動があっちゃあ……。色々と知っておかないと、もう何をどうしていいのか分かんないんですよ」

「そういう話か。なら、知っていることはあるぞ」

応じて、喜三二は深く溜息をつく。何とも腹立たしげな息遣いであった。

「ねえ先生、その……怒っていらっしゃいますよね？　どうなすったんです」

「確かに怒っておるよ。重さんが知りたい話と関わりのあることでな」

「そうなんですか。なら……お聞きするの、よしましょうか？」

「いや。わしの頼みも、そこに関わることなんだ」

順を追って話そう。喜三二はそう言って、まずは幕府の対処について教えてくれた。

「御公儀は、蔵を開いて町衆に米を配る。今日決まったことだ」

明日の朝一番で町の辻々に高札《こうさつ》が出され、明後日、五月二十五日から米を配るのだという。ひとり当たり一升、少しずつ大事に食えば十日から半月くらいは凌《しの》げる分量である。

「その上で、米問屋にも安く売れと命じるそうだ」

「なるほど。施しをすりゃあ、しばらくは米を買う人がいなくなって、放っといても値は下がるって寸法ですか。そこへ問屋が安く売るって話が重なったら」

「さらに、あと少し値下がりするだろう。安売りのお達しは今年の刈り入れが済むくらいまで続けるらしいから、七月の新刊の頃には重さんも落ち着いて商売ができるんじゃないかな」

「そうですか。そりゃ良かった」

ここ二ヵ月の値上がりは酷いものだった。米の値が抑え込まれるなら、町衆も狼藉《ろうぜき》に走ることはなくなるだろう。一面で安堵した。

しかし、飽くまで「一面で」である。一方では、不満も覚えずにはいられなかった。

「ただ、何てえのかなあ……。その施し、もっと早くにできなかったんですかね」

打ち毀しが起きる前、庶民は町奉行所に詰め掛けて「どうにかしてくれ」と陳情した。あの時に同じ手を打っていたら、こんな騒動は起きなかったのではないか。

「どうにも、お上のやることは後手に回ってる気がしますよ」

「そうだろう？　重さんの言うとおりだ」

喜三二が身を乗り出してくる。喰《く》らい付くような勢いに押され、軽く仰《の》け反った。

「ええと……先生が怒ってらっしゃるの、そこなんですか？」

「まさに、そうだ」

憤懣《ふんまん》やる方ない気配を隠しもせず、喜三二は荒く鼻息を抜いた。

「蔵を開くって話な。実は、ひと月も前に秋田公から具申しておったのだ」

それを幕府に伝えたのは、他ならぬ喜三二であったらしい。留守居役の役目も大変だなと思いつつ、重三郎は「あれ？」と首を傾げた。

「秋田のお殿様って、二年ばかり前に代替わりされたんですよね。ずいぶんお若いって、前に先生から聞いてましたけど」

「若いぞ。今の殿、佐竹義和《さたけよしまさ》様は十三歳だ」

「十三歳……そんな歳のお殿様が、蔵を開けって？　お上に？」

「そう。御公儀の蔵に余裕があるうちに施しをした方がいい、ってな」

ひとつ不平を宥めてやれば、人は次に来る二つの不平を呑み込める——それが佐竹義和の言い分だったという。重三郎は感嘆の息を漏らした。

「こりゃあ驚いた。すごいお殿様じゃないですか」

喜三二は「はは」と軽く笑った。もっとも、頬に浮かぶのは苦い笑みである。

「聡明なお方だよ。だが、それだけでもなくてな」

秋田は寒い地で、思うように米が育たない年も多い。そのせいで、秋田藩は長らく苦労してきたのだという。

「先代、先々代のご苦労を踏まえて、飢饉の時にはどうしたらいいか、殿はずっと学んできたんだ。こんな小さい頃からだぞ」

宙に浮いた喜三二の右手は、六つ七つの稚児の背丈であった。

「施しの具申も、秋田の轍《てつ》を踏まんで欲しかったからだ」

「でも、お上はお聞き容れにならなかった訳ですね」

「ああ。白河《しらかわ》様がな。秋田は何度も失敗してきただろう、差し出口は慎め……ってさ」

白河様——白河藩主・松平定信《まつだいらさだのぶ》。幕政に於ける一方の重鎮である。重三郎は「ええ？」と眉をひそめた。

「しくじった藩だからこそ、分かるんじゃないですか」

「わしもそう申し上げた。が……米の高値は、実は御公儀には都合がいい。武士は俸禄米を金に換えるから、その方が懐は温かくなる。だから腰が重かったんだろうな」

そういう考え方のところへ、幾度も失敗した藩の、しかも十三歳の当主が何を言おうと効き目はなかった。これだけなら、喜三二も「致し方ない話」と呑み込むつもりだったという。

「だが、どうしても呑み込めんことがあった」

今朝、諸藩の留守居役が江戸城に召し出された。各々の藩に、蔵を開いて米を配ることを通達するためであった。

「わしもお城に上がった。そういう話だから、白河様とも顔を合わせた」

次第に、喜三二の内にあった怒りの炎が勢いを増してきた。

「蔵を開くという話になったのなら、殿の具申の方が正しかったってことになる」

「ですよね。白河様は間違ってた訳だ」

「ああ。だが、わしは黙って頭を下げたよ。遅まきながら具申が容れられた格好だから、それで構わんと思うことにしたんだ。なのに」

語る声音が、極限の悔しさを孕《はら》んだ。

「なのに白河様は、わしの顔を見て仰せられた。いい気になるなと！　ほざきおった！」

血を吐くような言葉が胸に刺さる。重三郎も悔しくなって、ぎり、と奥歯を噛んだ。

長い付き合いだから分かる。戯作者・喜三二は、町衆と分け隔てなく触れ合ってきた人だ。皆が飢饉で苦しむ姿にも、胸を痛め続けていたに違いない。自身の主君の方が正しかったからと言って、得意になるような男ではないのだ。

「そんなことが……。酷い侮辱じゃありませんか」

「わしへの辱《はずかし》めなら堪《こら》えもしよう。だが、これは殿への侮辱なんだよ」

喜三二は涙声で応じ、そして畳の上に勢い良く両手を突いた。

「ここからが、わしの頼みだ。重さん、一緒に勝負してくれんか」

「え？　勝負って、何をです？　あ、いえ、その前にね。まずお手を上げてくださいな」

慌てて言うも、しかし喜三二は「このままでいい」と眦《まなじり》を吊り上げた。

「白河様がそんなお心なら、世の中は良くならんよ。わしはそう思う。それに、ああまで殿を侮辱されては収まりが付かん。せめて、わしの筆で御公儀のやり様を哂ってやりたい」

風刺。幕府の失政を遠回しに責め、嘲笑《あざわら》う。そういう物語を書いて世に問いたい。それが喜三二の言う「勝負」であった。

重三郎は、ごくりと固唾を呑んだ。

「いや先生……いいんですか？　あなたは朋誠堂喜三二である前に、秋田藩のお留守居役じゃないですか」

その立場で幕府を批判するなど、許されることだろうか。これを以て戯作の道を断たれるかも知れない。下手をすれば――。

「お腹を召せって、ご下命を頂戴するかも知れないのに」

「これで切腹するなら本望だ。ただ、他の版元じゃあ、こんな話は尻込みするに決まっている。だから重さんに頼むんだ。わしと一緒に、危ない橋を渡ってくれんか」

初めて会った時から、重三郎を気持ちのいい男と思って懇意にしてきた。そういう相手にしか頼めない話だと言って、喜三二は平伏した。

「このとおりだ。男と見込んで頼む」

戯作者である前に武士、それも秋田藩の重職。その人が、恥も外聞もなく懇願している。真剣な姿を目に、重三郎は長く、長く溜息をつく。

そして、小さく笑みを浮かべた。

「どうだろう、まあ」

「……駄目なのか。聞き容れてはくれんと」

上げられた喜三二の顔に、ゆっくりと首を横に振って返した。

「どうだろう、まあ。道陀楼麻阿《どうだろうまあ》。先生が、あたしのために洒落本を書いてくださった時の名前ですよ。ねえ先生、思い出してくださいな」

勝負しなけりゃ楽しくない。そう言って、蔦屋重三郎は本の商売を始めた。

然る後に、鱗形屋との繋がりを得た。

吉原の宣伝用に遊女評判記を作った。

自前で吉原細見を作るようになった。

「評判記の時は、ああでもない、こうでもないって話しましたよね。北尾先生と三人で。楽しかったなあ」

地本問屋株を買い取るに当たっては、喜三二の洒落本で丸屋を納得させた。

株を買い取った後は、喜三二の黄表紙で伸し上がった。

本当の意味で狂歌を流行らせようと、狂歌絵双紙を売り出した。それらの本には喜三二の歌も載っている。

「そういうね、ひとつひとつが、あたしにとっては勝負だった訳です。喜三二先生は、ほとんど全てに力を貸してくださったでしょう」

重三郎は、畳の上にある喜三二の両手を取った。

「そのお人に『男と見込んで』って言われたんだ。断るなんて、情けない真似《まね》ができるもんですか。お上を相手の大勝負、やってやりましょう」

少しばかり、無言の時が流れた。互いの間に何かが通い合う。それを確かめるように、喜三二が控えめに問うた。

「今さらだが……いいのか？　重さんも咎めを受けるかも知れんのだぞ」

「承知の上ですよ。それにね、鱗形屋だって大丈夫だったでしょ？」

かつて鱗形屋の先代は、二度に亘って奉行所の裁きを受けた。一度目は盗版、二度目は盗みの片棒を担いだと見做されてのことである。

「二度目のは色々とアレでしたけど、一度目のは明らかに法度に触れてたんです。でも、その時だって罰金だけでした。今の法度にゃ『風刺本を出すな』って決めごとはない訳だし、だったら鱗形屋以上のことにはなりませんよ」

「恩に着る。恩に着るぞ」

喜三二の目から涙が落ちる。重三郎は照れ臭い笑みで応じた。

「よしてくださいよ。そりゃ逆です」

自分が今までの恩を返す番なのだ。そう言うと、喜三二が声を詰まらせながら「うん、うん」と頷く。

重三郎は「さて！」と背筋を伸ばした。

「今からじゃ七月の新刊には間に合いませんし、来年の一月に出しましょうか。飛びっきりの、お願いしますよ」

「おう。もちろんだ」

泣き顔に笑みを浮かべ、強く頷いている。胸中の昂《たか》ぶりが確かに伝わってきた。

＊

「はいはい、順番ですからね。本はまだ、たんとありますから」

列を成す客に向け、見世の前に出た手代が声を張り上げている。並んでいるのは、ざっと百人だ。気短な江戸っ子がこれだけ集まると、順番待ちをさせるのもひと苦労らしい。

「いやはや、すごいね。ここまでとは」

少し離れた辻から行列を眺め、重三郎は呆気に取られた。小正月――一月十五日の晩を吉原五十間道の見世で過ごし、今朝一番で通油町に戻ればこの騒ぎである。

「ちょいと元八《げんぱち》さん」

客を捌《さば》いている手代へ声をかける。てんてこ舞いだった元八は、重三郎の姿を目にして安堵の面持ちになった。

「旦那様！　お帰りなさいませ」

「この行列、喜三二先生のだよね？」

「そうなんですよ。もう皆さん、見世を開ける前から押し掛けて来ましてね。並ばせるのに苦労しましたよ」

ぐったり、という顔である。重三郎は「ふふ」と笑いを漏らした。

「ご苦労さん。外は、もういいよ。あたしが相手しとくから。あんたは見世の中で、売る方を手伝ってくださいな」

「助かります。それじゃあ」

元八が軽く頭を下げて中へ戻って行く。重三郎は「ようし」と大きく息を吸い込み、朗らかな大声で客の列に口上を述べた。

「お客様方、皆様方！　本のお求めありがとう！　通油の耕書堂、手前、主人の蔦屋重三郎でございます」

客は順番待ちに退屈していたところである。この声に「おっと、たまげた」「こりゃまた蔦重本人かい」と歓声が上がった。

「皆々様がお求めあるは、江戸一番の朋誠堂！　でしょう、でしょう、そうでしょう！　喜三二先生、筆も冴え！　書き上げたるは滑稽な、笑い笑いの物語」

この天明八年（一七八八）一月、耕書堂は黄表紙『文武二道万石通《ぶんぶにどうまんごくどおし》』を売り出した。朋誠堂喜三二が「御公儀のやり様を哂ってやりたい」と言っていた、あの本である。

とは言え戯作や絵には、織田信長、豊臣秀吉以後の話に材を取ってはならないという決めごとがある。そこで喜三二は鎌倉時代の物語を書き、これを今の世相に擬《なぞら》えた。

「武士は武の者、剛の者。加えて文の者もいる。ところが世の中、儘ならぬ！　文武に暗い武士もいて、そんな『ぬらくら侍』を、鎌倉将軍・頼朝公、憂い憂えて仰せになった」

口上のとおり、この物語は源頼朝の下命から始まる。

頼朝は御家人・畠山重忠《はたけやましげただ》に命じ、鎌倉の武士たちを富士の人穴に入らせた。富士の霊験で、文武に秀でた者と能のない者を見極めるためである。これによって無能な「ぬらくら」と見做された者は、箱根の七湯で湯治をして文武いずれかの士に変わるよう命じられるのだが――。

「肩や腰には湯が効くが、果たして才への効き目や如何に！　それで世の中良くなるか！　さあて、話はここまでだ。あとは読んでのお楽しみ。三巻ひと組、袋入り。初春《はつはる》の夜《よ》のひと笑い！」

重三郎の口上に、客がやんやの喝采を浴びせる。道行く人まで、これを耳にして行列に加わるほどの騒ぎであった。

この『文武二道万石通』には、巧みに今の幕政が織り込まれ、挿絵もそれを匂わせるものになっていた。たとえば登場する畠山重忠の着物には梅鉢紋が描かれているが、これが梅鉢を家紋とする人、すなわち老中首座・白河松平定信のことだと分かるようにしてある。

物語が進むに連れ、世の中は畠山の——松平定信の力で改まってゆくが、そのために「ぬらくら侍」たちは困らせられる。これら無能者は松平定信の手で失脚させられた面々、田沼意次や松本伊豆守《いずのかみ》、井伊《いい》掃部頭《かもんのかみ》などに擬えられ、やはり挿絵の着物にそれと分かる意匠が施されていた。

つまりは。

ご老中首座のお陰で世の中は改まりましたが、我々「ぬらくら」は迷惑しております。文武を奨励して侍を引き締めたところで、誰の腹も膨れません。ああ、本当にいい世の中だ——。

そういう物語である。喜三二の巧みな筆、さらには挿絵の示すところを以てすれば、これを察するのは難しくない。庶民は物語を読んで畠山の間抜けな差配を哂い、これを通して今の幕政と松平定信を大いに嘲笑った。

この一作は、これまでに見ないほどの売れ行きであった。

そして半年余り、七月の末。重三郎は吉原五十間道の見世に顔を出し、朝一番で奉公人たちを集めた。

「はいはい皆さん。もう聞いてると思いますけど、喜三二先生の『文武二道万石通』ね、ついに一万を超えました」

江戸には武士と町人が五十万人ずつ暮らしているが、この本を喜んだのは大半が町人で、それを考えれば五十人にひとりが買い求めてまで読んだということになる。

「これほど売れたのは、皆さんの働きの賜物《たまもの》でもあります。そこで大当たりのお祝いに、金一封を出すことにしました。通油町の見世でも同じにしてますから、遠慮なく受け取ってください」

奉公人たちが、わっと沸く。重三郎は満面の笑みで、ひとりひとりに半紙の包みを渡していった。包みの中には一両も入っており、中を覗《のぞ》いた者の顔は驚きと喜びに彩られている。

「それじゃあ皆さん、今日も張り切って商売に精を出しましょう！」

奉公人たちが活気に満ちた声で「はい」と返す。皆がそれぞれの仕事に散って行く中、お甲が静かに歩み寄って来た。

「ねえ、おまえさん」

お甲もさぞ喜んでいるだろう。と、思いきや。

向けられた笑みには、そこはかとなく陰があった。

「おい、どうしたんだい。何か、ちょっと……つまんなそうな顔じゃないか」

「つまんない訳じゃないよ。でも、お上を哂う本だからねえ……。ここまで大当たりになっちまうと、本当に大丈夫なのかって思うんだよね」

重三郎は「ははっ」と笑い飛ばした。

「大丈夫だよ。喜三二先生も、はっきり『畠山は白河様だ』って書いた訳じゃないんだから」

「はっきり書いてなくても、しっかり分かるように書いてあんじゃないか。何か言われたらどうすんだい」

「んん……。何も恐かない！　とは言えないけどね。でも」

二人で幕府に勝負を挑もうと、喜三二と約束したのだ。喜三二は切腹覚悟、自分も処罰は覚悟の上だった。中途半端に退散して裏切る訳にはいかない。それでは男が廃ると、改めて肚を据え直す。

「どうにかなるさ。何しろ、これまで商人が咎を受けた時ってのは、大概が罰金で済んでんだから」

すると、お甲は苛立った顔を見せた。

「ちょいと軽く考え過ぎじゃないのかい？　相手はお上なんだよ。用心しなきゃいけないだろうに。それを何だい、浮かれちまって」

重三郎の面持ちに、むっつりと不満が浮かび上がった。

「まったく、おまえは。本当に亭主の仕事にケチ付けてばっかりだな」

「いつも言ってることとは訳が違うんだよ！　おまえさんがお気楽に過ぎるから、言いたくもないこと言ってやってんじゃないか」

互いに「何だよ」「何さ」と睨み合う。いざ大声を上げかけたところで、手代の鉄三郎が「やめてくださいよ」と見世先から口を挟んだ。

「もうお客様も入り始めてんですから。旦那様と女将さんがそんなんじゃ、下の私らが恥ずかしいじゃないですか」

普段の喧嘩なら「また始まった」で受け流すところだが、今日はそれでは済ませられなかったらしい。苦言を受けて少しばかり頭を冷やし、二人は見世の奥、お甲の使う部屋に場所を移した。さすがに、もう喧嘩腰ではなくなっていた。

「さてと。おまえさん、本当に気を付けとくれよ。耕書堂はもう黄表紙じゃあ江戸一番になってんだからね」

「江戸一番になれたのも、一番のままでいられるのも、喜三二先生のお陰じゃないか。まさに『文武二道』さまさまなんだ」

あの本は痛烈な風刺だった。ゆえに、懸念する気持ちは分かる。しかし風刺本は法度に触れる訳でなし、重三郎は「まず大丈夫だよ」と続けた。

「それにね。そもそも、お上が下手なことしなけりゃ風刺本なんて話にはなりゃしなかったんだ。そうだろ？」

飢饉への取り組みに於いて、幕府の打つ手は常に後手に回っていた。誰もがそう感じていて、苛立ちを募らせていたのだ。その上で喜三二が松平定信に主君を愚弄され、肚に据えかねて『文武二道』を書いた。幕府がこの本を苦々しく思うのなら、まずはこれまでの失策を認め、改めるべきを改めるのが筋であろう。

「あたしはそう思うけどね。間違ってるかい？」

「そりゃまあ、おまえさんの言うとおりかも知れないけどさ。でも何てえのかね。危うい、って思えてならないんだよ」

重三郎は「ふむ」と頷いた。

「どこが、どう危ういって思う？　聞かせとくれよ。もっともな話なら改めるから」

「いや……そこが分かんないんだよ。でも何てえんだろうね、ちょっと気持ちの悪いもんがあってさ」

「おまえが分かんねえなら、答が出ない話になっちまう」

お甲は「そうなんだけど」とだけ返し、もどかしい気持ちを持て余すように黙っている。が、少しすると気持ちを切り替えたように口を開いた。今は分からないままで仕方ないと割り切ったらしい。

「で？　風刺本、まだ続けんの？」

「そのつもりだよ。町衆がああいうのを読みたがってんだし。それに、喜三二先生の他にも風刺本をやりたいって物書きさんは結構いるんだよ。たとえば恋川春町先生だけど」

恋川春町は朋誠堂喜三二と並ぶ戯作者で、この人もまた素性は武士であった。駿河《するが》小島《おじま》藩・滝脇《たきわき》松平家の年寄で、実の名を倉橋格《くらはしいたる》という。

「あの人も、打ち毀しの起きる前から苦々しく思ってたらしい」

そこへ懇意の喜三二が痛烈な風刺本を書いた。ならば、自分もそれに続くものを書きたいという申し出を受けている。

「当のお武家様の間でさえ、そんな風に思われてんだ。間違ってんのは、やっぱりお上の方ってことにならねえか？」

「だから続けるってのかい？　さっきも言ったけど、耕書堂は江戸一番なんだよ。蔦屋重三郎は、もう昔の小物じゃない。奉公人を何人も抱えて、皆の先行きに責任ってものがある立場なんだ」

何かあってからでは遅い。それを分かっているのか。お甲の厳しい眼差しに、重三郎は軽く息を呑む。

しかし、考えは変わらなかった。

「重々分かってるさ。でも大丈夫だよ。何しろ、今のあたしには町衆が味方に付いてんだ。お上だって、きっと身構えてるよ。皆がこんなに喜んでんのを下手に取り締まったら、打ち毀しの二の舞になるんじゃないかって」

「……そうかい。まあ見世の主は、おまえさんだからね。あたしはお武家様の考え方を知ってる訳でもないし、これ以上は口を出せないよ。でも、くれぐれも気を付けとくれ」

もやもやしたものを抱えた顔で、お甲が溜息をついた。

*

打ち毀しの後、幕府が町人に米を配ると決めた時に、重三郎は「もっと早くにできなかったのか」と不満を抱いた。

自分と同じ不満、幕府のやり様に対する不信を、多くの町人が抱いている。喜三二の『文武二道万石通』が大当たりを取ったことで、その確信を得た。

そして年が改まり、天明九年（一七八九）一月を迎える。耕書堂が売り出した新刊のうち、黄表紙はその多くが風刺本であった。

今や風刺本は「出せば売れる」の勢いである。自分たちの不満を、名のある戯作者が代わりに言ってくれる——そこに、町人たちは大いに酔った。

中でも、恋川春町の『鸚鵡返文武二道《おうむがえしぶんぶのふたみち》』は大いに注目を集めている。喜三二の『文武二道万石通』に続く一作で、登場する人物や時代は全て異なるが、松平定信に対する皮肉、揶揄《やゆ》であるのは同じだった。
「はい、こちら様『鸚鵡返』ですね。そちら様は？　あ、同じですか。ただ今、お出ししま
す」
見世先は今日も忙しい。飛ぶように売れる様子を帳場から眺め、重三郎は満悦の面持ちであ
った。
ちょうどこの頃、一月二十五日を以て天明から寛政《かんせい》に改元されると聞こえてきた。昨年から
西国の天候が良好になり、関東でも浅間山の灰で傷んだ土が回復してきたからだという。
数年来の飢饉も、ついに終わりが見えてきた。それが庶民の心を弛めたのだろう、本の売れ
行きはさらに勢いを増してゆく。四月の声を聞いた頃には、黄表紙の風刺本は全て一万を超え
るほどの大当たりとなっていた。
しかし。この大当たりが、次の逆風を呼ぶことになってしまった。
「だ、旦那様」
四月十日、昼前のこと。自室で帳簿に目を通していると、ひとりの小僧が慌てて駆け込んで
来た。
「何です小介《こすけ》さん。廊下を走っちゃいけないよ」
苦言を呈した重三郎に、しかし小介は詫《わ》びもせず、ただ掠《かす》れ声を震えさせた。
「お、お役人様が。北の旦那がですね、いらしてましてで」
「北の？」
大きく、目が見開かれた。

江戸の町奉行所には北町奉行所と南町奉行所があり、それぞれ管掌に違いがある。南町は呉服や木綿、薬種などに関わる話を取り扱い、北町は廻船に材木、酒、そして書物に纏わる話の窓口となっていた。

その北町奉行所から同心が来たとは、耕書堂にとって良くない話である。もしや——重三郎の眉が軽く寄った。

「……ともあれ、お通しして。あと、お茶の支度を」

帳簿を片付けて隣の応接間に移る。来客用の座布団を出しているうちに、開け放った障子の陰から大柄な同心が顔を出した。

「おめえさんが蔦屋重三郎か。俺は北の中島右門《なかじまうもん》だ」

中島と名乗った同心は、ずかずかと部屋に入り、当然のように座布団に腰を下ろした。面持ちは堅苦しいが、気持ちに波が立っている訳ではないらしい。

ならば、相手の機嫌を損ねてはならじ。重三郎は言葉を選びながら頭を下げた。

「わざわざのご足労、痛み入ります。本日は手前共に如何なご用件でしょう」

「ああ、これだ」

中島は風呂敷包みをひとつ携えていた。それが解《ほど》かれると、中には恋川春町の『鸚鵡返文武二道』全三巻が収められていた。

やはり、と胸に不安が満ちてゆく。それでも重三郎は、努めて平らかに問うた。

「春町先生の本が、何か？」

「御公儀からお達しがあった。この先、この本を売ることは罷《まか》りならん。版木も処分しろ」

絶版の、下達。

総身に嫌な痺《しび》れが走った。喜三二と共に風刺本を出した時、咎めを受けるかも知れないことは覚悟していた。が、お甲には「大丈夫だ」と言い続けてきたし、自分でもそう思ってきたのだ。それが——過日の覚悟がいざ現実になってみると、血の気が引く思いがする。

覆すことはできないはずだ。しかし、だからと言って二つ返事で受け容れる気にはなれない。商売の都合も然《さ》ることながら、何より江戸の町衆が風刺本を求めているのだ。そう思って肚を据え、やはり言葉を選びながら食い下がった。

「どのような理由か、お聞きしてもよろしいでしょうか」

中島は「おいおい」という顔になった。

「分からんはずはなかろう。御政道を小馬鹿にして、町衆を焚き付けておる」

「焚き付けるなんて。あ、いえ」

むしろ喜ばせたいのだ、と続くはずの言葉を呑み込んだ。同じことだと言われるのは目に見えている。

「このお沙汰は、白河様が？」

「白河様に限った話じゃねえぞ」

かつては、幕政を握っていた田沼意次によって商業に重きが置かれた。今はそれが過ぎていたと判じ、改めようとしている。その一環として世の風紀を一新しようとしている中、このような世迷言《よまいごと》の本は不届きだと判じられた。そう言いつつ、中島は溜息をつく。

「……まあ、町衆がどういう気持ちでいるかは俺にも分かる。だがなあ蔦屋。そういう気持ちを煽《あお》って、またぞろ世の中に乱暴が蔓延ったらどうすんだ」

「それは！　それは、逆でございます。こういう本で気を紛らわせれば、乱暴に及ぶこともないでしょう？　少なくとも手前は、それが春町先生のご意向だと思っておりますよ」

申し開きをする重三郎に、中島は苦笑を返した。

「おめえさんの立場じゃあ、そう言うしかなかろうな。自分の商売と、書いた奴を守らにゃならん。けどなあ」

「けど？」

「これを書いたのが恋川春町だってえのが、まずいところなんだよ」

駿河小島藩の年寄、倉橋格。それが春町の素性である。小島藩を治める滝脇松平家は、東照《とう》神君《しょうしんくん》・徳川家康の四代前に分家した同祖の家柄なのだ。その家に仕える身、しかも年寄が御政道を腐すというのが、幕府——松平定信の逆鱗《げきりん》に触れたらしい。

「春町……倉橋殿には、遠からず御公儀から出頭が命じられるだろう」

「手前共への処分も、春町先生の詮議次第ってことですか」

それに対しては、首を横に振られた。

「今んとこ、風刺本を取り締まる法度は出されてねえ。取りあえず、おめえさんはお咎めなしだ。もっとも、言われたとおりに『鸚鵡返』を絶版にすりゃあの話だぜ。分かったな。御公儀に逆らうんじゃねえぞ」

中島は「やれやれ」と腰を上げ、小僧が茶を運ぶよりも早く帰って行った。

絶版の下達に従えば、お咎めなし。

しかし重三郎は、即座に従いはしなかった。春町がこの沙汰をどう思っているか、確かめないまま絶版を決めては版元として信義に悖《もと》る。かくて、その日のうちに城北の小石川へ出向き、小島藩の屋敷を訪ねて春町に面会を申し入れた。

だが、聞き容れられなかった。

「倉橋様へのお目通りは罷りならん。早々に立ち去るが良かろう」

門衛の返答はどこまでも冷淡であった。やはり重三郎は一介の町人に過ぎない。版元と戯作者という立場こそあれ——否、その立場があるからこそ許可できないのだろう。

「左様でございますか。でしたら……せめてこの文を」

かつて喜三二を訪ねた時とは訳が違うのだ。すんなり藩邸に入れてもらえるとは、端《はな》から思っていなかった。こんなこともあろうと、予《あらかじ》め春町に宛てて書簡をしたためてあった。

門衛は、この書簡は受け取ってくれた。中を検《あらた》めて障りがなければ当人に渡す、と。

障りなど、あるはずがない。絶版の沙汰に従って良いかどうか、伺いを立てるだけの内容である。間違いなく春町の手に渡るはずであった。

そして、二日後。

重三郎の許《もと》に返書が届いた。恋川春町ではなく、倉橋格の名で寄越された一通であった。

「……思ったとおりだ」

文にはこう記されていた。自分、倉橋格は自らの心に従って風刺本を書いた。重三郎はそれを世に送り出してくれたに過ぎない。御公儀からこういう沙汰が下った以上、自分が絶版を拒めば耕書堂に迷惑がかかるだろう。それは望まない。素直に指図に従ってくれ——。

当たりに当たった一作は、この日を以て世の中から消えた。

数日の後、春町は松平定信から出頭を命じられた。だが病を得たと偽って拒み、四月二十四日を以て隠居してしまった。

*

寛政元年は秋七月を迎え、耕書堂にも新刊が並んでいる。

春町の『鸚鵡返』に絶版の沙汰が下ってからというもの、風刺本を書く戯作者はめっきり減った。それでも庶民は娯楽を求め、本を買って行く。早いところでは既に米の刈り入れが始まっているが、今年は不作にならなかったと聞いて、財布の紐も弛んでいるようである。

「とは言いつつ」

七月九日の早朝、まだ表口を閉めたままの見世に立ち、重三郎は溜息を漏らした。売り場を見れば、あれこれの黄表紙や洒落本、伝奇の読本《よみほん》――表紙の色から青本と呼ばれる――が積まれている。その中に、恋川春町の名がないことが寂しく思えた。

と、表口の戸板を荒く叩く音がする。ドンドンと響く向こうに聞き知った声が重なった。

「おい重三郎、俺だ。北尾だ。開けてくれ」

「重さん、わしだ」

北尾重政と朋誠堂喜三二の声である。明け六つ（午前六時頃）のような早い時分に訪ねて来て、しかも二人の声は重苦しい。

「北尾先生。それと喜三二先生ですよね？　今、開けます」

只ごとでないと察し、表口の戸板、下の方にあるくぐり戸の閂を外す。北尾と喜三二は身を屈めてそこを抜け、中に入って来た。揃って蒼白な顔であった。

「何か……あったんですか。ですよね？　何が？」

神妙な声で問う。北尾がやる瀬ない面持ちで頷き、しわがれた声で小さく告げた。

「良く聞け。春町さんが……死んだ。一昨日、七夕の晩だ」

「はい。え？　いや」

何を聞いたのか分からず、重三郎は顔を呆《ほう》けさせる。北尾の言葉を幾度も嚙み砕き、そして、しばしの後。

否も応もなく、がたがたと身が震えた。

「死んだ……って。どういうことなんです」

喜三二が右手を伸ばし、重三郎の左肩を軽く押さえた。そして沈鬱な顔で口を開く。

「病だと聞いた。が、恐らく表向きの話だ。やはり小島藩の家柄……なのだろうな」

それだけで分かった。恋川春町こと倉橋格は腹を切って果てたのだ。

著作が咎められ、主家に迷惑をかけた。ゆえに春町は、進退を明らかにせねばならなかった。

そう続いた喜三二の声に、涙の匂いがした。

「あたしが。あたしが、春町先生の本を出したから」

湧き上がる悔恨に、重三郎は俯《うつむ》いて声を震わせた。北尾が「そうじゃねえよ」と悄然《しようぜん》とした声を寄越す。喜三二も「重さんのせいじゃない」と目元を拭った。

「わしのせいだ。風刺本を書いて、春町さんを引き摺《ず》り込んでしまった」

重三郎は「何を仰るんです」と勢い良く顔を上げた。両の眼《まなこ》から、ぼろりと涙が落ちた。

「先生はご主君を蔑《ないがし》ろにされて。ならば、って――」

発して、ぞくりと寒気を覚えた。喜三二の顔をまじまじと見る。

「まさか……。まさか喜三二先生も」

腹を切ってしまうのか。その眼差しに、苦い笑みが返された。

「安心してくれ。腹を切ってはならんと、殿に命じられた」

喜三二が春町の死を知ったのは、昨晩だったという。悩んだそうだ。自分が風刺本の先鞭を付け、春町を巻き込んだ挙句に死なせてしまった。そんな身が、のうのうと生きていて良いのだろうかと。

「そんなことを思っておったら、殿からお召しがあった」

諸藩の後継ぎは全て江戸屋敷に詰めることになっている。佐竹義和は江戸詰めのまま家督を継いで藩主となり、以来、まだ国許に戻っていないそうだ。

「此度『鸚鵡返』が咎められたのは、言ってしまえば御政道にも関わる話だからな。春町さんが死んだことも、当然ながら殿のお耳に入っておった」

その上での召し出しである。喜三二は、自分も切腹を命じられるのだろうと思ったそうだ。何かしら咎めを受けたら腹を切る覚悟で風刺本を書いている。ならば主君に最後の挨拶をと、部屋を訪ねた。すると――。

「殿に質された。そもそもの始まりはわしの風刺本だが、なぜそんな本を書いたのかと。春町さんのことがあったからには、隠す気にもなれんでな。それで、白河様に愚弄された一件を明かしたら……きつく、お叱りを頂戴した」

主君が軽んじられて怒ってくれるのは嬉しい。しかし、だからと言って御公儀を腐すのは、忠義とは呼べない。むしろ不届きであると言われたそうだ。

喜三二は「はあ」と熱い息を吐いて続けた。

「腹を切って詫びると申し上げたんだ。だが殿は……それだけは許さんと。自分が責めを負うべき身だと思うなら、生きて世に尽くし、それを以て償えと仰せられた」

重三郎の胸に、ドスンと響いた。

切腹を禁じたのは、喜三二──平沢常富が重臣だから、ではあるまい。春町の例を見ても分かるとおり、重臣だからこそ、けじめを付けなければいけないのが武士というものである。人の命こそ何より大事、佐竹義和は、そういう思いではなかったか。

「いい……お殿様じゃないですか」

喜三二は「ああ」と頷き、そして立ったまま深々と頭を下げた。

「重さんにも詫びねばならん。斯様な次第だ。わしは……筆を折ることにした」

驚くには値しない話だった。端から切腹覚悟で風刺本を書き、御政道を嘲笑った人である。春町が死に、自分に同じ道が認められなかったのなら、せめて戯作者としての命を断とう。そう考えるのは人としての誠である。

重三郎は「分かりました」と頷いた。

「先生が決めたことですからね。あたしには口出しできません。いいお付き合いをさせていただいたこと、心から感謝いたします」

喜三二が「痛み入る」と声を詰まらせる。その傍らから、北尾が穏やかに声を向けてきた。

「なあ重三郎。その上で俺からひとつ忠言だ。お上に喧嘩売るの、もう止めにしとけ」

「そのつもりです。今回うちはお咎めを受けなかった。春町先生が何もかも背負ってくださったんですから、拾った命は粗末にできませんよ」

北尾が「よし」と肩の力を抜く。喜三二の頰にも安堵の笑みが浮かんだ。

第四章　世と人を、思う

一　出版取締令

恋川春町《こいかわはるまち》と朋誠堂喜三二《ほうせいどうきさんじ》は、間違いなく江戸に於《お》ける戯作《げさく》の第一人者だった。その二人を重三郎《じゅうざぶろう》は失った。

だが、足踏みする訳にはいかなかった。版元として世を動かし、流行りを作り出したい。世を、明るく照らしたい。胸の内にある思いは変わることがないのだから。

「京伝《きょうでん》さん、どうも」

春町の死から三ヵ月の十月初め、重三郎は山東《さんとう》京伝の自宅を訪ねた。二人の大家を失った今、京伝こそが次の第一人者となるべき人であった。

「お、こりゃ蔦屋《つたや》の旦那。ようこそ、いらっしゃいました」

愛想良く迎えつつ、もう昼前だというのに、京伝は少し眠そうであった。どうやら昨夜も吉《よし》原《わら》で遊んでいたらしい。察して、重三郎は苦笑を浮かべた。

「また朝帰りかい。あんたも好きだねえ」

「いやあ。だって金回りが良くなってる訳ですから」

かつて京伝が書いた『江戸生艶気樺焼《えどうまれうわきのかばやき》』は、刊行からしばらく経ってなお売れている。版を重ねること幾度目だろう、耕書堂《こうしよどう》も京伝も大いに潤ってはいるのだが――。

「あんた金が入ったら遊び尽くす勢いじゃないか。菊園姐《きくぞのねえ》さんの身請け金、少しは自分で貯《た》めようって思わないのかい？」

京伝は、あっけらかんと笑った。

「貯め込んでもなあ。金を使わねえと菊園には会えねえ訳だしね。それに身請け金は旦那が積み立ててくれてんだから」

本を刷り増すたび、京伝に渡す金とは別に、少しずつ身請けのための金を出す。確かにそういう約束をしており、この金は京伝が使ってしまわないよう、重三郎の手許《てもと》で積み立てていた。

「ところで旦那、その積み立てなんですけどね。幾ら貯まりました？」

「百十両。あと九十両だね」

「あら……まだまだ遠いなあ。身請けしたら煙草屋でも始めてさあ、菊園とゆっくり暮らそうと思ってんのに」

がっくり、といった様子の京伝に、しかし重三郎は「はは」と笑って返した。

「実はね、あたしもその話で来たんだ。残り九十両、すぐに用立てても構わないんだが」

「え？　本当に？　嘘じゃなく？」

座ったまま、両手で体を前に押し出して来た。目は皿のようになっている。

「どういう風の吹き回しで？」

「そりゃあ、あんたを他に取られたくないからだよ。うちで書くの、もっと増やして欲しいって思ってさ」

京伝が「ん？」と首を傾《かし》げる。そして少しの後に「ああ」と得心顔になった。

「春町さんと喜三二さんのアレですか。お二方の代わりに俺って訳で」

「まあ、そういうことだね。今の江戸じゃあ、あんたの勢いが一番だから」

耕書堂で多く書く代わりに、身請け金の残り九十両をすぐに出してやる。悪い条件ではないはずだ。が、京伝は少し渋い顔であった。

「いやあ、何てえのかな。ありがてえお話ではあるんですけどね。お二方の代わりって話なら風刺でしょ？　俺も風刺本は書いてたけどさ、今となっちゃあ恐いんだよなあ」

重三郎は「馬鹿だねえ」と鼻から息を抜いた。

「うちから七月に出した本、知ってんだろ？　風刺本はずいぶん減ってんじゃないか」

「少しは出てんじゃないですか」

「物書きさんが『やりたい』ってえなら、こっちは『ほどほどに』としか言えないんでね。ただまあ町衆もね、風刺本に手を出す人は減ってきてるから」

風刺本を書いた戯作者、それも第一人者の売れっ子が、相次いで二人も消えた。これを知った町衆は、もしや読むだけでも咎《とが》を受けるのではないかと恐れているようだ。この分では遠からず下火になるだろう。

重三郎の見通しを聞いて、京伝は「なるほど」と安らいだ声を出した。

「なら、俺は好きに書いていいんだね。そんなら是非」

「頼んだよ。面白いの待ってるから」

「任せとけ、てなもんだ」

京伝は嬉しそうに頬を弛《ゆる》めたが、すぐに真顔になって「そうだ」と発した。

「聞いときたいんですけどね。身請けの金って、いつ出してくれるんで？」

「焦りなさんな。菊園姐さんの奉公、今年一杯で終わるように話を付けとくから」

その約束どおり、重三郎は寛政《かんせい》元年が暮れるまでに菊園の身請け話をまとめ上げた。

京伝と菊園の祝言は、明けて寛政二年（一七九〇）の二月であった。

あまりに嬉しかったのか、京伝は一ヵ月ほど戯作も絵も忘れて過ごしていた。が、七月には黄表紙を三つ出すことが決まっている。約束は違《たが》えまいと、三月半ばにはどうにか筆を執り始めてくれた。

それを確かめると、初夏四月、重三郎は次の手を打った。

＊

耕書堂の見世《みせ》の奥には、裏庭の蔵を前に三畳間が三つ並んでいる。見どころのある戯作者や絵師に使わせるためのものだ。

そのうちの一室に声をかけた。

「歌麿《うたまろ》さん、いいかい」

「ああ旦那か。入りゃいいじゃねえか。障子も開いてんだからよ」

喜多川《きたがわ》歌麿には、狂歌絵双紙や黄表紙の挿絵で腕を磨かせていた。最近になって、ようやく当人が「納得できる絵になってきた」と言い始めている。

ならば、今こそ売り出す時だ。春町と喜三二の抜けた穴は、京伝ひとりで埋めるには大きすぎる。本と絵の違いはあれど、歌麿こそもうひとつの切り札になり得る男であった。

重三郎が中に入ると、歌麿は絵筆を置いて文机《ふづくえ》の引き出しを開ける。そして嬉しそうに一枚の美人画を取り出した。

「見てくれよ。今の俺に描ける最高の一枚だぜ」

どれ、と手に取って目を落とす。煙管《きせる》を手に、煙草を吸う女が描かれていた。

「おお。こりゃあ」

上々のでき映えであった。面差しは、やはり江戸で美人と目される女のそれである。だが他の絵師とは違って柔らかみがあった。

そこはかとなく愛嬌のある目元、少し厚めに描かれた唇、さらりと薄墨を引いた自然な眉。面持ちには気怠《けだる》さが滲《にじ》み出ており、弛んだ胸元から覗《のぞ》く乳房が艶を上乗せする。人肌の温もりを感じる仕上がりは、今までの美人画とは大きく違っていた。

重三郎は幾度も頷《うなず》き、そして問うた。

「こりゃあ夕涼みの人かい？」

「そう。去年の川納めの頃なんだが、両国橋の茶屋の外で見た女でね。つまんなそうに鍵屋の花火なんぞ眺めてんのが、どうにも色っぽくてよう」

その雰囲気が実に良く出ている。これなら売りものとして申し分ないが――。

「美人さんの後ろ、茶屋の建物なんぞは？　これから描くの？」

歌麿は「いや」と首を横に振る。自信が溢《あふ》れ出していた。

「そういうのは余計じゃねえかな。後ろにごちゃごちゃ描いたら、かえって女のいい顔が台なしだって思うんだが、どうだい？」

「……なるほど」

背景に敢《あ》えて何も描かず、女を際立たせるつもりか。言われてみて改めて気付いたが、この女は腰から上しか描かれていない。総身を描かないのも、今までの美人画には見られなかったやり方だ。その分だけ顔つきや面持ちを、はっきり、じっくり味わえる。

「よし決めた。美人さんの後ろは白雲母《きら》で塗って、きらきらさせよう。それで売り出すよ」

力のある声を向ける。歌麿の目が大きく見開かれた。

「旦那が見て、売れるって思うのかい？」

「ああ。こりゃ間違いなく売れる。あんた、すごいよ」

「やった……。やった！」

歌麿は、がばと立ち上がった。両手の拳で天を突き、喜びの余り「おおお」と吼《ほ》えている。

そこへ、ひとつ注文を付けた。

「でね。こういう美人さん、他に九人描いてくださいな。十枚ひと組で売り出したいからさ。題して『婦女人相十品《ふじょにんそうじっぽん》』だ」

「え？　いや。そりゃ構わねえけどさ」

重三郎の申し出に、歌麿は少し頼りなげな顔であった。

「黄表紙やら何やらの挿絵も山ほど任されてんだし、その上で、ここまでの絵ってなると……ちぃと長く待ってもらわねえと」

「待ちますよ。あたしは、あんたを本当の売れっ子に押し上げたいんだ。派手にぶち上げないと話になんないでしょう」

当然とばかりに返し、受け取った絵を懐に入れて立ち上がった。

「さてと、この絵は預かって版下にしとくよ。いいね、あと九人だ。遅くとも来年の七月には売り出したいから、そのつもりでね」

＊

歌麿には美人画の他に黄表紙や洒落本《しゃれ》の挿絵も多く任せているが、そのうちのひとつが山東京伝の『玉磨青砥銭《たまみがくあおとがぜに》』であった。

五月半ば、京伝が「書き上がった」と届けに来たのだが、重三郎は今朝からこれに目を通している。そこへ、訪ねて来る者があった。

「旦那様。大田南畝《おおたなんぽ》先生がお越しです」

小僧の声に「おや」と顔を上げる。

「何だろうね。構わないよ、お通しして」

隣の応接間に移って少し待つと、小僧に導かれて南畝が顔を出した。

だが、どうしたことだろう。南畝の面持ちには、ひと目で分かる陰があった。

「どうも蔦屋さん。急に押し掛けて申し訳ない」

声音も然《しか》り、如何《いか》にも硬い。これは何かあるぞと気を引き締めつつ、顔には笑みを繕った。

「いえ、南畝先生が訪ねてくださるなんて嬉しいことですよ。ささ、どうぞ」

招き入れて差し向かいに座る。南畝は開口一番で「悪い報《しら》せです」と切り出した。

「御公儀が出版取締令を出すようです。私も今朝知ったところなのですが」

「取締ですって？」

思い当たるのは、やはり風刺本である。しかし。

「風刺本ならもう下火でしょう。去年の七月までは少し出てましたけどね。今年の一月には、ほとんど売り出してませんよ」

「もちろん、それも取締の的にされます。が、他にもありましてな」

南畝の懐から四つ折りの紙が取り出される。開いてみれば、今朝知ったという法度《はっと》の内容が走り書きにされていた。

「これですよ。其之四」

指差されたところには「好色本ハ此《コレ》ヲ禁ズ」と記されていた。

「綱紀粛正の折、町衆が色情に耽《ふけ》るのは怪《け》しからん。それを煽《あお》る本も然り、という訳です」

好色本とは、すなわち色町に材を取った艶話――洒落本である。重三郎は眉を寄せた。

「何とも……うちを狙い撃ちにする気ですかね」

耕書堂は吉原から興った版元で、今なお大門《おおもん》外の五十間道《ごじつけんみち》に小売の見世を残してある。そして何より、かつて第一人者だった朋誠堂喜三二の洒落本を足掛かりに成り上がり、今も多くの洒落本を売り出しているのだ。

南畝は腕組みで「むう」と唸《うな》った。

「蔦屋さん。前に私が申し上げたこと、覚えておいでですか」

「狂歌がつまらなくなったって話の時の、アレですか？　この先の商売は御政道を見ながらでないといけない、あたしみたいに立ち回りの派手な奴《やつ》は目を付けられるって」

「ええ。それです」

図らずも、最も悪い形で現実になってしまった。風刺本で次から次に大当たりを取ったことが仇《あだ》になったのだろうと、南畝は言う。

「あれが目立ち過ぎたのでしょうな。目立つところは見せしめに使われやすい」

「なるほど。まあ身から出た錆《さび》と言えば、そのとおりでしょう。でも気に入らない話ですね。お上のやり様ってのは、どうして……」

「お待ちなさい。今は、おとなしくしているべき時ですぞ」

慌てた顔の南畝に、重三郎は苦い笑みを向けた。

「もちろん、そのつもりです。それにね、実はさっきまで京伝さんの新しいのに目を通してたんですが」

京伝が書いて寄越した『玉磨青砥銭』は、風刺本とは全くの逆であった。鎌倉幕府の執権・北条時頼《ほうじょうときより》と北条時宗《ときむね》に仕えた御家人、青砥藤綱《ふじつな》に材を取った物語である。

青砥は実直な忠臣、武士の鑑《かがみ》と捉えられ、また倹約家として知られていた。物語の中ではこの人物を老中首座・松平定信《まつだいらさだのぶ》に擬《なぞら》え、不正を正す今の御政道を肯《がえ》んじている。

「物書きさんたちも身構えてんでしょうね。それでも面白いのを書いてくれてますから、うちとしちゃ構わないんです。気に入らないってのは、そういう話じゃないんですよ。洒落本を好色本って言われるのが、どうにも我慢ならないとこでして」

洒落本は長らく「いかがわしい本」と見做《みな》されてきた。読めば面白い本であり、上等な娯楽であったにも拘《かかわ》らず、端《はな》から低く見られてきたのだ。

喜三二の洒落本によって、そういう見方が大きく変わった。耕書堂の今があるのもそのお陰である。洒落本を狙われるのは、喜三二との繫《つな》がりを完全に断たれるに等しい。何よりも、そこに怒りを覚えていた。

「今じゃあ、洒落本も他の本と一緒だって思われてるじゃないですか。なのに禁じるって、どういうことなんです。倹約して、我慢して暮らせって言って。その上に楽しみまで奪おうなんて、いったい何だってんですか！　こんな血も涙もない政《まつりごと》なんてのはね――」

「いや。ちょっと。お待ちなさい」

次第に激昂《げきこう》してゆく重三郎を宥《なだ》め、南畝は軽く喉を上下させた。

「まず聞いてください。今でも全ての本は改所《あらためどころ》を通すでしょう？　それで『障りなし』と認められねば、如何な本でも世には出せません。そこを抜かりなくやることです」

そうすれば幕府も手出しできないのだと、南畝は言う。もっとも重三郎には納得しかねる話であった。

「春町先生の『鸚鵡返《おうむがえし》』だって改所は通しました。でもお咎めを受けたじゃないですか」

「あれは他とは訳が違いますよ」

徳川の分家筋に仕える年寄が御政道を揶揄《やゆ》したとあっては、見過ごす訳にはいかなかったのだろう。一方、町人の戯作者が書いた風刺本が咎められたことはない。

「洒落本も同じです。いいですか蔦屋さん。耕書堂に何かあったら、物書きや絵描きが困るのですよ。あなたは、もうそれだけの力をお持ちなのです」

だから、くれぐれも改所の検閲は徹底してくれ。躓《つまず》かないでくれ。切実で親身な忠言を耳にして、かつてお甲《こう》に言われたことが頭の内に蘇った。

『蔦屋重三郎は、もう昔の小物じゃない。奉公人を何人も抱えて、皆の先行きに責任ってものがある立場なんだ』

皆の先行き――それは最早、奉公人だけに留《とど》まらない。戯作者や絵師も、その中に含まれるのだ。思って、重三郎は「はあ」と大きく溜息《ためいき》をついた。

「……そうですね。肝に銘じます。すみませんでした、熱くなっちまって」

「分かってくだされましたか。いや、来た甲斐があった。かく申す私も、耕書堂から本を出せなくなっては面白くないのでね」

南畝は胸を撫《な》で下ろし、少しばかり憂いを払った顔で帰って行った。

この年、寛政二年七月には、かねて決めてあったとおり山東京伝の新作三編を刊行した。全て風刺には当たらない黄表紙で、咎められることはなかった。もっとも京伝の作にしては、いささか物足りない売れ行きではあった。

そうした黄表紙を多く売り出す一方、洒落本もひとつ二つ出している。こちらも、特に何を言われるでもなかった。

きちんと改所を通し、障りなしと認められた本なら取締の的にはならない。南畝の言葉どおりである。重三郎は意を強くして、次の本に取り掛かったのだが――。

二　心得違い

かつて女郎・菊園だった女――今では山東京伝の妻となったお咲《さき》が、茶を運んで来た。

「どうぞ、旦那」

「ありがとうございます」

重三郎は会釈をひとつ返した。お咲が下がると湯呑みから少し啜《すす》り、正面の京伝に向いて口を開く。

「今日来たのは他でもない。次の本の話なんだけどね。洒落本を書いちゃくれないか」

「へ？　黄表紙じゃないんですかい？」

少し驚いた顔である。分からぬでもない。ずっと黄表紙を書かせてきたのが一転、遊里に材を取った艶話を書けと言われたのだから。

「どうだろう。嫌かい？」

京伝は「ううん」と唸り、軽く眉を寄せた。

「そういう訳じゃねえんですけど。七月の黄表紙、そんなに売れてねえんですか？」

「そこそこ売れちゃいるよ。ただ、ちょっと物足りない」

今年七月の『玉磨青砥銭』は、まだ版を重ねていない。売り出して二ヵ月では致し方ないところもあるが、勢いのある戯作者にしては少し期待外れである。

「おかしいな。面白えと思うんですけどね、あれ」

首を傾げる京伝に、重三郎は「そうだね」と頷いて返した。

「確かに面白いんだよ。でもねえ」

この『玉磨青砥銭』では、主人公の青砥藤綱を老中首座・松平定信に擬え、今の政は世を正すものだと示している。しかし。

「ああいうお話がねえ……どうにも町衆にゃ受けが悪い」

「そうなの？　だって風刺本はもう下火なんでしょ？」

不服そうな顔を向けられ、重三郎は「まあまあ」と宥める。

「あんたの言うとおり、風刺本は流行らなくなった。でも、そりゃ飽きられたからじゃない。春町先生と喜三二先生の一件が大きいんだ」

「前に旦那が言ってたアレですか。読むだけで咎められんじゃねえかって、身構えてるっていう」

重三郎は「そう」と頷いた。

「本音じゃあ皆、お上のやり様に不満たらたらなんだよ。もっと、こうして欲しい。こうすりゃいいのに何で分からないんだ。お上は馬鹿なんじゃないかって」

自分が「否」と思っているものを「是」と示されては、嫌気が先に立つ。それでは如何に面白い本でも正しく読まれないのだ。人の心というのは、ことほど左様に難しい。

京伝は「何だよ」と口を尖《とが》らせた。

「町衆ってのは、どいつもこいつも我儘《わがまま》だねえ」

「そう言いなさんな、京伝さんも同じ町衆だろ。それに、その我儘な人らが買ってくれるから、あんたは飯が食えてんだから」

「はいはい。で？　だから洒落本って訳ですか」

「うん、まあね」

京伝ほどの力があれば、黄表紙だろうと伝奇の読本《よみほん》だろうと構わないところである。だが、この人の作で最も大きく当たったのは、やはり『江戸生艶気樺焼』なのだ。

「あの本、売り出してから五年も経って、まだ刷り増しになってるだろ？」

主人公の艶二郎《えんじろう》が「色男と思われたい」と願い、滑稽な行ないに走る物語である。これが当たりに当たり、今や江戸で「艶二郎」と言えば「色男を気取る馬鹿」の意味で使われるほどだ。あの一作が如何に大きな流れを作ったかの証《あかし》と言える。

「京伝さんが書くなら、ああいうお話の方が受けると思う。黄表紙にゃ少しばっかり風刺の色が付いちまったし、艶話は元々が洒落本の領分だからね」

京伝は「なるほどね」と頷く。しかし難しい顔であった。

「旦那のお考えは分かりました。けど、例の出版取締令ってのは？　好色本、駄目なんでしょ？」

如何にも尻込みした顔である。重三郎は少し呆《あき》れて苦笑を漏らした。

「あんた肝が小さいねえ。春町先生のことがあった後も、風刺本は恐いって言ってたっけ」

「恐いものは恐いんですよ。それに風刺本の時と違って、今度は法度が出てんだし」

「大丈夫だよ。うちから七月に出した洒落本だって、何のお咎めも受けちゃいないんだから」

改所を通して「問題なし」と判じられた本なら、幕府も咎めることはできない。大田南畝にそう忠言され、これに従った結果が既に出ているのだ。風刺本の時とは違い、そういう確かな裏付けがあっての「大丈夫」である。

「へえ……。南畝さんが言うなら信用しても良さそうだけど」

「あたしが言うんじゃ信用できないっての？」

「そうは言っちゃいませんや。でもねえ……どうしようかな」

なお逡巡《しゅんじゅん》している。やはり臆病な人だなと思いつつ、もう一度「頼むよ」と声を向けた。

京伝は腕を組んで目を瞑《つむ》り、しばし唸った後で大きく息をついた。

「仕方ねえな。お咲の身請けの時は、旦那にゃ散々世話になったんだし」

「そう来なくちゃ。飛びっきり面白くて、際どいのを頼むよ。そういうの、あんたにしか書けないんだから」

これで京伝は、またひとつ大当たりを取るに違いない。それが嬉しくて、重三郎は満面に笑みを湛《たた》える。差し向かいの京伝は苦笑いだが、嫌そうではなかった。

そして、四ヵ月。

年が改まって寛政三年（一七九一）一月を迎え、耕書堂は京伝の洒落本を売り出した。

その初日、重三郎は自ら見世の外に出て声を張り上げている。

「さあさあ、皆様お待ちかね！　京伝先生、新作だ。またぞろ楽しい艶話、それも一度に三つだよ！」

口上のとおり、京伝の洒落本は三作が同時に売り出された。『錦之裏《にしきのうら》』と『娼妓絹籭《しょうぎきぬぶるい》』、そして『仕懸文庫《しかけぶんこ》』である。

「心潤す艶話、それぞれどんなお話か？　そこは読んでのお楽しみ！　早くしないと売り切れちまうよ」

京伝の艶話と聞いて、道行く人が足を止める。懐の財布を探り、銭を数える者もあった。それらが少しずつ見世に足を向け始めると、これが呼び水となり、客の数は次第に増えていった。

以来、三作の洒落本は上々の売れ行きを見せ、二月の終わり頃にはそれぞれ版を重ねた。

中でも『錦之裏』は特に好評であった。

世の人が遊里で遊ぶと言えば、大概は夜の遊びを指す。昼間、世の常の人は自らの生業《なりわい》に勤《いそ》しんでいるものだからだ。

もっとも、妓楼《ぎろう》は昼にも見世を開けている。昼の遊びは本当の粋人しか知らないが、京伝の『錦之裏』には、そうした昼見世の様子を始め、遊里の内情や女郎の暮らしが生々しく描かれていた。これを読むことで、遊びに通じた粋人の気分を味わえる一作である。

無論、きちんと改所を通した本だ。好色本と見做され、咎められることはない。

そう、思っていたのに。

三月に入ってすぐのある日、自室にいた重三郎の耳に、見世先からの大声が飛び込んで来た。

「蔦屋重三郎、お上の御用だ。出て来い！」

寸時、耳を疑った。

だが確かに聞こえた。お上の御用だ、と。

「え？　御用……御用って」

愕然《がくぜん》とした。

どういうことだ。お上の御用とは、つまり耕書堂の本が何かしらの咎めを受けたという話になる。しかし、なぜだ。全ての本は法度に従って作り、その上で売り出しているのに。

頭の中に、あれこれが駆け巡って考えがまとまらない。そうこうするうちに、番頭の勇助《ゆうすけ》が来て青い顔を見せた。

「だ、旦那様。北の旦那が」

「……聞こえてたよ。でも、いったい何が」

「ともあれ、いらしてください」

番頭と共に見世先へ向かう。

そこには、かつて見た顔があった。中島右門《なかじまうもん》——恋川春町の『鸚鵡返文武二道《おうむがえしぶんぶのふたみち》』が絶版になった折、その沙汰を告げに来た同心である。

「これは中島様。その、お上の御用って……どういうことなんです」

探るように問うた重三郎に、中島は苦い面持ちで鼻から息を抜いた。

「山東京伝の『錦之裏』だ。あれが出版取締令に触れてるって話になってな」

春町の『鸚鵡返』の時は、耕書堂はお咎めなしとされた。風刺本を取り締まる法度がなく、絶版の沙汰にも素直に従ったからだ。だが今度は二度目であり、しかも法度に触れたと見做されている。罰は免れまいと、中島は言う。

「てな訳でな、今から奉行所に顔出してもらうぜ。神妙に付いて来い。そうすりゃ縄は打たねえでやる」

京伝の本が、法度に触れた。

血の気が引いてゆく。何が悪かったのだ。分からない——。

＊

「北町奉行、初鹿野河内守《はじかのかわちのかみ》様。ご出座」

重々しく太鼓が響く中、その声が高らかに上がった。

重三郎は白州に敷かれた筵《むしろ》に座り、平伏して奉行を待つ。左隣では山東京伝が同じように平伏し、恐怖のあまり身を震わせていた。

やがて、静かに足を運ぶ音が届いた。衣擦《きぬず》れの音、静かに腰を下ろす音。次いで、低く厳かな声が渡る。

「地本問屋《じほんといや》・耕書堂の主《あるじ》、蔦屋重三郎。並びに戯作者・山東京伝こと京屋伝蔵《きょうやでんぞう》。面《おもて》を上げい」

従って平伏を解けば、奉行は重三郎とそう歳《とし》の違わない壮士である。その人が白州にある二人の顔を順に見て、傍らにある本——京伝の書いた『錦之裏』を持ち上げた。

「調べによれば、京屋伝蔵はこれなる好色本を書き、蔦屋重三郎が売り出して世を惑わしたとある。出版取締令の四条に触れておるが、しかと相違ないか」

京伝の震えが大きくなった。そして再び筵の上に両手を突き、言葉を拾うように返す。

「世の中を……惑わしたかどうかは。でも、俺は確かに、はい。その本を書きました。そいつはですね、あの、間違い……ご、ございません」

奉行はゆっくりと大きく頷き、重三郎に目を向けた。

「蔦屋。其方《そのほう》はどうじゃ」

重三郎は、ごくりと固唾《かたず》を呑んだ。

京伝ほど臆病ではないが、正直なところ恐い。だが奉行所に連行され、ひと晩を牢で過ごす間に、自らの考え、この白州で言わねばならぬことは整理できている。

「京伝さんがその本を書いて、手前が売り出したのは間違いございません。しかし、です。お奉行様、お聞きください」

「ふむ。申し開きがあるか。続けよ」

背筋に冷たい汗が流れる。総身に嫌な痺《しび》れが走る。それでも、これだけは言わなければ。

「まず、京伝さんは手前に頼まれてその本を書いたのでございます。ですから、どうかお構いなしにしてやっていただけませんか」

そう吐き出すと、不思議と気が楽になった。大きく息を吸い込み、重三郎は続ける。

「それから京伝さんも申し上げましたとおり、手前共は世を惑わしたつもりはございません。

本屋の役目は世の中を楽しませ、人々の心を励ますことと心得てございます。そういう気持ちが力になって、世の中は良い方へ動いていく。手前はそう信じて、全ての本を売り出しておるのでございます」

奉行はしみじみとした顔で、大きく二度頷いた。

「とは申せ、其方も版元なれば出版取締令を知らぬ訳はあるまい。皆の心を励まさんとする意気や良し。されどそれを行なうに、好色本を以《もっ》てするは不届きであろう」

「お言葉を返すようで、恐縮ではございますが……洒落本は好色本ではございません」

できる限り京伝を守らねばならない。洒落本の立場を守らねばならない。その思いで反駁《はんばく》しつつ、脳裏には昔日のあれこれが駆け巡っていた。

丸屋小兵衛《まるやこへえ》から地本問屋株を買い取るに当たり、難題を出された。本当に良いものを世に送り出して商売を大きくしたいと言うのなら、それができるという証を見せてくれ、と。

そこで朋誠堂喜三二を拝み倒し、洒落本を書いてもらった。喜三二の名前と筆で、洒落本は他と同じ娯楽の本だと、世に認めさせようとした。

「確かに、しばらく前までは『いかがわしい本』と言われておりました。ですが――」

喜三二の力で、世の人々が洒落本を見る目は間違いなく変わった。これにて丸屋も納得し、株を譲ってくれたのだ。

「――今では他の本と同じ、読んで楽しい本だと認められているのです」

そういう本を、旧態依然の考え方で「好色本」と斬って捨てられる訳にはいかない。喜三二の恩を泥にまみれさせる訳にはいかないのである。その思いで自らの心を支え、重三郎はなお言葉を継ぐ。

「出版取締令は確かに承知しております。ですが法度には、きちんと改所を通せという一条がございましょう。耕書堂の本は全て、改所を通した真っ当な本でございます」

京伝が、おろおろしながらこちらを見ている。が、それを以て心の奥底から湧き出す言葉が止まることはなかった。

「改所が『大丈夫』と言ってくれない本は、ただの一冊も売り出してはおりません。そもそも去年の七月にも、耕書堂は洒落本を売り出しております。その折は何のお咎めもありませんでしたのに、どうして今回に限ってお咎めを受けるのか、その訳をお聞かせください。納得できますれば、手前はどんな罰でも頂戴するつもりでおります」

言うべきこと、言わずにはいられないことを、全て出しきった。罰への恐怖、お上への畏怖は確かにあれど、清々しい思いがする。

そういう重三郎の顔を見て、奉行はどういう訳か穏やかな眼差《まなざ》しであった。

「のう蔦屋。わしは、実は読本《よみほん》が好きでな。ことに古《いにしえ》の唐土《もろこし》に伝わる奇譚《きたん》などが好みじゃ」

「は……はい。え？　いや、その」

意表を衝《つ》く言葉に、ついつい口籠もる。そこに向け、奉行はまるで本を談議するが如《ごと》く、楽しげに続けた。

「本を選ぶ時などはな、いかん、いかんと思いつつ、ついつい名の売れた作者の本ばかり手に取ってしまう。無名の作者が、もっと面白いものを書いておるかも知れんのにな」

「あ……。はい。手前も、誰が書こうと面白いものは面白いと思っておりますが」

奉行はにこりと笑い、ゆっくりと頷く。そして、続けた。

「わしの本の選び方で分からんか？　人というものは、本の面白さも然《さ》ることながら……」

「はい。その前に、誰が書いたかで選んでしまうところが――」

言葉が止まった。

がん、と頭に強く響いている。木槌《きづち》で叩《たた》かれる杭《くい》の如くに、頭から泥の中へ打ち込まれたような衝撃であった。

誰が書こうと、面白いものは面白い。これは事実である。

しかし世の人は、何が書かれているかではなく、誰が書いたかで判じてしまう。これもまた抗《あらが》いようのない事実なのだ。

ずっと前から、そう思ってきた。たった今、奉行も同じことを言った。

つまり、それは――。

「お奉行様。この度のお咎めは……。京伝さんが書いたから、なのでございましょうか」

「まさに、そのとおりだ」

そして奉行は、諭すように言った。他の物書きなら目を瞑るところだったが、と。

「山東京伝の筆であるというだけで、否応なしに『錦之裏』は売れてしまう。世を動かしてしまうのだ。如何にしても、これを見過ごす訳にはいかん」

当の京伝が何も言わずにこちらを向き、力なく首を横に振った。自分の名にそれだけの力があるのなら、奉行の言い分は正しいと認めている。重三郎も思いは同じだった。

「恐れ……入りました」

ひれ伏して、それだけ発した。

打ちひしがれた。誰が書いた本であるかで、人は良し悪しを判じてしまう。そのことが頭の中で回り続けていた。

丸屋の難題に対して、自分はなぜ喜三二に洒落本を頼んだのか。まさに、喜三二の名を使わせてもらうためだった。喜三二の書いた洒落本なら、きっと世の人々を動かし得るはずだ、と。

「蔦屋。面を上げい」

奉行の声は和らいでいる。重三郎は呆然《ぼうぜん》とした顔を晒《さら》した。

「お裁き、でしょうか」

「その前に、もうひとつ釘を刺しておきたい。其方は風刺本を多く売り出し、お上のやり様を嘲笑《あざわら》っておったろう。それは何ゆえか」

既に観念している。申し開きも、言い逃れも、するつもりはなかった。

「初めは……とある物書きの先生と話した上で、風刺本を売り出しました。ですが、そこから先は違います」

風刺本が流行ったのは、飢饉《ききん》の果てに打ち毀《こわ》しが起きた後だった。

騒動の後になって初めて、幕府は庶民に米を配った。自分も庶民も、お上のやることは後手に回っているという不満を抱いていた。

あの頃、喜三二は屈辱を味わった。幕府の、飢饉への対処に纏《まつ》わる話だった。

二つが合わさって、最初の風刺本『文武二道万石通《ぶんぶにどうまんごくどおし》』を売り出すことになった。これが庶民に広く受け容《い》れられ、以後、風刺本は出せば必ず当たるものになった。

「詰まるところ……世の中が求めているから、ああいう本を多く売り出したのです」

奉行は「なるほどな」と頷き、そして問うた。

「国家、という言葉を知っておるか」

「それは、まあ。はい」

「ならば話は早い。国というものはな、そこに暮らす全ての人々の家なのだ。そして国を動かす者たちは、各々の家に於ける親と同じである」

考えてみよ、と言葉が続いた。子が望むからと言って、親は全てを与えはしない。そのように甘やかしては、子は決して、ろくな者に育たないからだ――。

「出版の法度も、これと関わりなき話ではない」

人は流されやすい生きものだ。そして当世、特に皆が流されやすくなっている。先年の打毀しによって、幕府はそれを突き付けられた。

「あの折、見物の者が狼藉《ろうぜき》に加わってしまったことは存じておろう。下々は、さほどに自らを律せられなくなっておった。親としては引き締めてやらねばなるまい。そしてな。嘆かわしいことだが、人は『他の誰かが斯様《かよう》に申しておるから』で動いてしまうものぞ」

他の誰か――それが広く人気を集めている者ともなれば、さらに庶民は煽られやすい。売れっ子の戯作者が書いた本は、特にそういう力を強く持つ。

だからこそ取締令は発せられた。そして京伝ほどの者が洒落本を書いたのなら、これを捨て置く訳にはいかなかった。奉行はそう言う。

「子が何かを楽しんでいるとしよう。されど世に照らし、好ましくないもので楽しんでおるのなら、親はどうする。良い子に育って欲しい、良い人間として世に出て欲しいと願えばこそ、敢えてそれを取り上げるであろう？　子の悲しむ顔に胸を痛めながら、心を鬼にして……な」

奉行の言葉と佇《たたず》まいが、神々しいものにさえ思えた。だが重三郎の中には、なお腑《ふ》に落ちないものが残っている。

「……お奉行様。この度のお咎めについて、手前は全て納得いたしました。ですが、それとは別に、あとひとつだけお訊《き》きしておきたいことがございます」

「ほう。申してみよ」

静かに頷き返される。軽く喉を上下させ、問うた。

「飢饉の時の話です。お上が下々の親だと仰せなら、どうして打ち毀しが起きるまで米を配らなかったのでしょうか。子が腹を空かせていたら、親は自分が食わずとも子に飯を与えるものではございませんか」

「そこか。確かに、得心しにくいだろうな。されど大本の考え方は同じだ」

あの折も、早めに蔵を開いて米を配ることはできた。しかし米の刈り入れは秋七月頃から始まるもので、打ち毀しの起きる少し前——五月中旬は一年の中で最も蔵が寂しくなる時だった。その上で。

「五月のうちは、その年が不作か否かを読みきれぬ。斯様な時に蔵を開かば、御公儀にはもう打つ手がなくなっておったろう。その末にこの国が潰れるのではないかと思わば、おいそれと米を配る訳にはいかなんだ」

江戸に住まう五十万の町人に米を配るとは、そういう危険を孕《はら》んでいる。打ち毀しの後で蔵を開いたことにしても、伸《の》るか反るかの賭けであった。不作が続かなかったから良かったようなものの、そこは幸運であったに過ぎない。

「分かるか蔦屋。全ては国家を、この国に住まう皆の家を、支えるための方便なのだ」

お上は常に、民の父母として正しい道を歩もうとしている。御政道に関わる者は皆、その思いで自らを律している。そう言われて、重三郎は改めて平伏した。

「……何もかも、納得いたしました」

奉行は長く息をつき、柔らかな声音で語りかけた。

「其方は心根正しく、優しい男と見える。されど蔦屋、肝に銘じよ。其方ほどに人を動かす力を持つ者なら、お上の……民の父母たる者の思いを、解しておらねばならぬのだ」

神妙に「はい」と応じる。奉行が安堵《あんど》を漂わせ、然る後に厳かな声を響かせた。

「裁きを申し渡す——」

*

重三郎は努めて腰を低く、門衛に会釈して奉行所を出た。

その姿を認め、少し右手に離れた辺りから小走りに寄って来る者たちがあった。妻・お甲、懇意の北尾《きたお》重政《しげまさ》、京伝の妻・お咲の三人である。

「おまえさん」

お甲が涙ぐんで声を寄越した。重三郎はその顔に軽く頷き、眼差しで「少し待っていろ」と示すと、お咲に向いて頭を下げた。

「申し訳ない。京伝さんを無罪放免にしてやれなかった」

お咲の顔が、さっと青ざめた。

「うちの人、どうなるんです？」

「ああ、まあその……もうすぐ出て来ると思うよ。ただ、ちょっとね」

京伝への罰は、手鎖にて町内に預けること五十日、というものであった。

「家には帰れるし、お咲さんと一緒に暮らしていられるよ。手鎖が取れるまでは、色々と大変だと思うけど」

「……良かった」

お咲はへたり込んで、喜びのあまり嗚咽《おえつ》を漏らした。とは言え、飽くまで「そのくらいで済んで良かった」というだけである。

重三郎の胸は痛恨に軋《きし》んだ。版元として、戯作者を守れなかった自分が情けない。

その面持ちに、北尾が心配そうに声をかけた。

「あいつのことは分かったが、おめえさんは？　身代の半分を召し上げだって噂だぜ」

お甲も小さく頷き、心細い顔をしている。二人の様子に、ついつい失笑が漏れた。

「身代の半分なんて、そんな無法があるもんですか」

全ての法度には、咎に応じた罰が定められている。出版取締令の罰則は、身上《しんしょう》——前の年の稼ぎ——に応じて重過料というものだ。幕府自ら法を捻《ね》じ曲げるはずもなし、これを超える沙汰は下りようがない。

「うちの売上なら二十貫文の罰金だって言われました。三日のうちに納めないといけません」

「何だよ。大したことねえな」

北尾は拍子抜けした顔であった。

然り、確かに大したことのない過料ではある。だが、かつて鱗形屋《うろこがたや》も全く同じ罰を受け、以後はすっかり庶民に嫌われてしまったのだ。それを思えば気楽に考える訳にもいかない。

「この先、鱗形屋と同じにならないようにしないとね。色々考えないといけません」

大きく溜息をつく。と、お甲が「ねえ」と声を寄越した。躊躇《ためら》いがちな面持ちながら、眼差しには強い意志の力があった。

「この先を考える前にさ、今までを考えてみない？」

「そりゃ、どういう？」

お甲は踏ん切りを付けるように強く頷き、真っすぐに重三郎を見据えた。

「風刺本の頃に言ったろ？　何か危うい気がするって。何がどう危ないのか、あの時は分かんなかったけどさ」

「ああ。そうだったね」

「でも、おまえさんがしょっ引かれて……ひと晩じっくり考えたら、どういうことなのか分かったんだ」

喜三二の風刺本で大当たりを取った頃、重三郎は「今のあたしには町衆が味方に付いてんだ」と言っていた。お甲の「危うい」は、まさにそこだったのだという。

「だからさ。今こそ、はっきり言うよ」

キッと吊《つ》り上げ、見据えてくる。苦い笑みで、それに応えた。

「もう分かってるよ。お奉行様に、がっちり教えていただいた」

「え？　何それ」

「町衆が味方に付いてる……か。馬鹿だったね、あたしは」

ひとつ息をつき、白州でのことを掻《か》い摘《つま》んで語ってゆく。

「お奉行様はこう仰《おつしや》った。子供が望むからって、何でも与えちまう親はいないだろうって」

その言葉が全てなのだ。昨今の自分は、町衆が望むからと言って、そういう本を作ってきた。商売としては、決して悪いやり方ではなかったはずだ。しかし。

「そいつは……裏を返せば、あたしが世の中に流されてたってことなんだよ」

かつて喜三二を拝み倒し、洒落本を書いてもらったのは、名のある戯作者ならば人を動かせると思ったからだ。そして、その考えは正しかった。

あの時のことを忘れ、京伝の洒落本なら売れると考えてしまった。取締令に言う「好色本」が洒落本のことだと分かっていながら、町衆が望むだろうからと言って書かせたのだ。風刺本の時にしても、根は全く同じである。子が望むものをほいほいと与え、甘やかす親と何が違おうものか。

「通 油 町《とおりあぶらちよう》に見世を移した時さ……おまえの言うとおりに赤字で売って、町衆のささくれ立った気持ちを受け流したっけ。人の気持ちがどう動くのか、あれでまたひとつ分かった」

そうして知ったことを元に、人というもの、町衆という群れの気持ちを探ってきた。江戸に、流行りを作るために。自分こそが流れを作り、世の中の気持ちを明るい方へと動かすために。

ところが――。

「そこんとこが、逆になっちまってた」

昔日に思い描いた「蔦重《つたじゅう》の商売」を忘れ、世の流れに呑み込まれていた。全ての大本はそこにある。

「お奉行様のお言葉で、ようやく分かったんだよ。情けないったら、ないね」

思えば自分も四十二を数えた。歳を取って焼きが回ったかと、寂しい笑みが浮かぶ。

するとお甲が、重三郎の右腕を強く張った。実に晴々とした顔であった。

「何言ってんだい。間違いに気が付いただけ上等だよ。一回負けたって、それで勝負が終わる訳じゃないんだろ？　だったら出直しゃ済む話さ。次に、どうやったら勝てるか考えな」

気風《きっぷ》の良い言葉が胸に突き刺さり、心が潤った。どんな思いで吐いた言葉か――それを噛《か》み締めるほどに、じわりと覇気が湧き出してくる。

「うん。そうだね。よし……決めた」

「え？　何を？　次の仕掛けかい？」

軽く目を見開いたお甲に、穏やかな笑みを向けた。

「いや。吉原の見世、閉めようと思うんだ。きっと今回のことは、おまえと離れて暮らしてたせいなんだよ。だからおまえは、あたしが何を間違ってんのか、はっきりと見えなかった。何が危ないって思うのか、あの場で言えなかった」

「そう……かも知れない。いや。うん。そうだね」

「おまえが傍《そば》にいりゃ、あたしの細かいとこにも気が付くはずさ。で、何か間違っちまったら、引っ叩《ばた》いて分からせてくれる。だよな？」

重三郎の言葉に、北尾が苦笑を見せる。お甲が良い笑みを浮かべ、大きく頷いた。

「しょうがないね。分かった、お甲さんに任せときな」

「よろしく頼――」

言いかけたところで、京伝が門を抜けて来た。両手を鎖で縛られ、酷《ひど》い泣きっ面である。

「おまえさん！」

京伝の姿を見るなり、お咲が駆け寄って行った。京伝の絵の師匠として、北尾も二人に歩みを進める。

「何だよ。泣くんじゃねえや」

そうは言いつつ、北尾も弟子の顔を見てほっとしたのだろう。珍しく涙声であった。

重三郎は北尾とお咲の後ろに進み、京伝に向いて深々と頭を下げた。

「京伝さん、お咲さん。改めてお詫《わ》びします。あたしが変なこと頼まなけりゃ、こんな話にはならなかったんだ。本当に、すみませんでした」

手鎖の五十日間、不自由な暮らしをすることになるだろう。何でも言ってくれ。日々の面倒を見るのでも、金の無心でも構わない。できるだけのことをさせて欲しい。そう言う重三郎に、京伝は軽く洟《はな》をすすって返した。

「嫌だな。やめてくださいよ、そういうの」

「いや。でもさ」

重三郎は顔を上げ、控えめな眼差しを向けた。京伝は泣き腫らした目に笑みを湛え、首を横に振る。

「恨んじゃいませんよ。ずっと旦那に、いい思いをさせてもらってきたんだし。何かしてくれるってえなら、この先も仕事を回してもらえると嬉しいんですがね」

「そりゃ、もちろんだよ」

「あ。でも、もう際どい洒落本は書かないからね。もっと、おとなしいので頼みますよ」

「分かった。うん。あんたの好きなように書いてくださいな」

京伝が軽く頷き、お咲も笑みを見せた。

少しばかり和らいだ空気に、北尾が「やれやれ」と肩の力を抜く。そして重三郎の手を取り、京伝の縛られた手を握らせた。

「おめえら、揃《そろ》って出直しだな。しっかりやれよ」

皆の面持ちが、また少し和らいだ。

三　明暗

朝一番、耕書堂に山ほどの荷が届けられた。山東京伝の筆禍から三ヵ月余り、寛政三年の六月も終わらんという日であった。

紙に包まれたその品は、七月に売り出す絵――喜多川歌麿の美人画である。十枚ひと組の小箱入りで、深緑の蓋の中央に『婦女人相十品』と記した札が貼られていた。

その蓋を開け、一枚を手に取る。仕上がりの素晴らしさに、重三郎はぶるりと身を震わせた。

「やっぱり……いいできだ」

手にした絵は、歌麿から最初に受け取った「煙草を吸う女」である。筆の線だけの絵でさえ「本物だ」と感じたが、錦絵として刷り上がってみると、さらに艶を増したように思える。

「白雲母《きら》刷りもいい。狙いどおりだ」

背景に何も描かず、白雲母の粉を塗る刷り方である。湯上がりなのだろう夕涼みの女、だらしない着付けで乳房が露わになった姿は如何にも気怠そうだが、そこに白雲母の鈍い輝きが加わったことで得も言われぬ色香に昇華している。

「何てったって、この描き方が新しい」

これまで美人画と言えば、押し並《な》べて総身を描き、姿の美しさを表そうとしていた。その分だけ顔の描き方は小さく、面差しに細かい筆を入れにくい。結果として全ての女が似た顔になるという難点があった。

歌麿は、違う。人の腰から上、または胸から上だけを絵にした。それによって面差しや表情を描き分けやすくし、個々に違う女の美しさを見事に表している。歌麿が編み出したこの手法を、重三郎は「大首絵《おおくびえ》」と名付けた。

「次は『ポッピンを吹く女』か」

細い管の先に丸いものが付いたビードロの玩具、吹くと「ぽぴん」と音がするのがポッピンである。これを吹く女の着物が良い。紅白の市松模様に、梅か桜か、薄桃色の花が鏤《ちりば》められている。華やかな着物と女のすまし顔が相まって、上品で爽やかな色香が漂うようだ。しかしながら、ポッピンの管を咥《くわ》える口元にだけは、濃厚な艶《なま》めかしさが溢れている。

「いいねえ。実に、いい」

　仕上がりを確かめるつもりが、ついつい一枚ずつ味わっていた。そこへお甲が、開け放った障子の外から声を寄越す。

「おまえさん。歌麿さんの絵、届いたんだって？」

「お、来たね。見てごらんよ、あの人はやっぱり本物だ」

　お甲がそそくさと部屋に入り、重三郎の左脇に座って絵を見てゆく。一枚ごとに小さく「はあ」と感嘆の息を漏らし、十枚の絵を味わってゆく。そして。

「いいね。すごくいい。どの絵も綺麗《きれい》だし、今までの美人画より色っぽい。それに見やすいよ」

　珍しく褒めている。どうしたことだろう、今までこんなことはなかったのにと、少し驚いて目が丸くなった。が、お甲はすぐに「でもねえ」と続ける。

「こんなにいい絵なんだから、もう何枚か見たいとこだよ」

「そうかい？　十枚で切りがいいと思うんだがね」

「旨《うま》いもの食べたら『もう少しだけ』って、お代わりしたくなるもんだろ？　それと同じじゃないさ。分かんないかねえ」

　人の心の動き、気持ちの摑《つか》み方が甘いと言われている気がする。歌麿の絵は手放しで褒めても、やはり亭主の仕事にはひと言余計に挟みたいようだ。お甲らしいと言えばそのとおりだが、少しばかり、やり返したくなった。

「じゃあ、アレも入れときゃ良かったかな」

「他にも何かあったの？」

「あるよ。ずっと前に歌麿さんが描いたじゃねえか。おまえの怒った顔。なあ？」

にたにた笑って言う。即座に大声を浴びせられた。

「ふざけたことお言いでないよ！　あんなの売り出したらギタギタにしてやるからね」

「おお恐え」

お甲はまだ怒っていたが、そこを「冗談だよ、悪かった」と宥めた。

「でも確かに、おまえの言うとおりかも知れない。いい絵だからこそ、もう何枚かあると嬉しいとこだ。とは言え、その何枚かを描かせてると売り出しが遅れちまう」

「なるほど……。歌麿さんのためになんないって訳か」

「ああ。そこで考えたんだが、おまえがさっき言った『お代わり』ってのはどうだろうね。それも『もう少しだけ』なんて、ケチなこたあ言わねえでさ。この絵が当たった時にゃあ、また十枚ひと組でババンと売り出そうじゃねえか」

お甲の目が「お」と見開かれた。

「いいねえ、それ。そうなって欲しいもんだよ」

「なるさ、きっと」

本物の力を備えた絵師が、その力を余すところなく示したのである。この絵は皆が考える「美人画とはこういうもの」を壊し、新しい流れを作ってくれるに違いない。重三郎にはその自信が十分にある。

また、そうなってもらわねば困るところでもあった。身から出た錆とは言え、やはり重三郎と耕書堂にとって、山東京伝の筆禍は足枷《あしかせ》となっているからだ。

鱗形屋が盗版で罰せられた折には、庶民はこの版元を酷く罵ったものだ。先代・鱗形屋孫兵衛《まごべえ》は強引な手管も厭《いと》わなかった人で、そのために庶民受けが悪く、憂さ晴らしに使われてしまったのだろう。

今のところ、耕書堂はそこまでの向かい風に晒《さら》されていない。それでも京伝の一件以来、知った顔に会うたび「身代半減の罰と聞いた」と言われるくらいだから、巷間《こうかん》にどんな噂が流れているか分かったものではない。そして確かに、商売も前年の七分目ほどまで落ち込んでいる。歌麿の美人画は、これを一気に覆してくれるだろう。大いに期待して七月を迎え、新刊の本と共に売り出した。

そして、数日の後――。

「ちょっと鉄三郎《てつさぶろう》さん。廊下を走るんじゃありませんよ」

部屋の前を駆け抜けようとした手代に、重三郎は苦言を呈した。

「あんたは小僧さんたちの手本にならなきゃ。でしょう？」

「こりゃあ、すみません。でも」

とにかく急いでいるのだという。何をそこまで慌てているのかと問えば、原因は歌麿の美人画らしい。

「朝一番で蔵から山ほど出したってのに、もう売れちまったんです。次のを取りに行くって言ったら、早くしろって、お客様にどやされまして」

「あらら。そりゃあ……うん、急ぎなさい」

鉄三郎は「すみません」と頭を下げ、また廊下を走って行った。

その日の商売を終えた後、改めて鉄三郎に訊《たず》ねたところ、日に一度か二度はこういうことがあるらしい。

正直なところ驚いた。店主である以上、歌麿の絵が売れに売れていることは承知していたのだ。しかしここ数日、昼の間は戯作者や絵師を訪ねて見世を空けていたため、客がそこまで熱狂しているとは知らずにきた。

「江戸っ子は新しいもの好きですからね。少し経てば幾らか落ち着いてくるとは思いますが」

鉄三郎はそう言う。だが、重三郎の受け取り方は違った。

江戸っ子は新しいものに目がないが、それだけであるはずがない。何しろ美人画には、当代一と謳われる鳥居清長《とりいきよなが》、今や重鎮となった北尾重政や勝川春章《かつかわしゅんしょう》など、名だたる絵師たちがいる。それらの売れ行きは、ここしばらく振るわないのだ。

「……そうだなあ。うん、決めた。向こう半年、売り場に並べる絵は九分目まで歌麿さんにしましょう。他の絵は隅っこに少しだけで構わないよ。番頭さんにも言っといてくださいな」

「ええ？　いいんですか？　他の先生方とのお付き合いもあるのに」

「他を売らないって訳じゃない。歌麿さんを第一に担いでくってだけのことですよ」

完成の域に達した歌麿の絵が、それまでの美人画を根こそぎ「古いもの」に変えてしまっている。この流れ、自分と歌麿が作り出した新しい流れを、さらに強めなければ。

その思いで、重三郎は歌麿に次の絵を依頼した。

歌麿の美人画によって、京伝の筆禍による逆風は撥《は》ね返せたと思って良いだろう。とは言え、それは「耕書堂にとっては」に過ぎない。当の京伝はと言えば――。

「売れてねえんですかい」

「そうなんだよ」

年が改まり、寛政四年（一七九二）の三月を迎えたある日のこと。昨年の黄表紙『人間一生《にんげんいっしょう》胸算用《むなざんよう》』以来、ずっと売上が芳しくないことを告げるために京伝宅を訪ねていた。

苦言を呈しに来たのではない。耕書堂と同じように、京伝も筆禍の一件では大いに名を下げてしまったのだ。こちらが頼んだ本で咎められた以上、以後の一作や二作が売れなくとも目を瞑るべきところだと思う。

しかしだ。京伝の本が売れなくなったのは、きっと世間の風当たり云々《うんぬん》が理由ではない。手鎖五十日の罰を受けてからというもの、言ってしまえば筆が鈍くなっている。訪ねて来たのは、そこを憂えてのことであった。

「ねえ京伝さん。こんなこたあ言いたくないんだけど……あんた、この頃びくびくしながら書いてんじゃないか？」

ここまで書いて大丈夫だろうか。これ以上に突っ込んだ書き方をしたら、またぞろお咎めを受けやしないか。そういう躊躇い、尻込みする思いが、物語の中に滲み出ている気がする。

「だから、お話のキレが悪い。ちゃんと読める人には見透かされちまってんだよ」

重三郎は思う。京伝の力は本物なのだ。然るに昨今では自らの筆に枷を塡《は》め、力の半分も出していない。戯作者と絵師の違いこそあれ、自らの絵を突き詰めようとする歌麿とは全くの逆になってしまっている。それが何とも惜しい。もどかしい。

「あんたが臆病なのは知ってたけど、これじゃあ先行きが暗い。何とか元どおりになって欲しいって思ってさ」

京伝は「なるほどね」と溜息をついた。

「……旦那の目は、ごまかせねえな。仰るとおりでさあ。でもね……駄目なんですよ」

ここは、もっと大胆に書かなければ。そう思う傍から、おとなしい書き方になってしまう。苦衷を吐き出す京伝の顔は次第に呆《ほう》け、力が抜けていた。

「どうしてもね。手鎖の暮らし、思い出しちまって」

両手を縛られて暮らした五十日は、それほどに辛《つら》かった。

飯を食うにも、茶碗を持てば箸を使えない。箸を使おうとすれば、妻のお咲に茶碗を持ってもらうことになる。

風呂に入りたくても、両手を繋ぐ鎖のせいで着物を脱ぐことができない。着物をたくし上げ、お咲に手拭いで体を清めてもらう毎日だった。

最も心に応えたのが、厠《かわや》の始末であった。小便なら、ひとりでできる。だが糞《くそ》をする時は訳が違った。お咲に尻を拭ってもらわねばならない。

「……五十日の間、俺ぁ赤ん坊に戻っちまったんだ」

怪我をして身の自由が利かないのなら、致し方ないと諦めることもできたろう。年老いて頭が回らなくなっているのなら、何を思うこともなかったろう。

だが違う。体の自由を奪われた上で、頭だけは常と同じに働いている。だからこそ辛かった。本当は、全て自分でできるのだ。自分でやらなければいけないのだ。

なのに、妻がいなければ何もできない。何から何まで、おんぶに抱っこ。挙句の果てに糞の面倒まで見させている。

申し訳ない。不甲斐ない。面目ない。後ろめたい。その思いに、人としての体面、誇りを打ち砕かれてしまった。自分は、何と情けない男だろうか――。

「ねえ？　そんな暮らしですよ。もう二度と……嫌なんだ。だってさあ。嫌だ……嫌だよ」

虚《うつ》ろな眼差し、危うい薄笑いで声を揺らしている。重三郎は身震いして、しかし京伝に正気を取り戻してもらおうと、両の肩を摑んで強く揺すった。

「分かった。分かったから。ね？　思い出さなくていいから」

向かい合う目が、少しずつ、少しずつ、焦点を合わせてゆく。

じわりと、落ち着きを取り戻す。

そして、ようやく、知っている人の顔に戻った。

「……すみません。取り乱しちまった」

「構わないさ。どれほど辛かったか、話を聞いただけで恐いくらいに分かったよ」

本当の力を遺憾なく示して欲しい。それは、やまやまである。とは言え、今の姿を見た後で無理強いはできまい。

どうしたら良いのだろう。自分は京伝に何をしてやれるのか。裁きを受けた後、京伝は「これからも仕事を回してくれれば」と言っていた。だが、そんな簡単な話では済まなくなっている。苦悩のあまり言葉が出て来ない。

そこへ、障子の外から聞き覚えのない声が届いた。

「京伝さん、いいか。仕上がったのだが」

誰だろう——重三郎のそういう面持ちを見て、京伝は軽く笑みを浮かべた。

「ちょうど良かった。旦那んとこで次に出す本、書き上がったそうですよ」

「え？　いや……どういうこと？」

訳が分からず、目を見開いて眉を寄せる。京伝は構わず、障子の外に声を向けた。

「入んなよ。蔦重の旦那に渡してあげて」

静かに障子が開く。作法に則《のっと》った、品の良い開け方であった。

「其許《そこもと》が蔦屋殿か。初めてお目にかかる」

総髪の髷《まげ》を結った、三十路手前と思しき男だった。身のこなしと言葉、袴を着けた姿からして武士である。卵のような顔に鷲鼻《わしばな》で、目は小さく鋭い。

「初めまして。耕書堂の主、蔦屋重三郎です。ええ……あなたは、どちらさんで？」

何をどう呑み込んで良いのか、分からぬまま挨拶を返す。問いに答えたのは、その男ではなく京伝であった。

「この人は滝沢《たきざわ》さんっていってね、俺の弟子になりてえってお侍様なんですよ」

紹介を受け、男は改めて会釈を寄越した。

「滝沢左七郎《さしちろう》、興邦《おきくに》と申す」

戯作者や絵師には武家の者も多く、それを以て尻込みすることはない。が、滝沢の態度は多分に尊大である。そこに少しばかり嫌気を覚え、続くべき問いは京伝に向けた。

「それで、滝沢さんと京伝さんの本と、どういう繋がりがあんの？」

「俺ぁ、弟子にはできねえって断ったんですよ。でも滝沢さん、けっこういいもの書くもんで。旦那は知ってますかね。去年の正月に出た、大栄山人《だいえいさんじん》の黄表紙」

覚えがある。版元は和泉屋《いずみや》だった。

「確か『尽用而二分狂言《つかいはたしてにぶきょうげん》』だよね。大栄山人って人、京伝門人って話だったけど」

まさか、と滝沢を向く。小さく頷きが返され、それに続いて京伝が口を開いた。

「門人ってのは、この人が勝手に名乗ったんですよ。あの本、読みました？」

「読んだよ。まあ、お話は……」

今まで見たところ、滝沢は武家と町人の垣根を越えられていない。思いのままに評したら怒るだろうか。とは言いつつ、本心を隠して戯作者を煽《おだ》てるのは版元としての誠に欠ける。

「何てえのかね。とりとめのない、もっと言っちまえば目茶苦茶なお話だった」

すると滝沢は、また小さく頷いた。恥じ入った面持ちである。

少し拍子抜けしつつ、重三郎は「でもね」と続けた。

「そんなのを覚えてるのには、訳がある」

底知れぬ、とでも言うのだろうか。この作者に物語を紡ぐ力が付けば、間違いなく良いものを書くはずだと感じた。

「使う言葉に、勢い……ってえのかな。瑞々《みずみず》しい力があった」

その力は、今の京伝が失ってしまったものだ。思いつつ、口には出せない。もっとも当の京伝は自覚しているのだろう、清々した様子で応じてくる。

「だからね。俺がお話の筋を考えて、滝沢さんに書いてもらうことにしたんですよ。たった今、そいつが仕上がったって訳でして」

京伝は滝沢に手を伸ばして書き上がったものを受け取り、そのままこちらに差し出してきた。表題は『実語教《じつごきよう》幼稚《おさな》講釈《こうしやく》』とある。重三郎はそれを手に取り、改めて問うた。

「つまり代作ってこと？」

「今の俺、こんなんでしょ？　だからさ。こういうやり方、認めてくれませんかね」

褒められた話ではない。だが、と少し考える。京伝に何をしてやれるかと言えば、これが今の最善ではないだろうか――。

重三郎は「分かった」と頷いた。

「認めましょう。ただし、あんたが存分に書けるようになるまで、だよ」

京伝は何とも嬉しそうであった。

「ありがとうございます。ね、ちょっと読んでみてよ。初めのとこだけでも」

促されて目を落とし、黙って読み進めた。

しばし皆が沈黙する中、重三郎は稿を捲《めく》り、三枚目まで目を通す。

そして、唸った。

「……いいね」

滝沢が「ふふ」と含み笑いを漏らす。京伝は「でしょう？」と目を細めた。

「この人、しっかり鍛えたら、いい物書きになる気がするんですよ。俺の考えたお話を代わりに書いてもらいながら、耕書堂に奉公したらいいんじゃねえかって思うんですけど」

「え？　いや。奉公って。滝沢さん、お武家様なのに」

「いいじゃないですか。歌麿さんだって、旦那の見世を手伝いながら描いてたんだし。代作を認めてもらったお礼ですよ」

以前の京伝に比べ、何とも、はしゃいでいるように思える。気持ちの浮き沈みが激しくなっているのかも知れない。だとしたら、浮き上がったものを敢えて沈めない方が良いだろうか。とは言え、である。

「あんたは、それでお礼になるだろうけどさ。滝沢さんは嫌かも知れない」

京伝は滝沢に目を向け、当然の如くに「いいよね？」と笑みを浮かべた。

「そうするのが、あんたにとって一番だと思うよ。力が付いた時にゃ、天下の耕書堂から売り出してもらえるんだし」

滝沢の面持ちは渋く、しばし無言であった。が、少しすると嫌そうに溜息をつき、重三郎に向いて頭を下げた。

「戯作の師と慕う人が、そう言うのだ。世話になろうと思うが、よろしいか」

あまり気は進まないが、京伝に対する負い目を思えば、断る気にもなれなかった。それに滝沢の力が順当に伸びてゆくのなら、確かに一流の戯作者になれる目はある。

「分かりました。それじゃあ滝沢さん、すまないけど、うちで奉公しながら物書きの修業をしてくださいな。手代扱いで雇います」

するとは滝沢は、屈辱、という顔で頷いた。

「承知した。然らば、今日から俺は滝沢でも左七郎でもない。町人に仕える瑣末《さまつ》な身として、瑣吉《さきち》と名を改める」

耕書堂の手代・瑣吉となっても、滝沢興邦は尊大な態度であった。

*

三月には滝沢興邦を手代として迎えた。七月には喜多川歌麿の『婦人相学十躰《ふじんそうがくじってい》』を売り出し、再び大当たりを取った。

そうした中で寛政四年が暮れようとしている。

十二月五日の晩、重三郎は蔵前《くらまえ》の西福寺《さいふくじ》にあった。

昨日、勝川春章が世を去った。六十七歳の生涯であった。今宵《こよい》はその通夜、広く寒々しい本堂に厳かな読経の声が流れている。

「お焼香を」

導師に促され、春章の家族がひとりずつ前に進む。各々、通夜に参じた面々に頭を下げて礼を尽くし、香を手向けていった。

家族の次は春章の弟子たち、さらに親交のあった人々へと続く。初めは北尾重政であった。共に一線の絵師、互いの家も真向かいにあって、刎頸《ふんけい》の交わりであった。

「重三郎」

北尾に声をかけられ、焼香に向かった。

春章との付き合いは古い。まだ義弟・次郎兵衛《じろへえ》の引手《ひきて》茶屋に間借りしていた頃、北尾に紹介されて以来である。地本問屋株を買って版元となった後も、多くの絵を描いてもらい、世話になってきた。

「春章先生」

彼岸に渡った人の名を呟《つぶや》き、焼香を済ませる。煙が目に沁《し》みて零《こぼ》れた涙は、しばし止まらなかった。

読経に続いて導師の法話を聞き、儀式の次第が終わる。本堂を辞して別の僧坊に導かれると、通夜振る舞いの酒食が支度されていた。

多くの戯作者や絵師が膳に着き、故人と最後の食を共にする。重三郎の正面には北尾重政、その左脇に平沢常富《ひらさわつねまさ》――かつて朋誠堂喜三二を名乗った人が座っていて、春章との思い出を三人で語り合った。

静かに時が流れ、やがて寺の鐘が夜四つ（午後十時頃）を告げる。平沢が「ふう」と息をつき、重三郎に声を向けた。

「春章さんが前に言っておられたんだ。歌麿さんには敵《かな》わない、重さんはいい絵描きを育てたものだって。自分の出る幕も終わったって言いながら、どこか嬉しそうだったよ」

重三郎は「とんでもない」と面持ちを曇らせた。

「春章先生は美人画の大家でしたけど、役者絵も一流だったじゃないですか。まだまだ描いて欲しかったお人です」

その役者絵は、歌麿の美人画に通じるものがあった。

役者絵の主な客は、それぞれの役者の贔屓筋《ひいきすじ》である。ゆえに、実際より格好良く描かれることが多い。然るに春章は、そうしなかった。偽って糊塗《こと》した絵ではなく、役者の持つ個々の魅力を正直に描くことを旨とした。

北尾が「そうだったな」と頷いた。

「役者ってのは、いい男だけが喜ばれる訳じゃねえからな。三枚目は三枚目で贔屓の客が付くもんだ。だから春章さん、いつも言ってたよ。ちゃんと描き分けねえと失礼だって」

「美人画の場合は、いい女って言われる顔がだいたい同じですからね。歌麿さんがそこを描き分けてるのはすごいけど、春章先生みたいな人がいたから『やってやろう』って気になったのかも知れません」

重三郎がそう応じ、北尾が「はは」と軽く笑った。

「歌麿の奴、負けん気が強えからな」

北川豊章《きたがわとよあき》を名乗り、北尾の家に入り浸っていた頃から「俺よりいい絵を描ける奴はいない」と豪語していたそうだ。対して勝川春章は控えめな人だったが、だからこそ自信に満ちた歌麿の姿、傲慢とも取れる人となりが眩しかったのかも知れない。

「その歌麿さんも、すっかり売れっ子だ。何年前かな……河豚汁《ふぐ》の宴《うたげ》の時には、大物たちの中でがちがちに硬くなっておったのにな」

平沢がそう言って、左手の少し向こうに目を向ける。見遣る先では、歌麿が名の知れた戯作者たちと静かに語り合っていた。

と、その歌麿が周りに会釈して座を立ち、重三郎の許へ来て神妙な声を寄越した。

「旦那。俺、ちょっと夜伽《よとぎ》を替わって来らあ。ご家族も、お弟子さん方も疲れてんだろうし」

「そうだね。行って来な」

夜伽――故人の傍らで夜を過ごすべく、歌麿は僧坊を出て行った。

春章の通夜、そして翌日の葬儀は、しめやかなうちに終わった。

四　曲亭馬琴

「何だと、この!　客を何だと思ってやがる」

「売らぬと申しておる訳ではない。何が気に入らんのだ」

客の怒鳴り声と、それに言い返す瑣吉すなわち滝沢興邦の大声が、重三郎の部屋にまで届いた。山東京伝の新作――とは言えその滝沢の代作だが――に目を通している最中であった。

「……またか。正月早々、まったく」

こうした言い合いを聞くのも幾度目か。稿を畳に置き、部屋を出て渋い顔で歩みを進める。

「蔵に取りに行くのだから、文句を言わずに待てと申したに過ぎぬだろう」

「言い方ってもんがある、てえ話だ!」

見世先にはどこまでも尊大な滝沢と、激昂して怒鳴り散らす客の姿があった。

「ちょいと瑣吉さん。あんたは下がんなさい」

耕書堂での名で声をかける。滝沢の不服そうな顔が向けられた。

「旦那様か。何ゆえ俺が下がらねばならんのです。この客は見世の者を小間使いか何かと勘違いしておるゆえ、人としての道理を説いたに過ぎませぬが」

そう言って、明らかに見下した顔つきで客に一瞥《いちべつ》をくれる。当然ながら、客はなお怒りを募らせた。

「蔵に取りに行くなら早くしろってのが、どうして小間使いだの何だのになるんでえ。痛え目見ねえと分かんねえのか、この、すっとこどっこい！」

重三郎は客の前まで出て「申し訳ございません」と頭を下げた。

「手前、主の蔦屋重三郎でございます。見世の者の不調法、さぞやお腹立ちでございましょう。このとおり、お詫び申し上げます。平にご容赦を」

「ん？　お？　おめえさんが蔦重かい。こりゃまた……」

今や天下の耕書堂、重三郎の名は市井に知れ渡っている。その男に頭を下げられ、客の怒りが少しばかり驚きに変わった。

と、錦絵の箱を二十も抱えた小僧が奥から顔を出した。

「お待たせいたしました。ご注文の品、お持ちいたしました」

どうやら客は歌麿の『婦女人相十品』を買いに来たらしい。一昨年の七月に売り出した美人画は、未だ根強い人気がある。

重三郎は客に向き、またひとつ、深々と頭を下げた。

「改めまして、まことに申し訳ございません。こちら、お代は結構ですから」

「え？　いや……俺ぁそんなこと言っちゃいねえぜ。銭払わねえなんてのは、なあ？」

また少し怒りが失せ、戸惑いに変わった。重三郎は「おお」と眩しいものを見る顔を作る。

「さすがは江戸っ子、サバサバしていらっしゃる。ですが見世の者がご無礼を働いたのですから、何かお詫びをさせてくださいな。そうですね……」

ちらと見た先に洒落本がある。それを手に取って客に差し出した。

「こちら、京伝先生の本でございます。絵のお代を頂戴する代わりに、おまけをお付けいたしましょう。ね？」

「え？　いやあ……悪いね、何か」

先からの驚きと戸惑いに加え、恐縮する気持ちが見て取れる。どうやら客の怒りはすっかり失せたらしい。重三郎は満面の笑みで「いえいえ」と頭《かぶり》を振った。

「手前共が失礼なことをいたしましたのですから、このくらいは当然です。今後とも、どうか耕書堂をご贔屓に」

客が帰って行くと、見世先の奉公人たちが揃って安堵の息をついた。或《あ》るいは滝沢に対する嫌気の溜息かも知れない。もっとも当の滝沢はどこ吹く風だが。

「旦那様。おまけとは聞き捨てなりませんな。京伝さんの本は――」

重三郎は滝沢をじろりと睨《にら》み、その先に続くはずだった「俺が書いたものなのに」の言葉を封じ込めた。

「瑣吉さん。ちょっと、あたしの部屋へ」

「俺が悪いと申されるか」

「当たり前でしょう！　いいから来てください。お話がありますから」

問答無用、重三郎は返答も聞かずに奥へ下がって行った。

滝沢はしばらくして部屋に来た。やはり作法だけはしっかりしていて、丁寧に一礼して入って来る。重三郎はそこに、この上ない渋面を向けた。

「あのねえ滝沢さん」

「俺は滝沢でも左七郎でもない。瑣吉ですが」

「いいんですよ。皆の前じゃないんだから」

ついつい声が大きくなる。滝沢は「む」としかめ面だが、構わず苦言を呈した。

「あんた、いつまで商売に慣れてくれないんですか。お武家様の誇りがあるのは分かりますけどね、そんなんじゃ物書きにゃなれませんよ」

「そういうものですか」

「そうですよ。ちょっと考えれば分かるでしょう」

黄表紙、洒落本、伝奇の読本《よみほん》、戯作者の作とは娯楽なのである。それを買い求めるのが主に庶民、町人である以上、読む者を見下す心のままで良い訳がない。

「版元だって町人なんですから。あんたは、まずお武家様と町人の間の垣根を取っ払わないといけない。物書きさんにはお武家様も多いけど、皆そうやってます」

京伝の家で初めて会った時から、全く変わっていない。耕書堂で奉公すれば少しは丸くなるかと思ったのだが。

「他の奉公人も言ってますよ。主人のあたし以上に、滝沢さんの方が偉そうにしてるって」

「陰口を叩くとは、見下げ果てた奴らですな」

「そういうとこが駄目だって言ってんです。だから陰口を叩かれるんじゃないですか」

分かっているのか、どうか。滝沢は軽く眉を寄せて「ふむ」と腕組みである。

「まあ……旦那様の忠言ゆえ、聞き置きましょう。ともあれ仕事に戻ります」

そして会釈をひとつ、大して応えた様子もなく出て行ってしまった。

「やれやれ。物書きになる力はある人なんだけどな……」

重三郎は深く溜息をつき、途方に暮れた顔で俯《うつむ》いた。眼差しの向こうには、先ほどまで目を通していた京伝の新作がある。

「……そうだ。京伝さんなら」

滝沢は京伝を戯作の師と慕い、京伝も滝沢とは巧《うま》く付き合っている。あの人なら何か良い手立てを思い付くのではないか。

「よし」

新作についての感想を述べるに当たっては、当然ながら代作をした滝沢も席を同じくする。その時がちょうど良いだろう。

「それにしても、疲れるお人だよ」

重三郎は背を丸め、稿の続きに目を走らせた。

＊

一ヵ月ほどの後、重三郎は滝沢を伴って京伝の家を訪ねた。

新作については、申し分ない仕上がりと言って良い。特に注文を付けるところはないと言うと、代作した滝沢は「当然だ」とばかりに得意げな面持ちである。京伝も「よぉし」と満面の笑みを浮かべ、上機嫌で続けた。

「ねえ旦那。滝沢さんこれだけ書けるんだし、そろそろ耕書堂で売り出してやってもいいんじゃないですか？」

ここ三作ほど、何も注文を付けずに済んでいる。滝沢の腕が相当に上がった証であろうし、と京伝は言う。が、重三郎は首を横に振った。

「そりゃ駄目だよ。だって――」

「この間の、無礼な客の一件ですか。旦那様も何と意地の悪い」

駄目と言う訳を話そうとしたら、滝沢の不満げな声に遮られた。重三郎は強く眉を寄せ、じろりと睨み返す。

「あれは特にひどかったけど、そういうんじゃありませんよ。京伝さんが、まだ満足に自分で書けるようになってないでしょ。だからです」

京伝の名で売り出す本の、ほとんどを滝沢が代作しているのだ。そうした中、滝沢自身の名で耕書堂から売り出すのは難しい。その本を読んだ人が、どう見るかを考えれば明らかである。

「世の中にはね、きちんと読める人だって大勢いるんです。京伝さんの本と、滝沢さん自身の名前で売り出す本、書き癖も何も全く同じだって思われたら、どうなります？」

似すぎている、と見られる。すると、人々の中にはこう思う者が出てくるだろう。実は滝沢とは、京伝の変名なのではあるまいか——。

「京伝さんの版元は、うちと鶴屋《つるや》さんくらいです。滝沢さんが他から出すんなら話は別ですけど、うちから出したらそう思われますよ。苦労して書いたって、あんたの手柄だって分かってもらうには、ずいぶん長くかかるでしょう」

否。そのくらいなら、まだ良いのだ。下手をすれば、滝沢という無名の作者が京伝の作を盗んだと勘繰られかねない。

「京伝さんと今の滝沢さんじゃ、そのくらい名前の重さに違いがある。どっちにしたって損をするのは滝沢さんの方なんですよ」

「む……う」

理の当然を突き付けられて、滝沢はぐうの音も出ない。対して京伝は「あちゃあ」と痛恨の面持ちであった。

「てえことは、俺が滝沢さんにお願いしててんのが駄目の大本って訳ですか」

重三郎は、何とも言えない苦笑を返した。

「そうは言わないけど……。でも京伝さんが自分で書けるようにならないと、うちは滝沢さんを売り出しづらい、てのは確かな話ですね」

「左様な次第だったか。てっきり、この間のことで旦那様が臍《へそ》を曲げておられるのだとばかり思っておったが……」

得心したように、滝沢が悄然《しょうぜん》とした声を寄越す。と、京伝が「ねえ」と首を傾げた。

「さっきから『この間のこと』って、何なの？　無礼な客がどうこう言ってたけど」

重三郎は「ああ、それね」と渋い顔で頷く。次いで正月早々の一件を掻い摘んで語り、大きく溜息をついた。

「こういう話がね、ただの一度じゃないんだよ。もう、うちに奉公してから何度お客様にお詫びしたか」

京伝が「あらら」と天井を仰いだ。

「滝沢さん、そりゃ駄目だって」

「旦那様にも同じことを言われましてな。だから狭量で書かせてくれないと思ったのだが」

「んな訳ないっての。そういうとこ直さないと、物書きとしてやってけないよ。版元も客も町人ばっかりなんだからさ、この商売」

京伝の言葉は全て、かつての自分の言葉そのままである。受け取り方が同じなら話は早い。かねて考えていたとおりにと、重三郎は口を開いた。

「ねえ京伝さん。滝沢さんの悪い癖、どうにかして直せないもんかね。実は、今日はその相談も兼ねて来たんだよ」

「ええ？　そんなこと急に言われてもなあ」

「無理かい。まあ仕方ないか。あんたも色々と大変だし……」

参った、と諦念が胸に満ちる。

が、京伝はひと呼吸の後に「あ」と目を丸くした。

「できるかも知れねえ」

「え？　本当に？」

幾らか重い空気が一転、重三郎は勢い良く身を乗り出して詰め寄る。京伝は「うぉ」と驚き、軽く仰《の》け反りつつ、二度三度と頷いた。

「かも知れねえ、ってだけですよ。それも荒療治になると思いますけど」

「いいから、聞かせてよ」

戯作者として身を立てるための話だからだろう。滝沢も口を挟まずに聞いている。京伝は軽く息をつき、首を少し前に突き出して声をひそめた。

「実はね。こないだ知り合いの愚痴を聞いたんですよ」

その知り合いとは、九段《くだん》の元飯田町中坂、世継稲荷《よつぎいなり》下の履物屋・伊勢屋《いせや》の隠居だという。この隠居には百《ひゃく》という娘がおり、婿を取って見世を継がせていた。ところが一昨年のこと、その婿が病を得て冥土へ渡ってしまった。

「そんな訳で伊勢屋のご隠居、困った困った。新しい婿を迎えてえところだが、娘のお百さんは三十を数えた大年増《おおどしま》、どこに話を持ち掛けても断られちまう。見世にゃあ番頭さんと手代さんがひとりずついるんだけど、それを婿にするって訳にもいかねえんでさあ。何しろ、どっちも所帯持ちでしてね」

重三郎は心中に「なるほど」と頷いた。つまり京伝は、こう言いたいのだ——と思ったところで、当の滝沢が覚束《おぼつか》なげな声を寄越す。

「その話と俺に……何の関わりがあるのだ？」

「分かんない？　滝沢さんをお百さんの婿に紹介したらどうか、って話だよ」

少し、おかしな間が空いた。然る後に。

「いや。いや！　冗談はよしてくれ！」

滝沢が泡を食って、ぶんぶんと首を横に振った。戯作の修業をしている身で所帯を持つなど思いも寄らぬ、と。

「それに俺は二十七で、まだ一度も妻を娶《めと》ったことがない身だ。よりによって寡婦《やもめ》の女、しかも三十の大年増の婿に入れとは、どういう料簡なのだ」

重三郎は「あっはは」と大口を開けて笑った。

「物書きの修業にゃ、ちょうどいいじゃないですか」

「蔦屋殿まで！　どうして左様な」

あまりに慌てているのか、呼び方も「旦那様」ではなくなっている。重三郎はたった今までの笑い顔を流し去り、真剣に「いいですか」と返した。

「まず、うちで奉公してるんじゃあ給金が安い。滝沢さん、それで暮らしてくのは少し大変じゃありませんか？」

武家の身である以上、滝沢には住まうべき家がある。耕書堂での奉公も日々通って来ていて、住み込みの奉公人のように朝晩の賄いがある訳でもない。暮らしの全てを自前で購《あがな》わねばならないのだ。

「でも伊勢屋さんに婿入りすりゃあ、まず暮らし向きが楽になる。書きものだって、うちで奉公するより楽になるじゃないですか」

　婿入りすれば見世の主人ということになる。だが形だけだ。伊勢屋には番頭と手代がいて、滝沢が履物屋の商売に関わることは多くあるまい。

「ね？　必要な時だけ見世の主として振る舞えばいいんですよ。他は、ずっと書きものをしてられるんです」

「いや蔦……その、旦那様。必要な時だけと申しても、その折には商人……町人として振る舞わねばならぬ訳で」

「だから、いいんじゃないですか」

　見世の主としての責任を負えば、それこそ振る舞いには気を遣わざるを得ない。そうするうちに、尊大な物腰も改まってゆくのではないだろうか。

「京伝さんが『荒療治』って言ってたとおりだけどね」

「申されることは分かるが……武家の俺が町人に婿入りするなどと」

「世の中ご覧なさい。そんな話、そこら中に転がってますよ」

「しかし。いや、やはり」

　滝沢は煮え切らない。降って湧いた話ゆえ、当然ではあろうが——。

　すると京伝が、にやにやと笑みを浮かべた。

「滝沢さん、いいの？　お百さん、歳は取っちゃいるけど別嬪《べっぴん》だよ」

「え？」

「会ってみたらいいじゃない。俺が話、通しとくから」

「んん……。むう」

相変わらず唸っている。もっとも先ほどとは違い、明らかに「嫌だ」とは言わなくなった。

＊

ひと月ほどして、寛政五年（一七九三）三月半ば。滝沢の婿入りが決まった。

伊勢屋の娘・お百は京伝が言うとおりの美人だったが、滝沢当人に言わせれば、それが婿入りを決めた理由ではないらしい。早くに父を亡くし、八年前に母も亡くなった。以来、心配をかけどおしだった叔父を安心させたかったのだという。滝沢はかつて武家に仕えていたが、どこに仕えても長続きせず、奉公先を転々と変えてきた。ゆえに——。

「そろそろ落ち着いた姿を見せてやらねば……と思いましてな」

縁談がまとまったという報告を受け、重三郎は「そうですか」と笑みを返した。

「ところで滝沢さん。お武家様にご奉公してた時って、どうして長続きしなかったんです？」

手代扱いで耕書堂に奉公すると決まった折も、町人に仕えることを恥じていたくらいだ。それを考えれば、武家での奉公なら満足だったはずなのだが。

などと考えていると、滝沢は「いやはや」と苦笑を見せた。

「武家の者と申しても、阿呆は多いものでしてな。左様な者共より、旦那様の方がよほど人として交わるに値する御仁です」

「ああ……そういう」

長続きしなかったのは、やはりこの尊大な人となりのせいなのだろう。履物屋・伊勢屋への婿入りで、少しずつでも変わっていってくれれば良いのだが。

「ともあれ、おめでたい話で何よりです」

「ついてはこの先、耕書堂での奉公を休む日が増えそうでしてな。結納もあれば、婚礼の支度もありますゆえ」

祝言は七月、ちょうど新刊の売り出しの頃になるという。重三郎は「そうですか」と頷き、そして。

「なら、うちでの奉公は今日限りで構いませんよ」

「……それは。厄介払いができると？」

この上なく嫌そうな顔をされ、呆れて眉尻が下がった。

「奉公人としちゃ、とんでもなく厄介でしたけどね。でも滝沢さんは、きっと一人前の物書きになれる人なんだ。暇を出すのは、あたしなりのご祝儀ですよ」

「はて。それは？」

重三郎は居住まいを正し、しっかりとした眼差しを向けた。

「いいですか。向こう二ヵ月、五月の半ばまでに、お話をひとつ書いてください。京伝さんが筋を考えたのじゃなく、一から十まで滝沢さん自身で手掛けたのを」

かつて大栄山人の名で出した『尽用而二《つかいはたしてに》分狂言《ぶきようげん》』は、支離滅裂な物語だった。しかし京伝の代作を幾つも手掛けてきた中で、物語の作り方というものを、だいぶ学んできたはずである。

「今なら、できるんじゃないですか？」

それが、如何なる意味か。滝沢の目が皿の如くに見開かれた。

「いや……されど。京伝さんが自前で書けるようになるまで、俺の名で売り出すのは難しいと申されたではないですか」

重三郎は「まあね」と頷いた。

「確かに、うちからは出しづらい。そこで、仲のいい版元さんに頼んであげますよ」

滝沢は「おお」と身震いして、顔を紅潮させた。

「その版元とは？」

「伊勢屋さんです」

「は？　伊勢屋は履物屋で、俺の婿入り先にござろう。実は版元もしておると？」

思わず噴き出した。伊勢屋は伊勢屋でも、伊勢屋違いである。

「山下御門外、築地の近くの版元さんですよ。屋号が同じなのは偶然です。丁寧な仕事をするところだから」

そして大きく二つ頷き、重三郎は穏やかに続けた。

「履物屋の主になって、あんたの人となりから角を落としてください」

この間の話以来、京伝も「もっと自分で書かないと」と言い始めている。耕書堂から滝沢の作を売り出す日も、遠い先のことではあるまい。

「手が空いてる時には、どんどん書いて、どんどん売り出すといい。それが京伝さんの尻を叩くことにもなりますから」

そう言うと、滝沢は薄《う》っすらと涙を浮かべ、畳に両手を突いて深々と頭を下げた。

「痛み入る。痛み入ります」

初めて見た、この男の謙虚な姿であった。

時は流れ、七月を迎えた。

新刊の売り出しから四日後、滝沢が耕書堂を訪ねて来た。数日前の祝言に顔を出したばかりだが、妻となったお百を伴い、改めて挨拶に来たのだという。

手土産の菓子には、三巻から成る黄表紙本が添えられていた。版元・伊勢屋から売り出された『御茶漬十二因縁《おちゃづけじゅうにいんねん》』であった。

本の作者は、曲亭馬琴《きょくていばきん》。この名義で、やがて滝沢興邦は一世を風靡《ふうび》する。

五　決別

馬琴が耕書堂を去り、寛政五年も晩秋九月を迎えた。

この頃になっても、歌麿の勢いは止《とど》まるところを知らない。一昨年の七月に出した『婦女人相十品』はまだ版を重ねており、昨年七月の『婦人相学十躰』と共に売れ続けている。まさに重三郎と歌麿が流行りを作り、世を動かした証であった。

しかし。それが、またも逆風を呼んでしまった。

「美人画まで？　取り締まるってんですか？」

重三郎は強く眉根を寄せた。見世を訪ねて来た人――大田南畝が渋い面持ちで頷く。

「まだ正式に決まった訳では。ですが、歌麿さんの絵が当たりに当たっておりますからね。過ぎるようなら、そうなるやも知れぬと聞こえて参りまして」

出版取締令の解釈を広げ、美人画が「好色本」に準ずると見做されるかも知れない。せっかく歌麿を売れっ子に押し上げたというのに、何たることか。

「白河《しらかわ》様がお役御免になって、やっと窮屈なのが終わると思ってたのに」

二ヵ月前、寛政五年七月を以て、白河松平定信は老中を罷免されていた。だが南畝によれば、財政の緊縮と世の綱紀粛正が終わる訳ではないらしい。

「打ち毀しの折の施しで、御公儀の蔵も寂しくなったそうでして。ゆえに何としても引き締めを続けねばならんのでしょう。白河様を外したのは、そのためではないかと」

松平定信は、いささか物事を性急に進め過ぎて町衆に嫌われていた。その人を政から外して少しばかり溜飲《りゅういん》を下げさせ、これまでの方針を続けやすくする。それが幕府の思惑ではないかと聞いて、重三郎は怒りを覚えた。

「いや、お上が苦しいのは分かりますけどね」

だからと言って美人画を取り締まるとは。町衆の楽しみを奪えば、またぞろ不満が溜まるのは目に見えていよう。何より版元として悔しい。歌麿が、本当の力を持つ絵師が、やっと日の目を見たというのに。どうしてその人の頭を押さえ付けようとするのか。

が、思う傍から頭が冷えてきた。山東京伝の筆禍で裁きを受けた日が脳裏に蘇る。北町奉行・初鹿野河内守の、あの言葉が――。

「でも……。そうか」

人は流されやすい生きものだ。そして当世、特に皆が流されやすくなっている。だから風紀を保たねばならない。皆が喜んでいるからと言って、京伝ほどの者が書いた洒落本を捨て置いては、世は乱れるばかりであろう。重三郎のように世の中を動かし得る者は、こういった考え方を理解していなければならない。奉行に聞かされたのは、その意味の言葉だった。

「これも同じって訳か」

重三郎は溜息をついた。美人画についても、根は京伝の洒落本と一緒なのだろう。幕府も好きこのんで取り締まろうという訳ではない。こんな話になったのは、まさに歌麿が第一人者になったからなのだ。

「子が望むからって、親は何でもかんでも与えちゃいけない……か」

「蔦屋さん？　先ほどからどうしました？」

「あ、いえ。こっちの話でして」

「ふむ。まあ、ともあれ気を付けてください。あなたは今や、多くの物書きや絵描きの命運を握っているのですから。もし次にお咎めを受けたら、ただでは済みませんぞ」

先代の鱗形屋孫兵衛と同じく、次には江戸所払いの沙汰が下るに違いない。それほどに重三郎と耕書堂は大きくなったのだと、南畝は言う。

「ご忠言、感謝いたします」

丁寧に頭を下げて礼を述べる。南畝が帰って行くと、重三郎はひとり応接間に残って思案の面持ちになった。

＊

大田南畝との話から一ヵ月、今のところ美人画を取り締まるという通達は寄越されていない。だが、遅かれ早かれそうなるだろう。下級武士の南畝が知り得るくらいなのだから、だいぶ話が進んでいると見て間違いない。

ならば、自分はどうしたら良いのだろう。

洒落本の一件では、京伝を守ってやれなかった。歌麿に同じ目を見させてはいけない。長く時をかけて絵の腕を磨かせ、やっと開いた大輪なのだ。

あの人を守るために、何ができるだろう。一ヵ月の間、考えてきた。考えに考え抜いた。

その上で、歌麿の家を訪ねた。

「――というのをね。南畝先生に教えてもらったんですよ」

美人画にも出版取締令が及ぼうとしている。その見通しを伝えると、歌麿の面持ちに明らかな怒りの色が浮かんだ。

「まったく、お上のやることってのは。あれも駄目、これも駄目かよ。下々を苛《いじ》めてそんなに楽しいかってんだ」

重三郎は渋い顔で小さく頷いた。歌麿が怒るのは無理もない。

「今んとこ、まだ本決まりじゃないけどね。だからって後手に回る訳にはいかない」

歌麿の目に「え？」と驚愕《きょうがく》が滲んだ。

「いや旦那……どういうことだい。後手に回るな、てえのは」

「お上に逆らうな、ってことだよ」

「まさか。やめろってのか？　美人画を」

薄笑いの問いに、やる瀬ない渋面で頷いた。

「そのとおりさ。京伝さんのこと、あんたも知ってんだろ？」

山東京伝は手鎖五十日の罰を受け、そのせいで心に傷を負ってしまった。以来、すっかり精彩を欠いている。ついこの間までの著作は、概《おおむ》ね滝沢興邦——曲亭馬琴による代作だったのだ。その馬琴に戯作者としての道を開くべく、昨今では再び自分で書いている。しかしながら、どうしても以前のような筆の冴えが戻ってこない。

「あの時の罰はね……。京伝さんにとっては、それほどに辛かったんだよ」

「俺が同じになるって？」

見くびられては困る、という顔である。これに対しては、軽く首を横に振った。

「京伝さんは臆病な人だから。逆に歌麿さんは気も鼻っ柱も強い。同じにはならないと思うけどさ。でも」

そういう気性だからこそ、かえって危ないのではないだろうか。

京伝が受けた手鎖は、人としての尊厳を踏みにじるやり方ではあれ、罰としては軽い方だった。このくらいで済んだのは、奉行所の取り調べに逆らわず、白州でも終始神妙にしていたからであろう。

「あんたがお白州に引き出されたら、最後の最後まで突っ張るに決まってる」

「当たり前じゃねえか。てめえの絵を貶《けな》されて、黙ってられるもんかい」

「これだもの……。そんなんだと手鎖じゃ済まなくなるよ」

法度には咎に応じた罰が定められており、それ以上の裁きが下ることはない。だが、それは神妙に罪を認め、反省の情を示せばの話である。如何にしても自らの非を認めなければ、奉行所を煩わせたことを別途の罪と見做され、罰を上乗せされる恐れがある。

「歌麿さんには、そういう不安があるからね」

「だから美人画をやめろってのかい。馬鹿言っちゃいけねえや。それじゃあ俺ぁ何も描けねえじゃねえか」

やはり素直に聞こうとしない。かねて見越していたとおりである。

ならば、次の手だ。

「何も描けないってこたあないでしょう」

「じゃあ、どうしろって?」

「美人画の代わりに、役者絵を描いちゃくれないかな」

それが重三郎の出した答だった。

個々の女を描き分け、それぞれ違う美しさを表すのが歌麿の美人画である。その新しさが人目を引き、世に流れを作るに至ったのだ。

だが役者絵に於いては、先んじてこれに近い描き方の人がいた。勝川春章である。

「あんたの絵、春章先生が褒めてたそうだよ。歌麿さんには敵わない、自分の出る幕はもう終わったって」

春章の通夜の晩、喜三二——平沢常富に聞かされたことを明かす。故人の言葉の重さに、歌麿は迷いと戸惑いの眼差しを見せた。

「春章先生が。そんなことを」

「歌麿さんの美人画はさ、春章先生の役者絵に通じるとこがあるだろ？　春章先生の後を継ぐつもりで、やってみちゃくれないか」

歌麿はしばし黙った。固く、これ以上ないほどに固く目を瞑り、しばし考え——。

そして、言った。

「……ふざけんな」

「え？」

「ふざけんなって言ったんだよ！」

閉じていた目が見開かれる。次いで、食い付かんばかりの言葉が浴びせられた。

「春章先生は確かに大した絵描きだった。すげえ人だった。その後を継げって言われりゃ、悪い気はしねえ。だけど違うだろ？　違うんだよ。そうじゃねえんだ！」

なるほど自分の絵は、確かに春章に通じるところがあるだろう。しかしだ。役者の顔をありのままに描くのと、ひとりひとり違う女の良さを描き分けるのは全く違う。女の美しさは顔つきだけの話ではない。

そう言って、歌麿は右手の親指を立て、自らの胸を二度三度と荒っぽく叩いた。

「ここだよ。ここだ！　心根が顔に出る！　だから細工のまずい面《つら》だって、かわいく見える時があるんだよ。俺が描こうとしてきたのは、それじゃねえか」

「いや。すまない、言葉が悪かった」

とにかく宥めようと、まずは詫びる。だが歌麿の心に点《つ》いた火は容易に消えなかった。

「言葉の綾《あや》だってえのかい？　違うね。春章先生を引っ張り出しゃ、俺が言うこと聞くって思ったんだろう」

顎先を強く殴り上げられたような思いがした。確かに歌麿の言うとおりなのだ。

「なあ旦那。俺ぁ何のために腕磨いてきたんだよ。美人画で成り上がるためだろ？　旦那と一緒に、西村屋にひと泡吹かせてやろうって決めたんじゃねえか。あと、ちょっとなんだ。もう少しで西村屋を抜いて、絵でも一番になれるんだ。そこまで来てんのに！」

なのに、どうしてだ。なぜ、やめろと言うのか。今はまだ幕府の締め付けがきつくなっていないのに。

「そんな大勝負じゃねえか。だったら、あと少しやらせてくれてもいいだろうよ。ええ？」

激しい言葉と共に、歌麿の両手が重三郎の胸倉を摑んでいた。

気持ちは分かる。痛いほど分かる。

しかしだ。美人画を取り締まるか否かを左右するのは、これからの耕書堂と喜多川歌麿の出方次第なのである。

致し方ない。これが最後の手だ。できれば使いたくなかった。本当は、こんなことは言いたくない。それでも――。

「何すんだい。離しなよ」

重三郎は目を吊り上げ、胸倉を摑む歌麿の手を強く払い除《の》けた。

怒らせたと思ったか、歌麿が「しまった」という顔になる。

「いや……すまねえ。つい」

「あたしは確かに、あんたを担いで西村屋を追い抜いてやるつもりだった。けど、そいつも終わりにしよう。それがいい」

詫びを撥《の》ね退けるように言い放ち、ゆらりと立ち上がる。歌麿の気性と戦うつもりで、見下ろしながら続けた。

「版元の頼みを聞けない人なんて願い下げだよ。だったら他の版元で描きゃあいい。あんたの好きにやらせてくれるとこで」

「ちょっと待ってくれよ。俺ぁ旦那に恩がある。だから、てめえの力で旦那を一番の版元にしてえんだ。その勝負をさせてくれって話の、どこが気に入らねえんだよ」

そう思って、いてくれたのか。

否、分かってはいた。絵の腕を磨きながら、少しずつ自分で納得できる絵が描けるようになった時、歌麿は何とも嬉しそうな顔を見せてくれた。その時の笑みで、この人の思いはとうに分かっていた。

だからこそだ。

喜多川歌麿という絵師には情が移りすぎた。手許に抱えておけば、きっと情に絆《ほだ》されて美人画を描かせてしまう。そして耕書堂で描き続ける限り、きっと歌麿は真っ先に目を付けられる。

こうするしかない。歌麿を守るためには、手を切るしかないのだ。重三郎は心を鬼にして、怒りの面持ちを纏《まと》い続けた。

「何だよ旦那。何とか言ったらどうだい」

向かい合う目が反骨を湛えてゆく。それでも無言を貫くと、ついに歌麿は目を逸《そ》らした。

「……そうかい。分かったよ。つまり旦那は、また罰を受けるのが恐いんだな。ああ、馬鹿馬鹿しいや。こんな腰抜けだって分かってたら、もっと早くに手ぇ切ってたのに」

吐き捨てて再びこちらを向き、座ったまま睨み上げてきた。

「あんたの望みどおり、これで終わりだ。もう用はねえだろ。とっとと帰ってくんな」

怒りの笑いを鼻から抜き、また顔を背ける。重三郎はその顔に軽く頷き、歌麿の家を去って行った。

帰る道中、ずっと呆けた顔だった。その道すがら、小売の見世が目に入る。歌麿の絵が、並べられていた。

虚ろだった目に、じわりと涙が浮かんだ。

「すまない。本当に……」

ぽつりと呟く。両の目から涙が落ちた。

歌麿が如何に美人画を大事にしているか。それは端から承知していた。役者絵を描けという話を容れてくれないことも、十分にあると思っていた。

その時には、こうするしかないと覚悟を固め、談判したのだ。

「あんたが、うちで描き続けたら」

蔦屋重三郎は京伝の一件で咎を受けた。当然ながら、幕府は耕書堂に厳しい目を向けている。その版元で歌麿ほどの売れっ子が描けば、どうなるか。京伝の時と同じで、幕府は黙っている訳にいかないのだ。

次に咎を受ければ、自分は前回より重い罰を受ける。その男が、果たして歌麿を守れようか。何を言おうと、どうしようと、奉行所は——幕府は聞く耳を持つまい。

耕書堂で描くからこそ目を付けられる。他の版元なら、幕府も少しは寛容であろう。だから手を切った。咎めを受けずに描き続ければ、遠からず歌麿の名は揺るぎないものとなるはずなのだ。共に歩めずとも、せめてそうなって欲しい。だからこそ、手を切ったのだ。

重三郎は「はあ」と熱い息を吐き、目元を拭った。

「歌麿さん。頑張んなよ」

小売の見世先にある『ポッピンを吹く女』を眺め、激励の小声を手向ける。寂しい笑みをひとつ、重三郎は背を丸めて歩いて行った。

＊

歌麿と袂《たもと》を分かって二ヵ月余り、年が明けて寛政六年（一七九四）となった。

一月の新刊は、まずまずの売れ行きである。だが絵の方は大きく落ち込んでいた。歌麿との手切れは大きな痛手であった。

これを盛り返すには、やはり役者絵が良い。幕府に睨まれることなく、かつ役者の贔屓筋が多く買い求めるからだ。とは言え、通り一遍のものを売り出す気はない。歌麿と同じような、本当の本物と言える絵師を探す必要がある。

さて、如何にすべきか。思案を重ね、重三郎はひとつの結論に行き着いた。

「で、歌舞伎の芝居小屋を回るっての？」

「そう。今日からね」

二月一日のこと、お甲と朝餉《あさげ》を共にしつつ、それを告げた。役者絵の絵師は、概ね稽古の時に粉本《ふんぽん》——下描きを作る。そこを訪ね、絵師たちの力量を見極めるためであった。

「これだ！　って人がいたら、うちで描いてくれるようにお願いするんだ」

「春章先生が生きてたら、苦労はなかったのにね」

「それを言ったら、きりがないよ」

軽く笑って、飯の茶碗を膳に置いた。が、まだ半分も残っている。

「どうしたの？　もう行くのかい？」

お甲の怪訝《けげん》な声に、軽い溜息で応じた。

「まだ出ないよ。ただ、ちょっと手が疲れたから」

飯茶碗を持ち続けただけで手が疲れたと聞き、お甲が「あれまあ」と眉を寄せた。

「何か心配だね。疲れやすいって、年明けくらいから言ってたけど」

「うん、まあその。何てえのかね」

両手を握り、開きを繰り返しながら、重三郎はまた溜息をついた。

「こう……力が入りにくい。ちょっとだけど指も痺れててさ。そんなんだから、茶碗を持ったまんまだと疲れちまうんだよ」

加えて言えば、最近では足の動きも鈍い。何でもない道で躓きそうになる。

「歳なのかも知れないね。あたしも当年取って四十五だ」

お甲は幾らか和らいだ顔で「はは」と笑い、先ほど重三郎が膳に置いた茶碗を取った。そして半分残った飯の上に山と盛り付け、さらに自分の膳から目刺を二尾取って、その上に乗せる。

「休むのが一番なんだろうけど、そういう訳にもいかないんだろ？　だったら、まずはしっかり食べることとさ。力を付けとかないと参っちまうよ」

「そうだね」

苦笑いで茶碗を受け取り、それを平らげる。いつもの朝餉より、だいぶ長くかかった。

「食った食った。さて、飯を食った上で時まで食っちまったし、そろそろ行かないと」

「はいよ。気を付けてね」

お甲の声に頷き、立ち上がって障子を開ける。が、廊下に出ようとしたところで、あろうことか敷居に躓いてしまった。

「うわっとと！」

どた、と音を立てて転ぶ。お甲が驚いて腰を浮かせた。

「大丈夫？」

「やれやれ、これだよ。おまえの言うとおり、もっと食って力を付けないといけないらしい」

よっこらしょ、と立ち上がる。膝を強く打ったのだが、不思議なことにそれほど痛みを感じない。ただ、立ち上がって歩き始めると、やはり足の動きは重かった。

相当に疲れている。が、疲れを口にしている暇はない。見世を出て、自らの足を励まし、同じ日本橋の葺屋町《ふきやちょう》を目指した。

歌舞伎興行には幕府公認の三座があった。中村座《なかむら》、森田座《もりた》、市村座《いちむら》である。が、森田座は五年前に借財が嵩《かさ》んで休場となり、昨年には中村座と市村座も大借を抱えた末に休場の憂き目を見ている。

これら三座を「本櫓《ほんやぐら》」と呼ぶが、本櫓が舞台を張れない時には代わって「控櫓《ひかえやぐら》」が興行する決まりであった。森田座の控櫓は河原崎座《かわらさき》、中村座と市村座はそれぞれ都座《みやこ》と桐座《きり》が控えていた。

今日、重三郎が訪ねたのは桐座である。到着すると、そう暖かくない日にも拘らず、額には汗が浮いていた。

「ふう……。こんな近いとこに来んのに、けっこう疲れちまったな」

呟いて、懐の手拭いで汗を押さえる。次いで入り口の中を覗き込み、そこにいた若い者に声をかけた。

「こんにちは。蔦屋ですけど」

「あ、はいはい。稽古場のお話ですね」

先んじて来訪を伝えていたため、すぐに中へ通された。舞台の上は通し稽古の最中である。一番前の客席には五人の絵師がいて、役者たちの顔や動きを熱心に見ながら筆を走らせていた。それらの後ろに進み、小声で「どうも」と挨拶する。付き合いのない、或いは薄い絵師たちだが、重三郎の顔は皆が承知していて、すぐに「どうも」と返ってきた。

絵師たちの後ろに回り、ひとりひとりの腕を確かめてゆく。どの人も巧い。しかしながら、絵師である以上それは当然だ。重三郎が求めるもの、突き抜ける何か——歌麿が持つような熱を感じさせる人はいなかった。

明くる日は都座に出向き、同じように絵を見させてもらう。そして、やはり落胆して家路に就いた。

「あたしが探してるような人って、本当にいるのかね」

夕餉《ゆうげ》を取りながら、お甲に愚痴を零した。歌麿並みの力を秘めた絵師がいるのなら、とうにその絵を見ているか、少なくとも名前は聞いているはずなのではないか、と。

「無駄なことしてんじゃないかって、思っちまうんだよ」

お甲は「何言ってんだい」と笑い飛ばした。

「萎《しお》れてないで、しゃんとしな。名前の売れてない絵描きなんざ、山ほどいるだろ。歌麿さんだって、そういうとこから売れっ子に押し上げたんじゃないさ」

大手の版元になったがゆえに、かえって知り得なかったということもある。お甲はそう言って励まし、重三郎の茶碗が空になったと見るや、当然とばかりに二杯目を盛った。

「とにかく、たんと食べて元気出しな。あとは、しっかり寝るこったよ」

六　東洲斎写楽

しっかり食って、しっかり寝た。だが相変わらず足は重いし、手にも力が入りにくい。

それでも重三郎は、今日も歌舞伎の稽古場を訪ねた。控三座の最後は河原崎座である。

「ようこそ、いらっしゃいまし」

出迎えたのは座頭の河原崎権之助《ごんのすけ》であった。鼻の潰れた丸顔が土佐犬を思わせる。この男に連れられて稽古場に入れば、舞台間近の客席では四人の絵師が下描きに勤しんでいた。

その中に、ひとり見知らぬ顔があった。目元が凛《りん》とした男前だが、唇が分厚いのが玉に瑕《きず》といった具合である。

「権之助さん、あの人は？　絵描きさんですよね」

薄笑いで「いえいえ」と返ってきた。

「ちょいと違ってね。まあ絵は達者なんだが、おかしな人ですよ」

聞けば、何と阿波《あわ》徳島藩お抱えの能役者なのだとか。名は斎藤十郎兵衛《さいとうじゆうろうべえ》というそうだ。

「自分が能の役者なのに、歌舞伎の芝居見物が大好きってえ変わり者でさあ」

そのためか、芝居小屋で働く身なら誰もがこの男の顔を知っているという。数日前、その十郎兵衛が稽古場で描かせて欲しいと頼んできたらしい。

「そうなんですか。絵は、どうして？」

「好きで描いてんだそうで。まあ上得意のお客ですから、そのくらいの頼みなら聞こうじゃねえか、って訳でしてね」

「なるほど。でも徳島藩お抱えでしょ？　自分の舞台は放っといていいんですか？」

問うと、権之助は呆れ顔で「さあね」と応じた。

「お抱えの能役者ってのは、一年交替で舞台を務めるらしくてね。今年は非番だって言っててしたよ。ま、稽古だけはしてんだろうと思うけど」

重三郎は「なるほど」と応じ、改めて十郎兵衛に目を向けた。見遣る面持ちにはどこか陰があり、それに衝き動かされているような、何とも言えない気配を纏っていた。

どうにも、気になる。が、まずは他の絵師たちを検分しなくてはいけない。重三郎は昨日までと同じように、絵師たちの後ろから下描きの様子を眺めていった。

「どうです？」

権之助の小声に、黙って首を横に振った。昨日、一昨日と同じだ。どの絵師も巧いが、ぐいと胸に迫るような力に欠ける。歌麿ほどの才を持つ者など滅多にいないのだから、やはり高望みをし過ぎなのだろうか――。

「え？」

落胆しかけたところへ、目に飛び込んできた絵があった。先ほどの斎藤十郎兵衛である。あまりの驚きに、軽く身震いした。

「こいつは……」

絵は、三代目・大谷鬼次《おおたにおにじ》の演じる奴江戸兵衛《やつこえどべえ》であった。先ほどの舞台稽古、江戸兵衛が市川《いちかわ》男女蔵《おめぞう》の演じる奴一平《やつこいつぺい》を襲い、金子《きんす》を奪い取ろうとする場面を描いたものらしい。

実に、型破りな絵であった。

襲い掛かろうとした時の江戸兵衛は、両手を大きく広げていた。しかし十郎兵衛の絵は、左右の手が前に向いている。一方で、描かれた手の形が、おかしな具合にひしゃげていた。あまりに力が入り過ぎ、まともな形を保っていられないといった按配《あんばい》に。

江戸兵衛の顔も、これまたすごい。見得を切る時の役者は顔に力を込めるものだが、この絵にはそれ以上の力が溢れていた。目は小さく描かれていながら、そこから撒《ま》き散らされる迫力は桁外れで、隈取《くまど》りの凄《すご》みさえ打ち消してしまいそうである。への字に結ばれた口元も、今まさに人を襲わんとする男の覚悟、罪を犯す直前の緊張に満ち満ちていた。

「どう見ても」

呟いて、重三郎は唸った。大谷鬼次は、こんな極端な顔をしていない。どう見ても違う。にも拘らず、誰が見ても「これは鬼次の江戸兵衛」と分かる絵ではないか。それはきっと、役者の面差しの癖をことさらに目立たせる描き方だからだ。

十郎兵衛の絵は総じて熱の塊である。それも歌麿の如く、自らを高めようとする真っすぐな熱ではない。火薬に火が回り、ドカンと爆発する時のような――もしかしたら描き手を壊すかも知れないほどの、暴れる熱だ。

「見付けた……」

固唾を呑んだ。脇にいる権之助も捨て置いて、ふらふらと十郎兵衛の許へ足を運ぶ。

「もし。斎藤さんと仰るそうですが」

声をかけると、十郎兵衛が「はい」と訝《いぶか》しげな眼差しを寄越した。どこかしら暗い――否、光明を失ったような、危ういものが漂う目つきである。

そこに少し息を呑みつつ、重三郎の胸はかえって高鳴っている。自らに「落ち着け」と言い聞かせて近くの客席に腰を下ろし、努めて声を低く保った。

「あなたの絵、いいですね。いや、そんなもんじゃない。すごいですよ」

「そりゃ……どうも。ところで、お宅は？」

と、権之助がにやついた顔で歩を進めて来て、代わりに答えた。

「十郎さん、聞いて驚きな。天下の耕書堂、蔦屋重三郎さんだぜ」

「ああ……あなたが、あの蔦重さんですか」

少し驚いたようだが、なぜ重三郎に声をかけられたのかは察していないらしい。そこへ向け、丁寧に頭を下げて切り出した。

「こんな絵は見たことがない。好き嫌いは分かれるかも知れないけど、本当にすごい絵だ。どうでしょう、これ、うちで描いちゃくれませんか。どうしても売り出したいんですよ」

十郎兵衛は「え？」と戸惑った声を漏らし、しばし黙った。そして重三郎が顔を上げると、ひとつ頷いて溜息をつく。

「褒めていただくのは嬉しいんですがね。俺は能役者で、絵描きじゃない。この絵は」

何と言ったら良いのだろう、という顔をしている。困ったような、辛そうな。ともすれば、崩れてしまいそうな。そういう逡巡を経て、言葉が続いた。

「この絵は自分のために描いてんです。それに、俺の絵なんて売り出すようなものじゃないでしょう。絵描きさんの方が、よっぽど巧いじゃないですか」

重三郎は大きく頷いた。自分のために描いていると聞いて、得心したところがある。

「確かに仰るとおりです。だけど巧い下手で言やあ、そもそも巧く描こうとしてない。あたしには、そう見えます」

十郎兵衛が、ぎくりとした顔を見せる。やはり、そうか。どこか陰のある面持ち、爆発しそうな熱から、この人の心には何かがあると思っていた。

「斎藤さんの筆の使い方を見てるとね、本当はもっと巧く描けるんだろうな、って。できるのに、やらない。そこがいいんですよ。こう……得体の知れないものが迫って来る」

今までの役者絵は、ただ贔屓筋を喜ばせるためのものだった。しかし十郎兵衛は、心の内から弾き出されるままに描いていて、贔屓筋云々を考えに入れていない。だからこそ、役者絵に人としての真実が浮き彫りになる。亡き勝川春章の絵——役者のありのままを描いた絵とは、また違った味わいがある。

「皆が喜ぶからって、それに合わせるだけじゃ、いつか駄目になるんです」

自分がそうだった。世の中に流され、その果てに咎を受けた身だ。自分が世の中を動かそうと思ってきたのに。

十郎兵衛の絵を見ていると、若い日に持っていた気持ちが再び湧き上がってくる。そして、止め処《ど》なく溢れてくるのだ。これを世に送り出したい、この絵で勝負したいという、心の奥底からの望みが。

「あなたのは、世の中に流される絵じゃない。行儀の良すぎる錦絵に風穴を開けるような、とんでもない強さがある。どうか、うちで描いてくださいな」

十郎兵衛は軽く唸り、静かに沈思する。

そして、首を横に振った。

「お話は分かりました。ですが俺は一応、阿波公のお抱えでして。立場の上では武士と同じになるんですよ」

「ええ、それは権之助さんから聞きました」

「蔦屋さん、確か恋川春町の一件に絡んでおられたでしょう。あれと同じには、なりたくない。なる訳には……いかないんです」

苦渋の面持ちであった。胸に抱えた何か、それも恐らく心を苛《さいな》んでいるのだろうものが見え隠れする。それでも重三郎は、なお粘った。この人を逃せば、本当の本物と言える絵師を探すこと自体、諦めねばならない。

「春町先生は、将軍家の分家筋の年寄でした。そういうお人がお上の政を腐す本を書いたから……うちがそれを売り出したから、あんなことに」

春町が切腹に追い込まれた一件は、消えない傷となって心に残っていた。それを口に出せば、今なお面持ちにも悔いの色が浮かぶ。

どうしたことか。そんな重三郎の面持ちを見て、十郎兵衛の目が軽い驚きを湛えた。互いの間に、細い、細い糸の繋がりが生まれたような気がする。

重三郎の心中に「あ」と声が上がった。ここだ。勝負どころだ。仕掛けろ――。

「あなたに頼みたいのは、そんな危ないことじゃありません。ただの役者絵なんです。これほどの腕を、みすみす埋もれさせるなんて冗談じゃない。版元として見過ごせるもんですか」

そして、土下座の体《てい》になった。

「ねえ斎藤さん、お能は向こう一年お休みなんでしょ？　その間だけで構いません。耕書堂はその間、あなたの絵しか刷らない。そのくらいの気持ちなんですよ」

十郎兵衛の絵が熱の塊なら、こちらも熱の塊である。歌麿に代わる絵師を見付けるという目的さえ、既に超えてしまっていた。

「もしご心配なら、斎藤十郎兵衛の名前を出さなけりゃいい。謎の絵描きでいいんです。手前も決して、あなたの素性は明かしません。男に懸けて約束します。ですから、どうか！」

見上げる眼差しに、十郎兵衛が息を呑んでいる。河原崎権之助、下描きの絵師たち、さらには舞台の上の役者までこちらを見て、言葉を忘れている。

十郎兵衛が、静かに頷いた。

「……分かりました。こうまでされちゃ、断れませんよ」

押しきった。折れてくれた。重三郎の右目から、喜悦の涙が落ちた。

絵師たちは、ざわついていた。本職を差し置いて能役者に描かせるという話が、面白くないのかも知れない。しかし、それを口にする者はいなかった。本職の絵師だからこそ、十郎兵衛の力を認めざるを得ないのだろう。

対して、舞台の上からは拍手が送られた。権之助も、重三郎の傍らで満面の笑みである。

「いいねえ。実にいい！　そういうことなら、うちはもちろん、他の櫓にも釘刺しとくよ。十郎さんの素性は明かすなって」

そして権之助は、十郎兵衛に嬉しそうな声を向けた。

「まあ謎の絵師って言っても、名無しじゃ話になるめえ。画号ってえのかい？　俺が考えてやるよ。あんた八丁堀《はっちょうぼり》に住んでんだから、八丁堀謎之助《なぞのすけ》でどうだい」

権之助はひとり調子に乗って、歌舞伎の台詞のように声を張り上げ始めた。

「どこの誰かは存じません。謎、謎、謎の謎之助。黴《かび》の生えたる錦絵に！　見事、風穴ぁ！

開けて見せらぁい！　ってね」

　重三郎の口が、ぽかんと開いた。八丁堀謎之助とは、何と垢抜《あか》けない。十郎兵衛も、この上なく嫌そうに「やめてくれ」と眉を寄せている。

「そんな馬鹿みてえな画号があるもんかい。だいたい俺ぁ、錦絵に風穴だの何だのは考えちゃいねえんだよ。洒落臭《しゃらくせ》えや」

　徳島藩のお抱えではあれ、江戸詰めで今までを生きてきたのだろう。身に染み付いた江戸言葉が口を衝いて出て来ている。その小気味良い響きが、重三郎の胸を打った。

「洒落臭え！　ですよねえ、斎藤さ……。え？　いや」

「蔦屋さん？」

　怪訝な顔の十郎兵衛に軽く頷きつつ、重三郎は「あれ」「でも」と腕を組む。

　そしてしばしの後、じわりと目を見開いた。

「洒落臭え。しゃらくせえ……。そうだ、写楽《しゃらく》！　斎藤さんは八丁堀、江戸の東の洲《しま》にお住まいなんでしょ？　画号、東洲斎《とうしゅうさい》写楽で行きましょう」

　舞台の役者が「お、いいねえ」「頭《かしら》とはえらい違いだ」と笑った。絵師たちもそれに釣られている。権之助だけが「うるせえや」と仏頂面であった。

＊

　三ヵ月後、寛政六年五月初旬。

写楽の役者絵が刷り上がって耕書堂に届けられた。本の新刊は概ね一月と七月だが、役者絵の新作は歌舞伎興行に合わせるのが常で、五月興行に際して売り出すためのものであった。

「どうだい、お甲。すごい絵だろ？」

刷り上がった絵は実に二十八作、そこから幾つか取って手渡す。お甲は一見して、ぎょっとした顔になった。が、すぐに食い入るように見入り、次第に顔を紅潮させていった。

「……確かに。こんなの見たことないね」

顔の癖を大袈裟《おおげさ》なまでに強調するのが写楽の特長である。それをさらに明らかに示すべく、大首絵で描くよう注文を付けた。

背景は何も描かず、黒雲母《きら》刷りに仕立ててある。歌麿の美人画では、女の色香を匂わせるために煌《きら》びやかな白雲母刷りで仕立てた。写楽の絵に黒雲母を使ったのは、厚みと深みを与え、迫力を増すためである。

「これ、河原崎座の『恋女房染分手綱《こいにょうぼうそめわけたづな》』だよね？　右のは男女蔵だろ」

「そう。役どころは奴一平」

「で、こっちは鬼次か。相手が一平なら、鬼次は奴江戸兵衛だ」

重三郎はひとつ頷いて問うた。

「どう思う？」

「何か……すごい。いやまあ、馬鹿みたいな言い種《ぐさ》だけどさ。本当にすごいものは、すごいとしか言いようがないよ」

お甲は明らかに昂《たか》ぶっていて、次々と他の絵を手に取ってゆく。

「これは市川鰕蔵《いちかわえびぞう》だ。次は中山富三郎《なかやまとみさぶろう》だね。あっはは！　にたにたした顔で、まさに『ぐにゃ富』の綽名《あだな》どおりじゃないさ」

あれこれ言いながら絵を味わっていき、やがて少し疲れたように、かつ満足そうに「はあ」と息をついた。

「改めて、すごい絵だね」

市川鰕蔵は鉤鼻《かぎばな》を大きく描き、中山富三郎は目が離れた馬面、嵐龍蔵《あらしりゅうぞう》の顎は不格好に大きい。どれも人の顔が崩れ、役者当人とは似ても似つかない。

「なのに誰が誰か一発で分かる。それに、小っさく描かれた目がいいね。この目が鉤鼻と合わさりゃ、きりっとして見えるじゃない。そうかと思やあ、三枚目の団子っ鼻と合わさると愛嬌たっぷりだ。何てえのか、この絵は生きてんだね。あたしには、そう見える。おまえさんも大手柄だよ。こんなにすごい人、見付けて来るなんて」

評を聞いて、ぽかんと口が開く。お甲は「あれ？」という顔であった。

「何だい。せっかく褒めてんのに」

「ああ……。何てえのか。おまえが、あたしの仕事を手放しで褒めるなんてさ」

今までのお甲なら、絵や戯作の作者を褒めはしても、亭主の仕事には必ずひと言を挟んできた。こういう褒められ方など一度たりとて覚えがない。雨や雪を通り越して、槍でも降りはしないだろうか。

「いや。槍で済みゃいいけどな。富士が火ぃ噴いたりすんじゃねえか？」

「あたしを何だと思ってんだい、ぽんつく三太郎！」

この上ない呆れ顔で強く言われた。それを聞いて、思わず笑いが漏れる。

「いや安心した。いつものお甲だ」

ようやく戸惑いが抜け、喜びだけが湧き上がってきた。それに任せ、座布団から腰を浮かせて妻に抱き付く。驚いたような、嬉しそうな、そういう声が返ってきた。

「え？　やだね、何してんだい。いい歳して」

「だって、おまえ。嬉しいじゃないか。この絵の良さが分かるんだし、あたしを褒めてくれるんだし」

抱き締めた腕を離し、お甲の口を吸う。すると今度は、驚いた顔を見せられた。

「あれま……久しぶり」

「このくらい、したくなるさ。おまえの太鼓判なら間違いない。こいつは売れるよ」

敢えて歌麿を手放し、その直後に本物の力を探し当てた。役者絵なら出版取締令に引っ掛かることもない。自分には運がある。

「一年間、うちは写楽さんで大勝負だ。この絵なら世の中を動かせる」

「そうなると嬉しいんだけどね。で、売り出しは？」

「明日っからにしよう。今夜辺り、ちょっと前祝いをしてからね」

「酒かい？」

重三郎は「そうじゃなくて」と首を横に振り、お甲の女の部分にそっと手を置く。

「こっちだよ。どうだい？」

「まぁた、この人は」

照れ笑いに交ぜて返しつつ、しかし、お甲はすぐに心配げな顔になった。

「まあ久しぶりだし。あたしも、したいんだけど……おまえさん大丈夫かい？　足に力が入りにくいって話、ずっとだろ？」

「大丈夫だよ。まだ男だってとこ、見せてやるから」

などと話していると、見世先から足音が近付いて来る。部屋の少し手前から、障子越しに「旦那様」と声が向けられた。

「すみません。山東京伝先生がお越しです」

七月の新刊で売り出す本が、仕上がったのだという。

「ほら、応接間だろ。夜のことは夜でいいから行っといで。ここんとこ、京伝さんも自前で書いてんだし」

お甲に促されて「はいはい」と腰を上げる。

ところが、一歩進んだところで派手に転んでしまった。慌てて伸ばした手が障子に引っ掛かり、桟が二つ壊れた。

「ちょっと。本当に大丈夫？」

重三郎は「あ痛た」と身を起こし、左右の太腿《ふともも》を忌々しげに叩いた。

その晩、お甲と睦《むつ》み合うことはなかった。しっかり食って休め、体が第一だろうと叱られて、従うより外《ほか》になかった。

＊

明けて翌日、耕書堂は写楽の絵を大々的に売り出した。

『謎の新人絵師、現る』

『全く新しい役者絵、登場』

『見て驚け、この大才』

などなど、売り文句、煽り文句を大書して見世先に掲げている。

しかし、売れなかった。

もの珍しさからであろう、初めのうちは少しばかり売れていた。それが六月を待たずして完全に勢いを失っている。

どうしてだ。なぜ、これほどの絵が売れない。日を追うごとに焦りが募る。

その果てに、重三郎は北尾重政を訪ねて助言を請うた。

「分かんないんですよ。歌麿さんの時は、お客も新しい絵を喜んだのに」

正面の北尾は茶をひと口含み、重三郎が持参した写楽の絵を一瞥して溜息をついた。

「俺も絵描きだからな。売り出されてすぐに絵は見たよ。すげえ奴が出てきたって、正直なとこ驚いたぜ。だがなあ……」

「はい。だが、何でしょう」

北尾は軽く眉を寄せ、首を傾げた。

「気が付いてねえのか？　すご過ぎんだよ、写楽は。この絵は巧いとか下手とか、そういうんじゃねえ。もっと深いとこから、うわあ、ぎゃあ、って飛び出して来てんだ」

重々承知している。そこに惚《ほ》れて拝み倒したのだ。

「先生の見立て、あたしと全く同じですよ」

「だから、気が付いてねえのかって訊いたんだ。おめえさんも版元なら散々見てきたはずだぜ。物書きや絵描き自身が『本当にいい』って言うものこそ売れねえ。よくある話だろ」

確かにそのとおりだ。そして、それは――。

「あ……。じゃあ」

重三郎は少し震えた。言葉を失った顔を見て、北尾が苦々しく頷く。

「そういうことさ。物書きは暇がありゃ何か書いてる。俺たち絵描きは、来る日も来る日も絵ばっかりだ。そんなんだから目が肥えて、本当にいいものは一発で分かる」

「写楽さんの絵……先生は『すご過ぎる』って仰いましたが」

「言っちまえば、難しいんだよ。客がこれを呑み込めるようになるには、ちっとばかり長くかかるんじゃねえか？」

時が過ぎる間には、様々な絵が世に送り出される。それらに触れるたび、客が絵を見る目も磨かれてゆくだろう。写楽の良さが広く解されるには、その時を待つしかない。ただし十年先か、二十年先かは分からない。或いはもっと先かも知れない。写楽の絵を正しく味わうのは、そのくらい大変なのだと北尾は言う。

「確かにこの力は本当の本物だ。俺なんぞ敵いやしねえ。けど、そいつを今すぐ分かる客ってのが、どれだけいる？」

加えて言えば、役者絵の一番の客は、個々の役者の贔屓筋だ。それらは押し並べて「役者は格好いいもの」という考えに凝り固まっている。顔の癖を強調した写楽の絵は、贔屓筋には邪道と映るだろう。

「売れねえのは、そこらへんじゃねえのかな」

重三郎は愕然として、唇を震わせた。

本当に良いものが必ず売れるとは限らない。作者がそれほど自信を持てないものが、山ほど売れることもある。知っていたはずなのに。幾度も、見てきたことなのに。

「なまじ……絵を知ってたから」

ようやく、それだけ発した。北尾が苦い面持ちで「かも知れねえな」と呟いた。

そうなのだ。良い絵に触れ続けてきたからこそ、写楽の力を正しく受け取れたのだ。自分もお甲も、正しく受け取ったからこそ圧倒されて、見えなくなっていた。客がこの絵をどう思うかという、大事なことが――。

「ねえ先生。お客が写楽さんの絵を分かるようになるには、長くかかるって仰いましたけど」

「ああ、言ったな」

「でも時が過ぎれば、きっと分かってもらえますよね？」

「どうかな。必ず、とは言いきれねえぞ」

「そう……ですよね。ともあれ、ありがとうございました」

重三郎は篤《あつ》く礼を述べ、北尾の家を辞した。

帰り道、少し足を延ばして河原崎座の芝居小屋を訪ねた。

座頭の河原崎権之助は、憂えていた。重三郎と写楽が河原崎座で出会った以上、うちは何を言うこともできない。しかし桐座や都座では、顔の癖を強く描き過ぎだと言って、役者たちが写楽の絵を嫌がっているという。

「何てこった」

芝居小屋を後にして、重三郎は力なく呟いた。打ちひしがれた身には、夏五月の風さえ冷たく感じられた。

*

写楽の絵は本物だと、北尾も認めてくれた。しかし、その本物の才、持ち味こそが足枷になっている。

客を写楽の絵に慣らすには、どうしたら良いのだろう。そうすれば売れる、良さを分かってもらえるのかと言えば定かでないが、それでも慣れてもらわねば話にならない。

数日の間、重三郎は考えに考えた。そして今、写楽の家を訪ねている。江戸八丁堀、地蔵橋の袂の一軒であった。

「描き方を変えろって?」

「そう。次は大首絵じゃなくて、役者さんの総身を描いてください。できるでしょう?」

「そりゃあ、できますけど……」

いきなり描き方を変えろと言われては、戸惑って当然である。何しろもう六月初旬、七月興行の下描きを始める直前なのだ。

「でも、どうして？」

相変わらず、写楽が身に纏う気配はふらふらと危うい。今日は特に、その揺らぎが大きいようだ。察して、重三郎は軽く唸った。

「写楽さんの絵、あたしは大好きなんですけどね。でも、何て言ったらいいのか……新し過ぎるんですよ」

新しいということなら、歌麿の美人画も同じだった。なのに歌麿の絵は当たり、写楽は鳴かず飛ばずである。

何ゆえか。それは歌麿が美人画で、写楽は役者絵だからだ。

江戸で美人と目される女は、まずまず顔の作りが似通っている。歌麿はそういう女たちの顔を描き分け、個々に違う美しさを表そうとした。それでも人々の「美人とはこういうもの」が大本にある以上、誰の目にも「これは美人だ」と見てもらえる。

対して役者絵は、美人画と違って「役者とはこういうもの」がない。二枚目は色男、三枚目は滑稽、悪役は憎々しく、女形《おやま》は優しげな顔で、それぞれ大きく違う。ゆえに、まず各々の贔屓筋が納得しなければ「駄目な絵だ」と見られてしまう。

とは言え、そこは口に出せない。

「新し過ぎて、お客が付いて来られないみたいで。なら、他の絵描きさんと同じに総身を描いてみたら……って思ったんですよ」

この言葉は一面で真実であり、一方では嘘であった。写楽の新しさは、その多くが顔の描き方に出てしまう。これが嫌われているから、総身の絵で顔を小さくしようと考えたのだ。写楽の一番の特長を目立たなくして、少しでも客を慣らすために。

「分かりました。蔦屋さんがそう仰るなら」

承諾を得て、下描きに掛かってもらった。

そして一ヵ月、七月興行を迎える。耕書堂は再び、写楽の絵を派手に売り出した。

しかし、これも売れなかった。

なぜなら、総身を描けば他の絵師と似てしまうからだ。五月の絵では、多くの客が写楽の良さを解し得なかった。そういう人々は、似通った絵なら「誰が描いたか」で見てしまう。つまりは他に埋もれてしまったのだ。少しでも慣れてもらおうと写楽の色を薄めたことが、かえって仇になってしまった。

八月を迎え、重三郎はまた注文を付けた。

「やっぱり大首絵でいきましょう。ただ、顔の描き方ね。あれ、少ぉし抑えめで。ね？」

「まあ……できますけど。でも」

写楽は口籠もった。何を言いたいのかは、顔を見れば分かる。思いどおりに描けないのが窮屈に感じられるのだろう。

しかし、と重三郎は頭を下げた。

「お願いしますよ。お客が写楽さんの絵に慣れさえすれば」

そうすれば良さを分かってもらえる。否、分かってもらわねばならないのだと、声に熱を込めた。

「あたしは、あなたを江戸一番の売れっ子にしたいんです。だって、そうなれるだけの力があるんだから」

「でも非番の一年だけって約束ですよ」

「まだ半年も残ってるでしょう。最後の最後に大勝負を仕掛けて、そこで勝ちゃいいんです」

写楽は「やれやれ」と眉を寄せた。

「分かりました。それにしても蔦屋さん、相変わらず押しが強いですね。耕書堂で描いてくれって、頼んできた時と一緒だ」

「そりゃ、今もあの時と同じ気持ちだからです。ともあれ頼みましたよ」

さらに三ヵ月、歌舞伎の十一月興行が始まる。耕書堂も、三度目の正直とばかりに写楽の絵を売り出した。

しかし。

その絵からは、玄人筋を唸らせた凄みがすっかり抜け落ちていた。おとなしく描いてくれと頼んだ以上、致し方ないのかも知れない。とは言え、これでは人を惹き付ける力に欠ける。

結果、やはり売れなかった。

そのまま十二月の声を聞いた。写楽と約束した一年も、あと少しで終わろうとしている。年が明けたら、歌舞伎の正月興行で大勝負を仕掛けるつもりだった。だが今となっては、それも虚しい夢と化していた。

世の人々を写楽の絵に慣らすことは、ついにできなかった。そればかりか、最近では写楽自身も精彩を欠いている。

それでも誠だけは尽くさねばならないと言って一年間、耕書堂は写楽の絵しか売らないと言って拝み倒したのだから。

「どうも。最後の絵、頂戴しに来ましたよ」

八丁堀を訪ね、六畳間で差し向かい。案の定、手渡されたのは抜け殻の如き絵であった。

「すみません。こんなのしか描けなくて」

申し訳なさそうに言いながら、しかし写楽の面持ちには、どこか清々したものが見え隠れしていた。

「ねえ写楽さん。どうして……力が抜けちまったんです？　あたしが、あれこれ口を出したからですか？」

「まあ……そのとおりと言えば、そのとおりです。でも、違うと言えば違いまして」

「んん？　そりゃ、どういう？」

きょとん、とした顔になる。何とも言えない苦笑が返された。

「実はね。蔦屋さんと知り合った頃、ちょっと面倒ごとを抱えてたんです。本当は……人様に話すようなことじゃないんですがね。ただ、迷惑をかけた身ですから」

そして写楽は眉を寄せ、驚くべきことを口にした。

「俺のせいで、人がひとり死にました。自害です」

苦渋、苦悶《くもん》の面持ちである。重三郎の背に、ぞくりと寒気が走った。

「写楽さん、いいから！　それ以上は」

山東京伝を思い出した。手鎖の日々を語って正気を失いかけた、あの姿を。写楽は京伝よりずっと芯が強そうだが、だからと言って、こんな傷に触れる訳にはいかない。

「ね？　もう話しなさんな」

「いえ。けじめ、付けさせてください」

凛とした言葉、続いて溜息をひとつ。写楽の心が、どう動いていたのかが語られた。

「自分のせいで死なせた……って思うとね」

辛い。苦しい。逃げ出したい。そんな気持ちに押し潰されそうになった。夜中にふと目を覚まし、朝まで泣いていた日もあった。

しかし。好きな歌舞伎を絵にしている間だけは、少しばかり気が紛れた。

「悩んで、悩んで。居たたまれなくなった気持ちをね。絵に叩き付けてたんですよ」

ぶるりと身が震える。重三郎は得心した。そういうことだったのか、と。

深いところから、うわあ、ぎゃあ、と飛び出して来ている——写楽の最初の絵を、北尾重政はそう評していた。まさに、そのとおりだった。

何となく分かる。恋川春町の切腹、朋誠堂喜三二の断筆、さらには山東京伝の筆禍。それらが重三郎の胸に残した傷と重なるところがある。

「……痛いですよね、そういうの。いつまでも痛い」

「ええ。でも、どうにか折り合いを付けられるくらいには。時も薬になってくれたんでしょう」

月日が過ぎるほどに、徐々に心が軽くなっていった。すると、次第に絵から力が抜けてしまった。十一月興行の頃には、もう元の絵は描けないようになっていたらしい。

「なるほど。加えて、あたしが色々と注文を付けたもんだから……」

「それも、まあ……。申し訳ない話ですが、何をどう描けばいいのか分からなくなりまして」

しくじった。重三郎の中には、その悔恨だけがあった。

耕書堂で描いてくれと頼んだ時、写楽は言っていた。自分は能役者であって絵師ではない、この絵は自分のために描いているのだと。その言葉を軽く考え過ぎていた。

「そうか……。あたしか」

肩が、がくりと落ちた。背が丸まった。

「絵が売れなかったのは、写楽さんのせいじゃない。あたしのせいです」

巧みに言葉を綴《つづ》る人が、珠玉の物語を紡ぎ出すことがある。絵の巧い人が、一世一代の作を叩き出すことがある。だが、それが一度で終わるようでは戯作者ではない。絵師ではない。十点を満点として、七点か八点。そういう作を長きに亘《わた》って、しかも常に生み出し得る。時に十点満点、それを突き抜けて十二点、十五点——それが戯作者であり絵師なのだ。

写楽の絵は、回を重ねるごとに萎《しぼ》んでいった。

では、本当の意味での絵師ではなかったのか。

違う。確かに、初めは絵師ではなかった。だが、いずれは絵師になれたはずだ。

「あたしは、あなたの絵に惚れ込んだ。だったら、腰を据えて掛からなきゃいけなかった」

「え？」

「写楽さんは心が強い。今日だって、自分から辛いことを話そうとしたくらいだ」

写楽の絵の源は、押し潰された心だった。だが、それだけではない。吹き飛ばされそうな向かい風に見舞われ、なお必死で抗おうとする心も、また、大きな力だったと言える。

「あなたは強い人なんですよ。人の命に関わるような痛みに、自分で折り合いを付けられるくらいに」

そういう人なら自身の心を飼い慣らせただろう。胸の重荷、心の痛みが薄れた後でも、あの鮮烈で力強い絵を描き続けられたはずだ。

「あたしは……もっと長くかけて、あなたを本当の絵描きに仕立て上げなきゃいけなかった。能の舞台が一年置きに非番になるんなら、一年置きに描いてくれるように頼みゃ良かったんだ。少しずつ前に進んでもらえば、きっと」

そう言って、歌麿を思い出した。長く自らの許に置き、あれこれの挿絵を任せて腕を磨かせたからこそ、歌麿は第一人者への道筋を辿《たど》り得た。

写楽に対しては、同じことができなかった。

歌麿と敢えて袂を分かった。何としても歌麿に代わる絵師が欲しかった。そんな時に、この人を見付けた。しかし約束は一年のみ。そこに焦って勝負を急いだ。

そして、負けた。

「写楽さん。いえ、斎藤さん」

辿るべき道筋を示すのが、版元の役目だったはずだ。なのに目先のことに囚《とら》われ、ただ注文を付けるのみだった。その果てに――。

「あなたの中から、もう写楽は消えちまった。ですよね？」

「はい。俺は能役者、斎藤十郎兵衛です」

初めて会った頃のような、得体の知れない陰は微塵《みじん》も見えない。憑きものが落ちたような顔で晴ればれと言われ、納得の笑みが浮かんだ。寂しい笑みであった。

「分かりました。約束どおり一年で終わりです。もう、お会いすることもないでしょう。あたしの我儘に付き合ってもらって、ありがとうございました」

最後の絵の代金は、追って見世の者に届けさせる。重三郎はそう言って深々と頭を下げ、斎藤家の小ぢんまりした屋敷を去った。

見世に帰る道中では、虚しい心を持て余した。だからだろうか、今日は特に足の動きが鈍い。重い足を励まし、励まし、八丁堀から西へ進む。東海道に出て北へ行けば、やがて左手の向こうに北町奉行所が見えた。

歩みを止め、その佇まいを眺めた。

「やっぱり……焼きが回ってたんだな。年が明けたら、あたしも四十六か」

筆禍の一件で裁きを受けた時に、同じことを考えた。あの時はお甲に励まされて奮起したが、今回は心の中に湧き上がるものがない。

「勝負しなけりゃ楽しくねえ、か」

その思いで商売を始め、何も持たぬ身の強みで世に挑んできた。巧くいけばそれを足掛かりに一歩を進み、躓いたことは次への糧《かて》として一歩を進んだ。そうやって多くを積み上げ、耕書堂もここまで大きくなった。

「でも……。この先は、もう勝負云々じゃないだろうね」

裁きの日に北町奉行は言った。幕府は民の親であり、国家という皆の家を保たねばならないのだと。それと同じである。かつてお甲に言われたとおり、自分は既に「何も持たぬ身」ではない。奉公人たちの親であるべき身、戯作者や絵師の命運を左右する立場である。耕書堂という「皆の家」を保っていかねばならないのだ。

「何より、こうも勘が鈍っちまった」

ならば、今まで積み上げたものを活かして手堅く進もう。それがこれからの蔦屋重三郎だ。

思い定め、また歩き出す。途端――。

「うわ、とっ!」

足がもつれ、真っすぐ前に体が倒れた。慌てて手を出すも、自らの体を支えられない。

顔から、道に突っ込んで転んだ。額の右側を擦り剝《む》いて血が滲む。一方で、頭からは血の気が引いた。

「……どうしたんだよ。おい」

足が痺れている。そして動かない。

動かしにくい、どころではないのだ。全く、動かない。

自分の体は、いったい――。

終　章　鐘が、鳴る

医者は重三郎《じゅうざぶろう》の病を脚気《かっけ》と見立てた。江戸ではこの病に罹《かか》る人が多く、俗に「江戸患い」とも呼ばれる。米の飯を多く食い、青物が足りないことで発する病であった。

薬を飲み続け、青物を多く摂れば良くなるかも知れない。医者の言葉に従って、日々の飯が変わった。

しかし病は、じわじわと重三郎を蝕《むしば》んでいった。

手足の動きが良い日があるかと思うと、全く動かない日も多い。そんな日々を二年半近くも重ね、寛政《かんせい》九年（一七九七）五月を迎えた頃には、病床に伏せるばかりの身となっていた。

「按配《あんばい》はどうだ、重三郎」

「重さん。久しぶりだな」

北尾重政《きたおしげまさ》が病床を見舞ってくれた。平沢常富《ひらさわつねまさ》――かつての朋誠堂喜三二《ほうせいどうきさんじ》と一緒である。五月五日、端午の節句の日であった。

「こりゃ、どうも。今日は少しばかり気分がいいですよ」

弱々しい声で頬を緩め、何とか身を起こそうとする。しかし、やはり手足が痺《しび》れて動かない。

「無理すんなよ」

もぞり、もぞりとしか動けぬ身を労《いた》わって、北尾が寂しげに笑みを浮かべた。

「そう、寝たままで構わんよ。楽に、な?」

平沢も沈痛な面持ちである。重三郎は苦笑した。分かるのだな、と。

脚気は軽いうちなら平癒することも多い病だが、手足が動かなくなると癒えにくい。手足の次は総身が動かなくなり、ついには心の臓も止まってしまう。

その日はごく近いと、自分でも分かる。二人の目にも明らかなのだろう。或《ある》いは、お甲《こう》が「もう長くない」と報《しら》せて、だから二人揃《そろ》って見舞いに来たのかも知れない。

「嬉しいですよ。昔っから、あたしが一番頼りにしてたお二人の顔が見られて。一昨日はね、利兵衛《りへえ》の親父と次郎も来てくれたんです」

吉原《よしわら》の妓楼《ぎろう》・尾張屋《おわりや》を営む養父と、義弟の次郎兵衛《じろへえ》。その幾日か前には、何と商売敵の西村《にしむら》屋《や》与八《よはち》まで見舞いに来たのだから驚いた。

「西村屋さん、柄にもなく神妙な顔しちゃってね。面白かったですよ」

北尾は静かに頷いている。対して平沢は、涙目で首を横に振った。

「頼りにしていたのは、こっちの方だ。重さんと一緒にやれたお陰で、物書きも楽しかった。

それに、重さんがいたから世に出られた人も多いじゃないか」

平沢が指折り数えてゆく。戯作者《げさくしゃ》で言えば、恋川春町《こいかわはるまち》の弟子・恋川好町《すきまち》。北尾重政にとって絵の弟子だった、山東京伝《さんとうきょうでん》。絵師では勝川春章《かつかわしゅんしょう》の弟子・勝川春朗《しゅんろう》——後の葛飾北斎《かつしかほくさい》——に加え、何と言っても喜多川歌麿《きたがわうたまろ》である。

「去年には、馬琴《ばきん》さんも読本《よみほん》で一本立ちした。一九《いっく》さんも一昨年だったよな」

曲亭《きょくてい》馬琴こと、かつて手代として耕書堂《こうしょどう》に奉公した滝沢興邦《たきざわおきくに》。十返舎《じっぺんしゃ》一九も同じように、やはり手代扱いで奉公しながら戯作者としての土台を固めた人であった。

「重さんは、物書きや絵描きの父親だった」

平沢が、にこりと涙を落とす。北尾がその肩を軽く叩《たた》き、重三郎に向いた。

「写楽《しゃらく》は残念だったけどな。でも無駄じゃなかったぜ」

あの異形の才は、客にも役者当人にも受けが悪かった。しかし、やはり絵師たちには写楽の力が分かっていたらしい。昨今の役者絵は、目の描き方、顔の癖を強める描き方など、写楽の画風を取り入れたものが多くなっている。

重三郎は「はあ」と浅く息をついた。

「あたし、色々やってきたんですねえ。どれもこれも懐かしいや」

ついに北尾まで目元を拭う。そして咳払《せきばら》いをひとつ、しわがれた声で「なあ」と問うた。

「歌麿の奴《やつ》に言わなくていいのか？　手切れの訳、さ」

「それですか。そうですね……あたしが死んだら、お願いします」

歌麿は傲慢な男だが、熱い心の持ち主でもある。手切れの理由を知れば、きっと「重三郎が生きているうちに耕書堂で描く」と言い出すはずだ。

「おめえさんが浄土に行った後だって同じだろうよ。恩返しだって言って、耕書堂に戻って来るに決まってらあな」

「あたしの許《もと》で描いたら、歌麿さんが目ぇ付けられますから。あたしがいなくなりゃ、少しは変わるで——」

言葉の途中で、胸に痛みが走る。心の臓がおかしな拍子で脈を打ち、次第に息が苦しくなってきた。

「いけねえ。女将《おかみ》さん、お甲さん！」

北尾が慌てて声を上げる。お甲が泡を食って飛んで来た。

「おまえさん！」

が、その頃には重三郎はだいぶ落ち着いていて、荒い息ではあれ、ずいぶんと楽になっていた。

「まだ大丈夫。でも、ちょいと疲れたね」

ならば長居はするべからずと、北尾と平沢は帰ることになった。

去り際、二人がそれぞれ左右の手を握ってくれた。痺れている重三郎の手に少しでも伝われと、強く、強く、強く。

二人が帰ると、重三郎はしばらく眠った。

目が覚めると、もう翌日、五月六日の朝だった。お甲は左脇の畳に身を横たえている。だが眠ってはおらず、重三郎が目を開けると、安堵《あんど》したように「おはよう」と笑みを見せた。

「まだ、大丈夫かい」

「今んとこね。ただ、そろそろ見世《みせ》の後をどうするか、番頭さんに伝えておきたい」

それではと、お甲は番頭の勇助《ゆうすけ》を呼んだ。

重三郎は、静かに告げた。

「番頭さん。あたしとお甲には子がいない。あなたが耕書堂を継いでくださいな。良かったら蔦重《つたじゅう》の名前も。ずっとこの見世の番頭だったんだし、誰も文句は言わないだろうから」

勇助は驚いていた。しかし重三郎が「ね？」と目元を緩めると、涙をぼろぼろ零《こぼ》しながら「はい」と頷いた。

「見世の金を五百両、お甲に渡してやって。それで地本の株を買ったことにしてください。あなたの後の番頭は、手代の鉄三郎《てつさぶろう》さんがいいでしょう。他は任せます」

ひととおりを告げ、勇助を下がらせる。

それから少しすると、重三郎はお甲に向いて悪戯な笑みを浮かべた。

「ねえ、お甲。最後に、ひとつ勝負したいんだがね」

「何言ってんだい。この期に及んで」

お甲は驚いたような、困ったような顔である。そこに向け、かさかさと乾いた声で「はは」と笑った。

「軽い賭けだよ。写楽さんの絵で負けて、それで終わるのは癪《しゃく》だからね」

「はいはい。で、どんな賭け？」

「あたしが、いつ死ぬかさ。そうだね……今日の昼だろうな」

正午の鐘が鳴ると共に、自分の命は尽きる。そう言う重三郎に、お甲は何とも言えず悲しげな眼差《まなざ》しであった。

「さっき鐘が五つ鳴ったよ。おまえさんが目を覚ます、ちょっと前」

朝五つ（午前八時頃）の鐘である。正午までは、あと二時《ふたとき》もない。

「そうか。ちょいと……短いけど、でも午《うま》の刻までに覚悟を固めとくんだよ」

そのまま、ぼんやり身を横たえ続ける。

やがて、正午の鐘の音が届いた。だが重三郎は、まだこの世にあった。

「最後の勝負も負けちまったね。おまえさんが生きてんの、あたしは嬉しいけど」

お甲の穏やかな声に、重三郎は「いやあ？」と目を細めた。

「そんなこたあない。勝ったよ」

「外れたのに？」

「そう。だって、まだ生きてんだから」

自分の命と勝負して、勝った。この言い分に、お甲がくすくす笑う。重三郎は嘆ずるように「ああ」と唸《うな》り、遠くを見る目になった。

「自分の一生を賭けて、あたしは好きな道で生きてきたんだな。ずっと、あれこれ挑んできた。本当に……楽しかったよ」

「そうかい。いい人生……だったね」

互いに涙の笑みを交わす。

が、重三郎は不意に「あ」と声を上げた。

「ああ……。こりゃあ、いいぞ」

「どうしたんだい、急に」

お甲の戸惑い声に、重三郎は大きく目を見開いた。

「思い付いちまったんだよ。次の商売」

「……え？」

「とんでもない大仕事になりそうなんだ」

「は？　あのね。たった今、お別れを言い合ったんじゃないさ。舌の根も乾かないうちに次の商売？　大仕事？　おまえさん何言ってんだい」

しっとりした気持ちが台なしだと、お甲は口を尖《とが》らせた。

「本当に、馬鹿じゃないの？　何考えてんだか、この唐変木は」

売り言葉に買い言葉、重三郎も仏頂面になる。

「おまえ、そういう言い方ぁないだろ。亭主がやる気になってんのに」

「やかましいよ。だいたいね、体がこんなんで何ができるってんだ」

「できるかも知れねえだろ。自分の命と勝負して、勝った男だぞ」

言い合って、互いを睨《にら》む。

しかし、やがて。

どちらからともなく、くすくすと笑った。

「まったく。お甲はいつまでも変わんないね」

「おまえさんこそ」

重三郎は「ああ」と息をついた。

「喧嘩《けんか》してたら少し疲れちまったな。新しい商売の話、ひと眠りしたら聞かせてあげるよ」

「はいはい。おまえさんが目ぇ覚ますの、楽しみに……待ってるからさ」

お甲が、にこりと笑う。目が、少し潤んでいた。

「ありがとうよ」

妻に笑みを送り、重三郎は眠りに落ちる。そして。

そのまま二度と、目を覚ますことはなかった。寛政九年夏五月、四十八歳であった。

主要参考文献

蔦屋重三郎　江戸芸術の演出者　松木寛／日本経済新聞社
探訪　蔦屋重三郎　天明文化をリードした出版人　倉本初夫／れんが書房新社
〔新版〕蔦屋重三郎　鈴木俊幸／平凡社
歌麿　抵抗の美人画　近藤史人／朝日新聞出版
写楽の深層　秋田巌／ＮＨＫ出版
〈別冊太陽〉浮世絵師列伝　小林忠・監修／平凡社
江戸の人気浮世絵師　俗とアートを究めた15人　内藤正人／幻冬舎
勝川春章と天明期の浮世絵美人画　内藤正人／東京大学出版会
三百藩家臣人名事典１　新人物往来社
人物叢書　山東京伝　小池藤五郎／吉川弘文館
人物叢書　滝沢馬琴　麻生磯次／吉川弘文館
寛政改革の研究　竹内誠／吉川弘文館

初出　集英社文庫ｗｅｂ　２０２３年10月〜２０２４年７月
連載時「本バカ一代記――花の版元・蔦屋重三郎――」を『華の蔦重』に改題し、
単行本化にあたり、大幅に加筆・修正を行いました。

装幀　泉沢光雄
装画　岡添健介

吉川永青（よしかわ・ながはる）

一九六八年、東京都生まれ。横浜国立大学経営学部卒業。二〇一〇年『戯史三國志　我が糸は誰を操る』で第五回小説現代長編新人賞奨励賞、一六年『闘鬼　斎藤一』で第四回野村胡堂文学賞、二二年『高く翔べ　快商・紀伊國屋文左衛門』で第一一回日本歴史時代作家協会賞（作品賞）を受賞。著書に『誉れの赤』『治部の礎』『裏関ヶ原』『ぜにざむらい』『乱世を看取った男　山名豊国』『家康が最も恐れた男たち』『戦国・江戸ポンコツ列伝』など多数。

華《はな》の蔦《つた》重《じゅう》

二〇二四年一二月一〇日　第一刷発行

著者　吉《よし》川《かわ》永《なが》青《はる》

発行者　樋口尚也

発行所　株式会社 集英社

〒一〇一-八〇五〇

東京都千代田区一ツ橋二-五-一〇

電話　[編集部]　〇三-三二三〇-六一〇〇

[読者係]　〇三-三二三〇-六〇八〇

[販売部]　〇三-三二三〇-六三九三（書店専用）

印刷所　大日本印刷株式会社

製本所　加藤製本株式会社

ISBN978-4-08-771887-4 C0093

吉川永青の本
集英社文庫

『闘鬼　斎藤一』

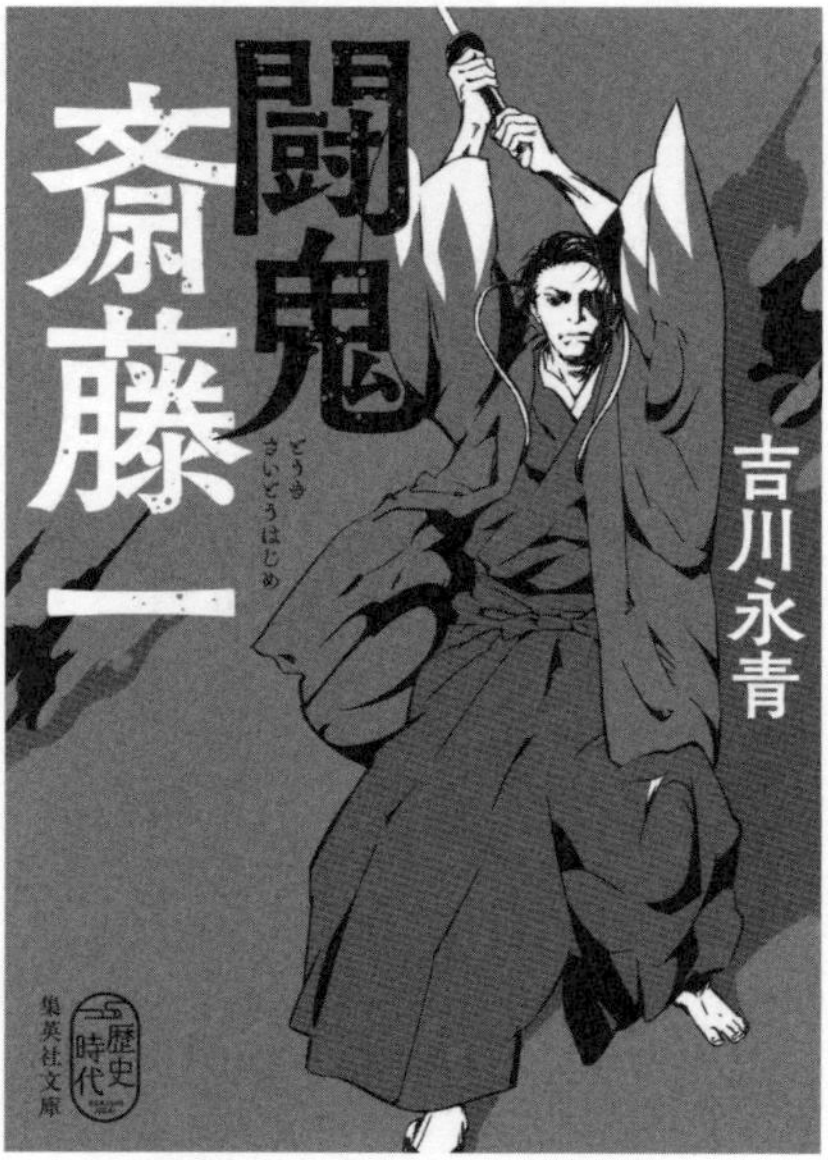

なぜ彼はここまで「闘い」に心酔し、鬼と化したのか。新選組最強の剣士・斎藤一の苛烈極まる生涯を描いた渾身の歴史長編。第四回野村胡堂文学賞受賞作。（解説：細谷正充）

『家康が最も恐れた男たち』

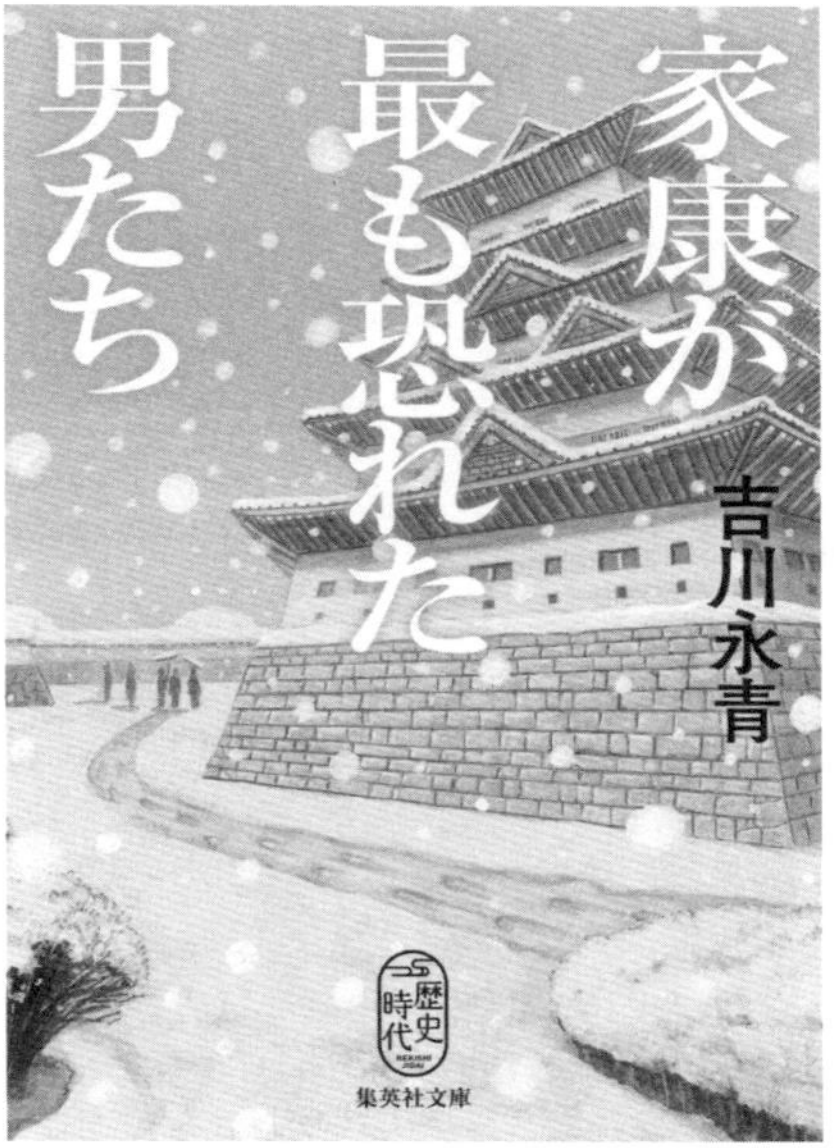

徳川家康は誰よりも臆病者だったからこそ、天下人になれたのかもしれない。全く新しい切り口で家康の知られざる実像に迫る連作短編。勇猛な武将たちに囲まれた彼の処世術とは……。（解説：末國善己）

吉川永青の本
集英社文庫

『戦国・江戸ポンコツ列伝』

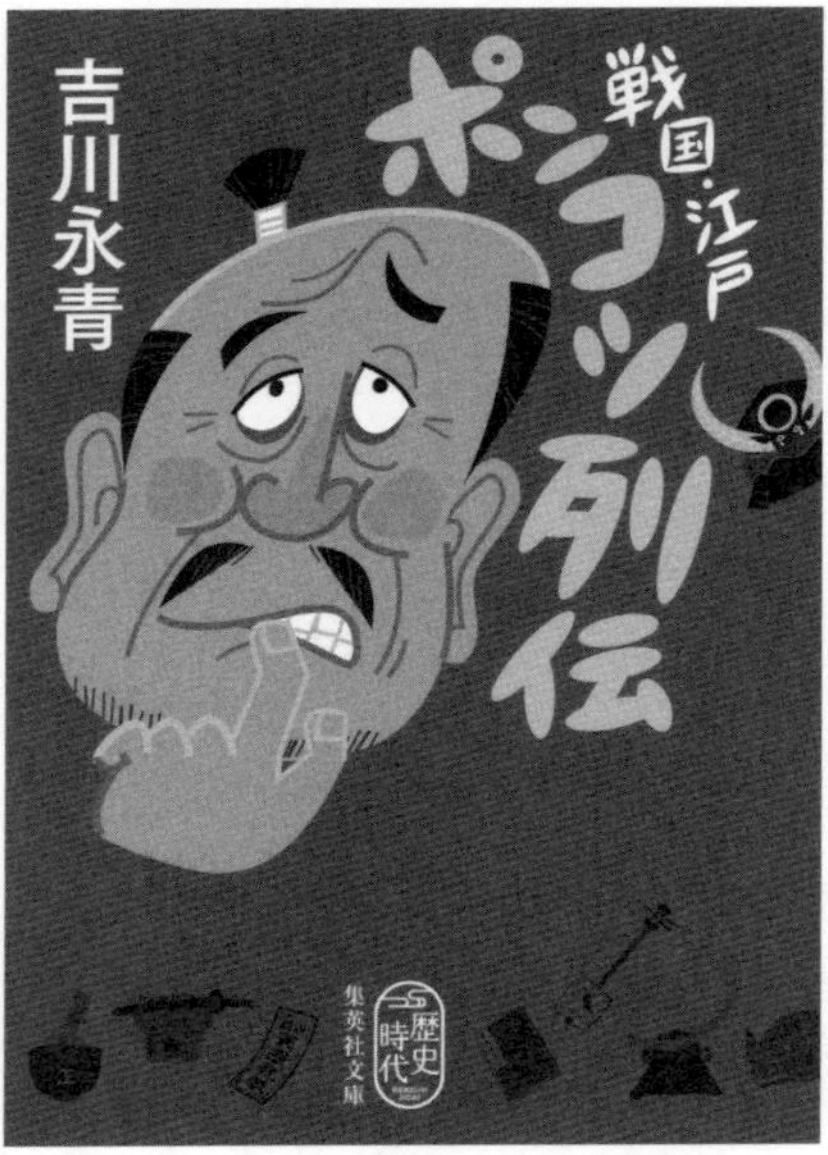

織田長益、徳川家康、伊達政宗……太く短く華麗に散っていった武士たちの影には、ポンコツたちがいた。教科書では絶対に教えてくれない偉人たちの意外な一面を描く、日本史初心者大歓迎の爆笑短編集。（解説：ミスター武士道）